魔鬼樹

(下)

潘壘 著

獻給馬各

以及在那個年代曾經和我們一起歡笑和哭泣的每一個人……

總序
無擾為靜，單純最美

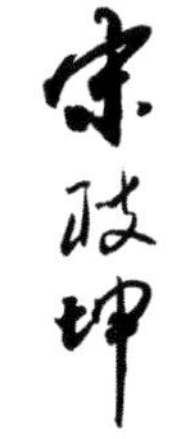

記得三十年前大二那年暑假，我一個人待在陽明山，窩在學校附近的宿舍裏——避暑、看書、打球，日子過得好不愜意。那時候我瘋狂的迷上讀小說，其中最喜歡且印象最深刻的就是潘壘寫的《魔鬼樹——孽子三部曲》、《靜靜的紅河》（以上皆聯經出版）。那年暑假我糾結在潘壘筆下小說人物的內心世界裏，山與海彷彿都充滿著熱與火，劇情結構好像電影，有鏡頭、有風景，愛恨糾纏，直叫人熱血澎湃。那是我年輕時代裏最美好的一個暑假，此後就再也沒有過。總覺得那年暑假帶走我少年時最後一個夏季！那段山上讀書無憂無慮的日子，在我記憶裏總是如此深刻。

之後幾年，我一直很納悶，像潘壘這樣一位優秀的小說家，怎麼會突然就銷聲匿跡似的，再也不見蹤影？難道他已經江郎才盡？或者他早已「棄文從影」？又或者是重返故鄉，至此消逝於天涯？我抱持這樣的疑惑，直到真正遇見他本人。

那是十年前（二〇〇四年）某天下午，《野風雜誌》創辦人師範先生，很意外地帶著一位看起來精神矍鑠的長輩造訪秀威公司。當他們突然出現在辦公室時，我一時還真有點手無足措，當時我正和幾位同仁開會，小小的辦公室擠不下更多的人，開會的同仁們見狀一哄而散。我一得知坐在師範身旁的就是作家潘壘時，當下真是驚訝到說不出話來，不是矯情，真正是恍然如夢。因為有太多年了，我幾乎再也沒有聽過潘壘的消息；就像已經有太多年了，我幾乎忘掉那一個青春的盛夏！

我們好像連客套的問候都還沒開始，潘壘先生就急著問我是否有可能重新出版他的作品，而且如果能夠的話，他想出版一整套完整的作品全集。我當時才確認，潘壘八〇年代以後再也沒有新作問世。他突然丟出這個難題，我一時竟答不出話來，想到這套作品至少有上百萬字，全部需要重新打字、編校、排版、設計，這無疑將會是一筆龐大的支出，以當時公司草創初期的困窘，我實在沒有太多勇氣敢答應。對於這麼一位曾經在我年輕時十分推崇而著迷的作家，竟是在這樣一個場合下碰面，我實在感到十分難堪。在無力承諾完成託付的當下，我偷偷地瞥他一眼，見他流露出一抹失落的眼神，老實說，我心情非常難過，甚至於有一種羞愧的感覺。這件事、這種遺憾，我很少跟別人說，卻始終一直放在心上，直到去年。

去年，在一次很偶然的機會裏，我得知國家電影資料館即將出版《不枉此生——潘壘回憶錄》（左桂芳編著），秀威公司很榮幸能夠從中協助，在過程中我告訴編輯，希望能夠主動告知潘壘先生，秀威願意替他完成當年未竟的夢想，這次一定會克服困難，不計代價，全力完成《潘壘全集》的重新出版。對我來說，多年的遺憾終能放下，心中真有一股說不出來的喜悅。作為一個曾經熱愛文藝的青年，已屆中年後卻仍有機會為自己敬愛的作家做一些事，這真是一種榮耀，我衷心感謝這樣的機會，這就像是年輕時聽過的優美歌曲，讓它重新有機會在另一個年輕的山谷中幽幽響起，那不正是我們對這個世界的傳承與愛嗎？

最後，我要感謝《潘壘全集》的催生者師範先生，感謝他不斷給予我這後生晚輩的鼓勵與提攜；同時也要感謝《文訊雜誌》社長封德屏女士，感謝她為我們這個時代的文學記憶保存許多珍貴的資料；當然，本全集的執行編輯林泰宏先生，在潘壘生活的安養院裏花了許多時間跟他老人家面對面訪談，多次往返奔波，詳細紀錄溝通，在此一併致謝。

無擾為靜，單純最美。當繁華落盡，我們要珍惜那個沒有虛華、沒有吹捧，最純粹也最靜美的心靈角落。當潘壘的生命來到一個不再被庸俗干擾的安靜之境，當他的作品只緩緩沉澱在讀者單純閱讀的喜悅中，我想，一個不會被忘記的靈魂，無論他的身分是「作家」，或是「導演」，都將永遠活在人們的心中。

謹以此再次向潘壘先生致敬！

二〇一四年八月一日

導讀

潘壘筆下的孽子之逆

李瑞騰

秀威資訊科技所屬新銳文創將出版《潘壘全集》，責任編輯林泰宏君希望我閱讀其中的《魔鬼樹》，寫篇導論之類的文章。得知潘先生要出版全集，我感到高興；特別是潘先生才剛出版回憶錄《不枉此生》（左桂芳編著，台北：財團法人國家電影資料館，二〇一四），早已在書肆消失了的他的文學著作，又將以新貌和讀者見面，覺得他確不枉此生了。

潘先生高齡八十有八。最近幾年，我幾次在文藝界重陽敬老聯誼活動現場遇到他，精神抖擻，風采依舊；記得第一次是師範先生介紹，我想他這一次和秀威結善緣，應該也是師範先生介紹的。

為此，我清查了有關潘壘的資料，特別是《魔鬼樹》，有一點小發現。

潘壘（一九二七年生）原籍廣東合浦，出生越南海防，一九四九年來台後，曾創辦文藝刊物《寶島文藝》，屬於大陸遷台一系作家。他一生重要的事業，除小說寫作以外，就是從事電影工作，於一九七五年舉家遷移香港後，成為香港重要電影人。

就文學表現來說，潘壘是一九五、六〇年代台灣重要的長篇小說家，出版其作品集者皆當時重要出版社，如：明華書局、亞洲文化、野風出版社、紅藍出版社……等，一九七八年由聯經出版公司編成《潘壘作品集》

十八冊，代表作品如《紅河三部曲》、《血渡》、《上等兵》、《魔鬼樹》等，寫在國共內戰中，從大陸流離台灣的滄桑歲月，歌哭浩歎，有轉進的積極性，也有黍離麥秀的哀音悲情。

《魔鬼樹》是一部超長小說，有一副題「孽子三部曲第一部」，根據台文館《二〇〇七台灣作家作品目錄》所載，該作一九六〇年由夏濟安主編的《文學雜誌》連載。這其實是一則不完整的敘述，該刊發行至八卷六期停刊，時為一九六〇年八月，始刊《魔鬼樹》是八卷三期（同年五月），四期中，全書四十五章只發表了五章，一直要等到一九七七年七月二十四日起，才在《聯合報・副刊》連載了將近一整年（一九七八年七月四日止）。這時，《潘壘作品集》正由聯經陸續出版中。

《上等兵》倒由《文學雜誌》全部刊完（六卷六期到八卷一期），一九六〇年由明華書局出版，從這裏可以看出潘壘和夏濟安、劉守宜（明華老闆，《文學雜誌》實際經營者，寫過一本研究梅堯臣的書）的密切關係。

《魔鬼樹》的大背景是一九四九年之國府遷台，寫一個企業家族在台之擴展及其內部成員之明爭暗鬥，涉及家族代間差異、倫常之變，男女之性與愛，商界和影視圈的權錢交錯，以及外省本省之融合調適等。華之藩老家在吳興，事業在上海。一九四九年春天把紗廠機器從上海搬台灣，設廠板橋，曾陷困境，後因緣際會有了轉機，並擴廠新店，住家也從杭州南路遷碧潭邊，購地新建兩層樓大別墅。

小說由一家人來看地，爭論是否砍掉荒地中央一棵極醜老榕樹開始（第一章）；結束於華之藩去世，律師宣布遺囑，在父親的「愛」和「錢」之間形成的衝突與去取間，父親經由實證，把要分給子女的全部財富給約希，但約希放棄了，他只要「愛」，且忤逆乃父的交代，將那棵樹，一斧一斧地砍將下去，終至大樹倒下（第二十四章）。孽子之逆是為袪魅，實是一種新生。

小說人物眾多，單華府就有十九人，包含二老和六位子女（老大約謀已婚，生一男一女），及管家、婢女、廚子、司機等多人；此外，有兩組人馬，一組是靠華家企業「東亞」生活或業務有關的人，如協理虞庭彥、總務主任何叔齊、會計主任馬紹康、事務股長胡步雲（和老三大女兒約雯定婚）、律師陳彥和等，一組是前面一些人的愛的對象，如老五約希所愛葉婷和唐琪、老大約謀外邊追求的王寶美、老二約倫愛不到的黃薇（老管家黃三豐的孫女）、老四約翰的對象何小薏（何叔齊之女）等。戲份雖各有不同，但每一個角色的形象都算鮮明。

這是一個長篇，編印成上下二巨冊。由一個大家庭往外延伸，其人際關係複雜而微妙，單一敘述觀點很難面面顧到，所費筆墨之多可想而知。不過，作者駕馭有方，四處相互呼應。它既以「家」為主要場景，要寫的無非也就是「家道」之興衰，以及家人之愛恨了。

華家表面上看來興盛，但家庭成員的問題太多。老者老矣，華之藩看著眼前兒女不知不覺的成長改變，「從內心懼怕起來」，太太體弱，而他「在浴缸昏倒」後，「心中的那層陰影瞬間向四周擴散開來」（第一章）。他怕的是「將來」，會怎樣？他感受應該很深，或已預見家之四分五裂吧！

唯一一位被刻意栽培參與家庭事業的老大約謀，不只有私心，夫妻不睦，在外頭癡迷女人，而這位大少奶奶沉迷牌局，也搞外遇，她在搬家之際聽說新家鬧鬼，說：「鬧吧，把這個家鬧散了才好！」（第三章）可覘其心思。

而表面上最叛逆，最不被關愛的老五約希（他戲份最重，是小說主角），老太太說：「我們家老五呀，真是我前世的孽，只有他一個讓我煩心！」但大少奶奶卻說：「氣歸氣，老倆口心裏最疼的，還是他！」（第四章）老父親真的是疼他在心，還自己一個人去了約希租賃的小樓等他，卻在那裏發病（第四十章），最終卻立了那樣的遺囑，在其中寄寓「愛」的真諦。（第四十五章）

在時局混亂中流亡，上一代創造了他們的局面，有忠有義，下一代養尊處優，無憂患之心，想的盡是財產繼承問題，焉能不敗。這裏面有幾個教人心疼的角色，首先當然是華之藩和華約希父子；其次是和約希最親卻潦倒一生的三舅舅顧夢初；然後是最能體會約希，小說最後陪著約希「走出這個不再屬於他的家」的黃薇。顧黃不靠勢，用自己的方式生活，人格上顯得特別可貴。

這是一部非常豐富的小說，從家族姓「華」，且不斷強調是「中華民國的華」，說明作者通過「華之藩」的層層暗示、華家宅第之造設、「魔鬼樹」之老醜及其魅惑、遷台第二代之言行識見等，旨在探索「國」「家」興衰的內外成因，於當代之歷史社會，實有深刻的省思。

＊本文作者為國立中央大學中文系教授。

目次

第二十五章

顧夢德提著一只塑膠小旅行袋來臺北的時候，已經是七月中旬了。

這件事對華約希來說，是很意外的。因為他早就寫信給他的三舅舅，說是暑假的時候，他決定到臺南去。信中他對女孩子的事，隻字不提，他用兩張信紙描述他對安平港的懷念，那條頗富江南風味的小運河，樹木夾岸——他忘了是什麼樹？

臺灣的白楊很少，白楊有一種孤傲卓立的氣質，風過處，那些堅挺的葉子發出的聲響令人有愉悅之感；還有，紅毛城石牆上的那些爬牆虎，億載金城的夕照，以及「弘濟宮」側殿那艘一百年前載著祖先的夢漂過海峽的破木船……總之，約希打算離開愁人的（信裏他沒有形容自己的心境）臺北，到臺南消磨掉半個暑假。

另外半個暑假，他要在土豆兒蔡文輝的老家，今年他不能再拒絕了，因為這個對泥土充滿了深情熱望的小佃農這一陣突然對人工種植洋菇著了迷，木樓後面的暗壁櫥，早就成為他的實驗室了。他希望約希作客之便，幫他一臂之力，在鄉下搭個小草棚試試看。

這天，當蔡文輝弄回來的牛糞和乾稻草所發生的怪氣味引起樓下阿吉嬸嚴重抗議，華約希夾在當中做和事佬而仍未能把問題解決的時候，這位已升助理編輯的顧家三少爺駕到了。

「三舅舅！」

華約希高聲大叫，頓時使這場爭執停頓下來。因為他們從來沒有看見約希對人那麼親熱過。

「我不是寫信給你了嗎？」約希說：「你怎麼來啦！」

「你大姐寫信叫我來的。」

「那又是為了我的事情了！」

「你的什麼事？」三舅舅假意問。

「幾乎又上了報哩！」約希興奮地說：「你剛下火車？我們明天再回碧潭，我的事，真是三天都說不完——阿吉伯，快擺位子，你們有什麼就搬什麼來，我請客！」

這頓飯，他們灌了好幾瓶紅露酒，而話題卻全部集中在土豆兒蔡文輝用人工培植出來的那些有拇指那麼大，現在用來煮湯的草菇上。因為阿吉伯和阿吉嬸算是陪客，他們輪流的上桌嚐了幾顆，竟然忘了剛才的不快，開始稱讚「文輝這囝仔真嗷」了。

生意來了，阿吉嬸剛走開，約希便湊近三舅舅神秘地壓低聲調說：

「嗷？下個月頭交電費的時候就有他叫的了！」

顧夢初聽不明白他在說什麼，只見蔡文輝的臉上通紅。他的臉原來是發青的，因為喝過酒。

「你們說什麼？」

於是，約希開始以半個行家的姿態向顧夢初解釋人工培植草菇的原理和細節，這些都是土豆兒每天唸經似的向他唸的，現在他全用上了。原來蔡文輝為了要保持培養室裏的溫度，偷偷的裝上了一隻相當耗電的電爐。

「如果成功，將來在鄉下正式生產啲，是不需要用電的，」小佃農補充說明：「菇場只要密轟（封），溫度不夠燒點柴火就行了，柴火比較便宜。」

「這叫什麼菇？」三舅舅很有興趣地問。

「蔡華菇，因為是我們兩個人……」

「去你的！」約希在土豆兒的臂上用力撞了一下，阻止他說下去。

但蔡文輝卻理直氣壯地說：

「這又不是什麼丟臉的樹？臺灣的『吳郭魚』呵，還不是一個姓吳和一個姓郭的移殖成功，才叫出來的！」

「人家是真真正正參加研究的，」約希說：「我只不過教你去偷電，算什麼？」

「呃——不樹那麼簡單啊！」

華約希知道蔡文輝接下去又要把居禮夫人和發明盤尼西林之類的故事搬出來作引證，於是急忙截住他的話：

「得了得了，我知道不簡單！不過你豬不豬到，喏，就這一隻喏，要花成本多少錢？」

「現在正在做實驗嘛，怎麼算數！」

「海水變成淡水也在做實驗，成功啦！比白蘭地酒還貴呢！」

「蔡華菇」的準發明人被華約希的話激惱了，他嘟著嘴，用手指將又滑落下來的眼鏡架向上托了托，堅決地宣示道：

「我告訴你，華約希，放完暑假啊，哇請你夾卡大粒卡大粒的——五科（元）一斤！」

華約希恨不得抱住這土豆兒親一下。他興奮地將剩下的小半瓶酒把大家的杯子斟滿，大聲說：

「土豆兒呀！我就怕你不敢說這句話，你非成功不可！你賺了大錢，我來做你的總管，幫你花——來，三舅舅，我們敬他，乾杯！」

顧夢初始終很有耐心的聽他們說話，現在，喝完酒他才開始用一種誠懇而慢條斯理的聲音向蔡文輝問道：

「你是怎麼想到的呢？」

小佃農跟顧夢初只見過兩次面，約希的那一本剪報，他卻看過好幾遍，還把一些喜愛的片段抄了來過。因此，他對這位「莫索」先生可以說是由衷的崇敬。於是，他誠謹地把洋菇的菌種如何由臺灣農業試驗所一位姓胡的技正，透過美國加州一位教授引入臺灣，而又分贈給臺大農學院的經過，詳細的加以說明。後來，他們又談及有關微生物培養法和人工繁殖的技術問題，顧夢初答應利用報館的關係幫他找一點國外的資料。

這頓晚飯結束，已經很夜了。當他們離開這杯盤狼藉的桌子，打算上樓的時候，三舅舅向約希說：

「要不要陪我出去走走？」

他們走在以前曾經走過的那條路上，只是上一次有點寒意，而現在則氣候燠熱，滿天繁星。

華約希一直注視著自己小時候最喜歡的那顆星星。母親說每個人的頭頂上都有一顆星星的，他的那一顆最大，也最亮。他覺得奇怪，為什麼跟三舅舅在一起，總是很容易的想到母親。

他回頭，才發現三舅舅正望著他。

「我發覺，你這件事情比我想像中更嚴重。」三舅舅笑著說。

約希皺皺眉頭。

「最初，我是從你的信上看出來，」顧夢初說：「你用太多文字去描寫景物，這就顯示出你在逃避『人』，而且是女人！」

「……」

「剛才呢，你一直在講洋菇，所以我想，這件事情一定很嚴重——不會是葉婷！」

「你怎麼知道？」

「第六感，是誰？」

「唐琪！」

「你從來沒告訴過我。」

「來不及告訴你，」約希說：「事情來得太快，一件連著一件，真的，我沒騙你，連我都不敢相信！」

「時代不同了，」顧夢初感傷的笑笑，「我們這一代，戀愛就是一輩子的事，但是那種愛情，現在已經失傳了，你們太容易戀愛，太容易以為那就是戀愛。」

華約希直覺的不同意三舅舅這些話，但又不能很清楚的指出否定它的理由。他想：總之一牽涉到「愛」——男女間的，就像是跟什麼都纏扯不清似的，它不像「恨」那麼明確和直截了當，時常會使人莫可奈何，啼笑皆非，現在他就是這種感覺。

「我想，不管是什麼年代，」約希說：「發生在什麼地方，愛總是愛吧！」

顧夢初回頭去看看現在長得比他高出幾乎半個頭的外甥。

「都是一樣的嗎？」他笑著問。

約希摸摸鼻子，仰起頭來望天，然後，沮喪地吐了口氣。當然不一樣！但他一時又分辨不出自己跟葉婷與唐琪之間的差別。

顧夢初發覺約希被他的話所困擾，於是摯切地把手搭到他的肩頭上，但覺得不自然，又把手拿下來。

「其實，我也並不真正的懂，」他說：「誰又懂呢？你問我，我就說愛情就像酒和喝酒的人之間的微妙關係。」

約希沒聽懂。

「這種行為的結果所產生的那種狀態，就是他所追求和所得到的所謂『愛情』！」顧夢初被自己這種解釋引得笑起來，他接著說：「我知道你沒聽懂。唔，這樣吧，你看——當酒喝到微醺的時候，是很美的，但好多人忽略了這種境界，他們喝得太快，或者太多，於是醉了。如果你真的醉過，那麼你就會承認，在那個時候，芳醇的佳釀和最糟的劣酒，完全沒有分別的！有些人，好酒無量，有些人千杯不醉，有些人又滴酒不沾，同時還有酒品的問題，好多人沒喝酒之前，十足一個君子，但三杯下肚，就變成了一個最難纏最可怕的惡魔！」

「……」

「有人想在醉裏去找尋那份純真和清醒，而又有人故意去買醉——還有一醉不醒的！」

華約希以為已經接觸到一點邊沿了。

「所以我說這並不是純粹是酒本身的問題，酒的好壞的問題，主要的還是決定於喝酒的人的態度和品味！」顧夢初結束了這段話，隨即用一種關切的聲音向約希說：「好啦，現在我們可以開始談談唐琪了。」

「我跟她發生了肉體關係！」華約希沉悶地說。

三舅舅故意裝出驚訝的樣子。

「進步了嘛！」他調侃道。

「在我真正認識她的第二天——不！差不多是十四個小時之內發生的。」

「那倒真是一個很了不起的紀錄！」現在，顧夢初真的有點驚訝了。

「三舅舅！」約希苦惱地說：「現在的問題，不是你說的什麼喝酒的態度的問題！也不是怎麼去解決的問題！問題是，事情剛剛開始，就已經結束了！」

現在，困惑的是顧夢初了。他重複道：「結束了？」

「嗯！問題就在這裏。」

「既然已經結束了，還有什麼問題呢？」三舅舅說：「約希，你聽我說，這種事情並不是只發生在你的身上，只不過……」

華約希用力地搖著頭，顧夢初終於把話停下來，望著他。他從鼻孔吁了口氣，又把頭仰起來。

「外表上，整個狀態，是結束了！」頓了頓，他憂悒地說：「但是我的心裏面，這件事情卻剛剛開始。」

「哦……」

「就這樣！」約希苦澀地說。

「那是說，你發現你愛她？」

「那是什麼呢？」

「你還不能肯定那是不是愛？」

「……」約希自嘲地笑笑。「如果不是，我覺得對自己是一種侮辱！但是如果——是？我對自己的『愛』，真的懷疑起來了！」他激動地說，「不是嗎？我曾經以為自己是愛葉婷的，好，我同時又成天鑽進圖書館去看那個女孩，現在只見過兩次面就跟唐琪睡覺，於是又愛上她了！我的天，這樣愛下去，愛，還有什麼價值！」

顧夢初咀嚼著約希這一番話，心中升起一層憐惜和感動。他想起自己在約希著個年紀的時候……

「這是什麼？」約希真誠地問：「算是一種病態嗎？」

三舅舅從回憶中回過神來，說：

「那就是說，將來我也可能變成個小色狼了！」

「你真的那麼喜歡性愛嗎？」

「誰能說他厭惡它？」

當他們再返回小木樓時，華約希已經將唐琪與他之間所發生的事，毫不隱瞞的告訴他的三舅舅，最後他說：

「她已經不願意再見到我了。」

「她做得對，」顧夢初說：「是應該結束了。難道你還指望等她出來之後，你娶她？」

「她不會嫁給我的！」

約希在榻榻米上替三舅舅安置好被褥，熄了燈，大家躺下來。隔了好一陣，顧夢初用非常清晰的聲音向約希問道：

「你怎麼不跟我談談葉婷？」

約希不響。忽然，他感覺到一種熟悉的，令人興起悵惘之情的愁緒向他襲來。對面樓下那盞電燈透過窗臺的幾盆花樹反射在天花板上的細碎光影，有幾次在夢中醒來，使他產生躺在樹下的感覺。

「你為什麼要逃避她呢？」三舅舅又問。

約希想：唐琪說她曾經見過葉婷，那麼葉婷還沒有離開臺灣，是可以肯定的了。他忽然記起唐琪說的那句話——葉婷比她更需要他。她所指的是什麼呢？

「你睡啦？」

約希依然不響。他毫無睡意。整個晚上，他反反覆覆地思索著唐琪這句話的含意，因為他記得她說話的時候，臉上沒有一絲怨妒，而且那麼虔誠。

在同一個時候，葉婷盤膝坐在客廳的單人大沙發上，慵慵地呆望著櫥櫃裏那對瓷製的小玩具。在這段日子裏，她幾乎整天這樣坐著，連動都懶得動。她把左邊那隻雙觀和滑稽的圓鼻子髹得紅紅的男玩偶當作華約希，右邊那隻眼睛瞪圓的女玩偶當作自己；有時她故意將它們的位置挪動：對著站，靠著，或背對背的分開得老遠。

現在，她認為已經對「華約希」懲罰夠了，於是大聲喊道：

「阿銀姐！」

這位廣東娘姨等到她喊到第三聲，才從她的小房間走出來。因為有時她只喊了一聲，就把喊她的目的忘了。

「又想要什麼？」阿銀姐耐著性子問。

「把它的臉掉過來！」葉婷命令道。

老娘姨望望那隻大櫥櫃，嘆了口氣，過去伸手搬動其中一隻瓷玩偶。

「不是這一隻！」

她照著她的意思做了。

「可以了吧？」

「讓他靠近她一點！」葉婷說。

阿銀姐把玩偶擺好，到她旁邊的大沙發坐下來。葉婷瞟了她一眼，惡聲惡氣地說：

「妳去睡妳的覺呀！」

老娘姨默默的注視著著她的小女主人，現在，她已經學會了容忍，學會了如何刻意的忘掉這幾個月來所發生的——那簡直是個可怕的惡夢。當時，她曾經下定過決心，只要主人家從日本回來，不管他們是不是真的要將這個家搬回香港，她也要辭掉這份工作的。但，他們並沒有回來，到美國去了。電話中葉夫人除了吩咐一些瑣事，對搬回香港竟隻字不提，彷彿根本沒有這回事似的。臨了，才告訴她這次在美國可能會住較長的時間。

而那件在這八九個月來終日纏繞著她，使她寢食難安的事，終於真正的發生了——葉婷的肚子裏，有了孩子！

這一次，在反應上唯一跟上回那個鬧劇不同的，是她心裏早有準備，而且她剛從鄉下出來做這種工作時，就服侍過像葉婷懷了孩子那樣的女人：簡直就像害了重病一樣。嘔吐、暴躁、胡思亂想，沒來由的哭鬧，想出種種只有她自己想得出來的方法去折磨自己；有天她竟然發現這個小孕婦坐在浴缸裏，水面上浮滿了冰塊。

那天，當葉婷突然回到家裏來時，阿銀姐只要看見她那副狼狽的樣子，就肯定是「那件事情」；她一點也不感到驚訝和激動，反而變得有點心安理得起來。她想：這樣也好，至少她得乖乖的待在家裏，用不著成天疑神疑鬼，到處去找她這個人了。

她先讓她到浴室去吐夠了，再回到客廳坐下來時，她淡淡地說：

「妳還是進去躺下來吧！」

葉婷把壓在屁股下的揹袋扯出來，隨手甩到一邊。

「我沒事，大概感冒了——感冒好多天了！」

老娘姨不響，盯著她。

「妳發什麼神經呀！」葉婷嚷起來。

「妳不是感冒，」老娘姨說：「妳已經有了！」

葉婷一怔，那雙烏黑靈巧的大眸子跟著轉動起東。阿銀姐知道，她在計算日子。接著，她的嘴角起了一陣抽搐，不是想哭，而是在抑制內心的激動。

「啊……」

阿銀姐連忙在她的身邊坐下，溫和地責備道：

「妳怎麼這樣不當心呀！」

葉停急急的捉住她的手。

「有了孩子就是這樣？」她帶點稚氣地問。

「錯不了的！」

「不可能的！我不可能有孩子的！」葉婷惶亂地嚷道：「我不要——我不要跟他生孩子！」

老娘姨讓她再平靜下來，才關切地問：

「是不是那個姓華的——」

葉婷震顫了一下。華約希，華約希，這孩子本來應該是他的，她曾經幻想過好多次，她在被華約希拋棄之前，她會替他生一個兒子——兒子，不是女兒；那孩子只要有一點點像自己就夠了，他要十足的像他的父親。那麼，在將來，她就會感覺到那個絕情而又令他難忘的華約希仍然生活在她身邊一樣，她享受著那種「淡淡的哀愁」到老到死，然後她再幻想鬢髮如霜的華約希每年都拿著一束黃色或者淺紫色的鮮花，立在她的墓頭……

「究竟是不是他呀？」老娘姨追問。

「當然是他，除了他還會有誰！」葉婷脫口而出，才記起上次她也曾經說過這句話——就像前兩天才說過的。

「那妳要快點讓他知道呀！」

葉婷茫然的望著阿銀姐。當華約希知道了這件事——不！她不能忍受這個尷尬的情況。

「我不能讓他知道！」她掙扎道。

「妳瘋啦！」阿銀姐不以為然地叫起來：「難道妳要把孩子生下來？」

「我當然要生下來！」

「在妳這個年紀？」老娘姨說：「而且，就算是孩子要生，他也得有個父親呀？」

童懷仁那副傲慢的神態瞬即在葉婷的心中閃現，她的目光卻落在那隻臉上洋溢著真純笑意的白瓷玩偶上。她想像不出，華約希做父親是一副什麼樣子。

而老娘姨所想的，卻是當葉家夫婦從美國回臺灣時所發生的問題。現在，看見這位未來的小母親在望著那對瓷玩偶發楞，於是向她湊近一點。

「小婷！」

「……」葉婷沒應她，自語道：「是不是懷孕十個月，就會生孩子？」

「妳就沒想過別的辦法？」老娘姨試探地問。

「打胎？」

「不然妳就要把那姓華的找出來！」

葉婷不願意更正她的話，她說：

「不，那是我自己的事。」

「當然是妳自己的事！」阿銀姐生起氣來，「我才不擔這個心事呢〓，反正將來吃苦的又不是我。再說，妳爸爸媽媽回來了，總不見得把這件事責怪到我的頭上來吧！」

現在，葉婷開始感到有點憂慮了。看情形──就是說他們在半年之內回來的話，那麼她將挺著一個大肚子。那是很滑稽的，她見過大肚子的女人走路的樣子，像隻鴨子似的，一搖一擺地踱著外八字腳。她就是見不得女人這個樣子走路。

希望他們在她生了孩子之後再回來吧！這也並不是不可能的，她唸小學六年級那一年，他們就曾經整整在日本待了一年，沒回來過。至於孩子將來怎麼處置，她不願再想下去，因為太遙遠了……餵奶——老天，餵過奶的胸部有多難看就多難看！成天拉那種黃黃的稀屎，學走路、換牙……對了，還會出水痘呢！

以為自己的話打動了她，阿銀姐緩和下來，問道：

「究竟有多久了？」

「什麼多久？」

「妳那個——有沒有計算過？」

「哦！」葉婷回答：「有個把月了吧。」

「那還來得及！」

「妳在說什麼呀？」

「把孩子拿掉！」老娘姨正要耐心向她解釋，葉婷已經大聲叫起來：

「我才不要！那次已經把我嚇死了！」

阿銀姐半張著嘴，傻了半天才迸出一句話：

「妳以前拿過？」

「不是我！是我們大姐嘛！」

「大姐？」

「妳見過的，那高高瘦瘦的方小姐。」

於是，葉婷把那次陪方菁到圓環附近一家舊式建築的天臺木屋內，讓一位江湖郎中替她墮胎的恐怖經過，像講鬼故事似的說出來。最後，她堅決地宣示道：

「我寧願去死！」

「但並不是每一個醫生都……」

小孕婦已經將耳朵蒙起來。

「好吧，」老娘姨沉重地吐了口氣，說：「那我去找他！我還留著他家的電話！」

「阿銀姐！」

「那次我打電話去，他第二天不是乖乖的來了！」

葉婷驚異地瞪著老娘姨。

「妳又去找過他？」她問。

「我不能找他嗎？」

「他到家裏來過？」

「對呀，我騙妳幹什麼。」

「這是多久的事？」

「不是他把妳從南部叫回來的嗎？」

「阿……」現在，葉婷突有所悟地把好多事情，一件一件的併湊起來，終於找到一些頭緒了。因為華約希到高雄去找她的事，一直被童懷仁他們隱瞞著，毫不知情，直至那天大家早就不照應的唐琪突然到家裏來，她就有點疑惑，她不明白唐琪來看她的真正動機，無論如何，她沒有理由會將唐琪和華約希連想到一起的；後來在唐琪殺傷童懷仁的新聞報導中，曾出現過華××這個名字，她就在想，如果真的是華約希，那麼一定是為了她而被纏扯進去的，因為事後警察到家裏訪問過她兩次，好在她事實上的確離開了童懷仁，才沒有受到牽連。

現在，她回味著唐琪那天跟她的談話，唐琪那種使她感到陌生的意態，臨走時回眸那一瞬的無奈，終於讓她發現了一件事：華約希與唐琪之間，一定發生了些什麼。

「怎麼樣？」阿銀姐問。

她想馬上就能看見華約希，但，內心有一股執拗的力量在阻止著她。剛才在浴室時她就曾經對著鏡子端詳了好半天，她幾乎對鏡中的那個憔悴、不安，而且醜陋的小太妹感到憎惡起來。

「我不能讓他看到我這個樣子！」

「我不是說現在，等到——」

「不，」她急急地截住對方的話：「不要！」

老娘姨被她的聲音嚇了一跳。

「真的，我說得出做得到，」葉婷認真地提出警告：「妳一打電話，我就走！妳休想再找得到我！」

阿銀姐終於妥協了。她馬上滿口應承，條件是要這位小女主人乖乖的待在家裏。但在心裏面，仍然不肯放棄要對方把孩子拿掉這一點希望渺茫的努力；她認為只要讓葉婷的情緒穩定下來，她有把握可以勸服她的。到底，葉婷本身不想在這個年紀生養孩子，這是可以肯定的。

但，日子一天天的過去，葉婷雖然可以算是平靜下來了，卻表現得比以前更加堅決。阿銀姐不斷的計算著日子，也不知道是誰開始這樣說的，反正女人們都相信，胎兒過了三個月，就不能拿掉的，否刻會發生生命的危險。因此，愈接近那個期限，她愈感到不安起來。尤其是最近這幾天，她時常下意識窺望著葉婷那幾乎讓人不大感覺得出來是懷了孕的小腹，甚至有天當葉婷洗澡的時候，還特意藉故闖進浴室去，想看看她的乳房是不是起了變化。只要有機會，她便會有意無意地問：「妳會讓孩子吃妳的奶嗎？」諸如此類的問題，目的是恫嚇對方，強調女人只要生養過孩子，青春便消逝了一半；至於私生子和「拖油瓶」的問題，她會編出一些悲慘故事，希望對葉婷發生一點影響，使她回心轉意。

可是，葉婷對這一切都視而不見，充耳不聞。她也不怕熱，成天穿著那件大睡袍，踡坐在沙發上，眼睛是空空洞洞的，不知道在想些什麼？問她，跟她說話，多半是沒有反應。這天早上，老娘姨終於絕望了。

在吃早餐的時候，葉婷忽然問道：

「阿銀姐，妳會織毛線嗎？」

「會，會一點，」老娘姨停下筷子，「妳要想織什麼？」

「我要妳教我。」

「哦……」

「等一下妳就幫我去買一點毛線，」葉婷說：「還有織毛線的針。毛線我要粉紅色的。」

「妳穿？」

「唔唔！」她指指肚子，「她！我猜第一胎一定是個女孩子。」

老娘姨連剩下這兩口稀飯都嚥不下去了。因為昨晚她就盤算了一夜，打算今天要好好的跟葉婷開個談判的，甚至連每一句話，都計劃好了，她甚至把她那只小箱子也收拾好，表示談判一破裂就決然離去的決心——當然，這只是一種姿態，她知道自己這一輩子也休想離得開葉家的，葉婷這小鬼就是她的女兒，將來可能就是她的主人了。但，看見這位小孕婦這副真純的樣子，她心軟了，把那些預備得好好的話句忘得一乾二淨。於是急急的收拾好餐桌，回到自己的房裏咬著手絹哭上一場……

現在，她看見葉婷的目光有點古怪。

「妳究竟又想向我嘮叨什麼啊！」葉婷厭惡地拖著聲調喊道。

阿銀姐極力抑制住自己。

「那妳說呀！」葉婷不耐起來。

「小婷，」老娘姨用一種孕滿了愛意的聲音問道：「妳真的那麼需要這個孩子嗎？」

「見鬼！我恨都恨死他！」

「那妳為什麼……」

「誰叫他那天不要我！趕我走！」

「……」

「他拿定我做不出什麼事！」葉婷堅決地說：「我就非要做出來讓他看看！」

第二十六章

唐太太突然接到生產教養所打來的電話那個下午，是這年入夏以來最炎熱的一天。由於電話中並沒有很清楚的說明，所方希望她能夠到土城會談的原因，因此一放下電話，她就有一個不祥的預感。不過她馬上又否定了這種想法。假如唐琪真的出了什麼事的話，他們一定會叫她立即趕去，而絕不是只說請她去。但，不管怎麼樣，必然是已經有什麼事情發生了。

會是什麼事呢？報紙上她曾經看到過那些接受管訓的孩子們從生教所中逃脫的消息，不過從上一次會見的情形看，唐琪的神情相當平靜，除了臉色有點蒼白之外，一點也沒有值得她擔心的地方；那天她還很得意的告訴她的母親，她已經懂得使用縫紉機，還說了一些關於在裏面認識的一位姓莊的女孩子的事。那麼，可能是病了。

於是她急急忙忙的叫了車子，趕到土城去。一路上，她不斷的找些理由來安慰自己，一遍一遍的唸心經，故意跟那位出差車司機找話說，鬆弛一下自己的神經。當她到達生教所的辦公室，見到那位她已經相當熟悉的姚所長時，招呼都沒打，便急不及待地問：

「是不是出了什麼事？」

「不要那麼緊張，請坐。」這位身體魁梧的所長操著濃重的山東口音說：「坐下來再談。」

對方凝重的臉色增加了唐太太心頭上的壓力，她一邊從手袋裏取出手絹來輕輕的拭著汗，一邊向窗口那邊望，她看見幾十個穿著相同制服的少年們在搬運著什麼東西。頭頂上那把大吊扇打下來的風沒有一點涼意。

「天氣好熱。」所長說。

「唐琪怎麼啦？」她忍不住又問。

「她昏倒過兩次。」

「兩次？」

「前天發生過一次。」

「是什麼毛病？」

「起先我們以為是工作太累，或者是天氣太熱的關係。」

唐太太屏息著，等待對方說下去。所長遲疑一下，接著用相同的顯得有點嚴肅的聲音說：

「昨天，她又……」

「她現在怎麼樣了？」

「我們替她詳細檢查過，終於找到了原因！」他伸手到辦公桌的旁邊去取一份卷宗，翻開它，把一張黃紙印的表格拿出來。

「是不是腦貧血？」她說：「上次我來的時候，就發覺她的臉色不大好！」

所長沒表示什麼，他看了看表格，然後隔著桌子遞過去給她。

「這是檢驗報告。」

唐太太的心一沉，她只發現那張表格上有些線條和大大小小的黑色符號，毫無意義——雖然這張檢驗報告書上寫得明明白白，唐琪已經有孕。

「這是什麼？」她茫然地問。

「妳的女兒已經懷孕了。」所長說。

她再拿起那張檢驗報告書來看。

「那是在她進來之前有的。」

「啊……」她仍然低著頭。

「唐太太！」

「……」

「在這種情況之下，我們認為——」

「所長，」唐太太很快的平靜下來，抬起頭說：「讓我先見見她，可以嗎？」

所長點點頭，先站起來。

「她還不知道吧？」

「可能還不知道！所以我們先請妳來，研究一下這件事。」

在送她到醫務室的路上，所長簡要的表明生教所的立場，在家長和監護人同意的情形之下，唐琪是應該接受合法墮胎手術的。唐太太始終沒有說過話，現在她所想的，是華約希那天在家裏和她談話的那副誠懇的樣子。當他聽到這個消息，會怎麼樣呢？自從那次她陪著他來探望唐琪之後，唐琪真的堅守著自己的誓言，拒絕再會見他，對於女兒這種近乎絕情的做法，她頗不以為然——那年，她自己不是恨死了唐哲生，最後還不是嫁了給他。唐琪性格上的酷肖她，使她對這件事有一個宿命的預感，心裏反而變得舒坦起來。

唐琪靠在醫務室附設的一間小病房內。白牆，白色的木床，把她的臉色襯得更加蒼白。見到進來的是母親，她的嘴角掀起一絲並不十分自然的笑意。

房內只有母女二人。唐太太環視這間除了床和一隻床頭矮几便空無一物的病房，笑笑，便過去靠著床邊坐下來，定定的注視著女兒。

「他們通知妳來的？」女兒說，聲音很低弱。

「嗯，妳覺得怎麼樣？」

「他們說我昏倒了——喏，這兒還跌青了一塊！」

「現在呢？」

「沒事兒，只是有點暈。」

母親拿起女兒的手，無意識地揑揑，端詳著她的手指和掌心。

「是不是有什麼話要告訴我？」唐琪問。

唐太太輕喟一下。

「乖乖，妳先聽媽說——」

「很嚴重嗎？」

「妳已經有孕了。」

唐琪用手去掩住嘴，這是可能的嗎？昨晚她就作了一個夢，夢見自己已經有了一個女兒：她的鼻樑挺直，嘴的輪廓就像華約希一樣。剛才——就在母親沒進來之前，她還在回味著這個幸福的夢境。是的，幸福，她的心靈浸潤著一種母愛的溫馨；但她奇怪夢中並沒有約希，甚至與他是毫無關連的。

母親關切的目光使她醒覺過來。

「妳不要怕！」母親說。

怕？怕什麼？唐琪被一個驟然而至的思想攫捉住，心中充滿了喜悅，她真想緊抱住母親親吻，或者痛痛快快的大哭一場；因為這樣一來，她的處境就和葉婷完全一樣——一樣的需要華約希了。

她這種反常的反應使唐太太受到驚嚇。

「貝蒂！」

「那天我好傻！」唐琪噙著熱淚笑著說。

「不要緊！不要緊的！」

「我還以為我做得很對呢？」

「真的不要緊，院長已經告訴過我……」

「媽！」

「媽在這兒，」母親再捉住她的手，急急地說：「妳放心，一點痛苦也沒有的，真的，媽不會騙妳的！」

「痛苦什麼，我高興還來不及呢！」

「那就好，那就好了，待會兒媽就去告訴所長！」

「告訴他什麼？」

「拿掉孩子的事呀！」

「什麼，拿掉？」唐琪尖聲叫起來：「誰說我要把他拿掉？」

唐太太怔住了，半晌，她才回復意識，於是不解的問：

「那妳高興些什麼？」

「孩子是華約希的呀！」

「妳是說……」

「媽，快去告訴他，讓他知道！」

唐太太更加困惑了。她試探地問：「妳想把孩子生下來？」

「我應該要生下來，」唐琪堅定地說：「即使他不要，我也要把他生下來。」

「……」

「我真的需要他！」

「孩子？」

「我也需要約希！我是愛他的！」

唐太太的嘴角被激動的情緒所扭曲了，她摯愛地緊緊的抱著女兒，喃喃道：

「媽答應妳，媽現在就去！」

唐太太依照唐琪告訴她的那個地址，終於在那條小街上找到「永吉食堂」。問了半天，阿吉嬸才弄明白是找華約希的，於是大聲回答，說樓上的人都到南部去了。

「楠勃？」唐太太問：「楠勃在哪兒？」

阿吉嬸用那塊油膩的圍裙擦擦手，向前面一指，動作很大，就像南部在前面不遠的地方似的，她說：

「臺中過去啦，妳有去過臺中嘸——再落去嗬，彰化、員林、篩螺、嘉義那一頭啦！」

「哦，南部。」

「是楠勃嘛！」

「有沒有地址呀？」

阿吉嬸沒回答，回頭向裏面大叫。阿吉伯從裏面的小間走出來。她叫他去應付，因為唐太太的北平話她「聽無」。阿吉伯擠了滿臉的笑。

「太太要買什麼嗄？」

「伊槌華約希啦！」老板娘大聲說。

「哦，」阿吉伯慇懃地回答：「他們去南部，好多天囉。」

「我想問他的地址？」

阿吉伯搖搖頭。忽然想起什麼，到梯口記賬小黑板旁的木板上找，然後再向唐太太搖搖頭。

「嘸哩！」

唐太太想了想，接著問：

「有沒有說，什麼時候回來？」

「早咧！暑假以後啦！」

「去那麼久？」

「他們不是去踢投，是回鄉下種草菇哩！」

唐太太聽不懂他說的什麼「差古」，無心再問下去。剛走出門口，熱心的阿吉伯追上來。

「華約希的家喃，在碧潭，妳可以打電話去問問，也許喃，他們有知道！」

於是，阿吉伯再回到樓梯口，在板牆上那堆亂七八糟的電話號碼中找出一個有框框框住的。

「就是這一個號碼，我幫你撥。」

唐太太想制止，她不習慣於這種情況，她處理事情總是從從容容的，尤其是這樣冒冒失失的去跟一個陌生人通電話，如果對方問起原因，她該怎麼說？但，電話很快的便接通了，阿吉伯把話筒遞給她。

對方是女的，她安下心。她用最簡單的語句說出她打這個電話的原因——只是想知道地址，見到華約希。

「他，一直沒回來過，」華約雯回答：「我也要找他哩——您貴姓？」

「敝姓唐。」

「哦，唐小姐。」

「不！我是她媽媽！」說溜了嘴，唐太太有點後悔。她攢著眉，等待對方的反應。

果然，華約雯怔住了。她猛然記起報上登的那件事。那本雜誌，三舅舅在臺北住了三天回臺南的時候，不是曾經告訴過她，約希的「那件事情」已經「結束」了嗎？怎麼竟然連對方的母親都打電話來了？於是，她故意裝出一種並不怎麼感到意外的聲調問道：

「哦！請問伯母，找約希有要緊的事嗎？」

唐太太料定對方一定會問這句話。從聲音中她覺察到這個電話非但不可能問出什麼結果，甚至會引出一些什麼問題。因此，她瞟了站在一邊看她打電話的阿吉伯一眼，若無其事地回答；她想儘快結束這個電話。

「沒什麼大不了的事兒；他要是回來，就請轉告一聲，說唐太太給他來過電話就得了。」

「伯母……」

「——再見！」

華約雯楞了半晌，才緩緩的放下話筒。她想，事情絕對不會如這位唐太太所講的那麼簡單，但，究竟又發生了什麼事情呢？她愈想愈擔憂起來。最後，她特地彎到下房去，關照老黃和宋媽，要他們注意接聽陌生人的電話，然後趕去總公司找胡步雲，打算跟他商量一下。對約希的事，她一向是謹慎處理的，尤其是這半個月來，老太爺突然得了耳鳴的毛病，雖然跟血壓無關，也不算是什麼令人擔心的病痛；但在心理上一，尤其是她，總感到一種無形的威脅，因此對約希的事不得不格外小心，生怕他又弄出什麼亂子來。

胡步雲並沒有在辦公室。

老工友老范給大小姐端上茶之後，告訴她胡股長下午沒來上班。

「最近他那麼忙嗎？」華約雯問。她至少有過四五次，下午打電話到公司的時候都找不到胡步雲。

老范含糊地解釋：

「公司的事也多，今天一早廠裏的人就來吵，什麼水幫浦的事，大概就是這樣。」

約雯看看錶，問道：

「他會回來嗎？」

「不一定！也快下班了。」

她正在猶豫是否等下去，何叔齊低著頭，拿著一只文件夾子一邊看一邊走進胡步雲的辦公室裏來，他的眼鏡低低的壓在那滾圓的鼻頭上，樣子有點怪，等到他把文件遞過去，才發是華約雯。

「啊！是大小姐呀——步雲呢？」

「我也是剛剛來的。他出去了。」何主任皺皺眉頭。

「妳來得正好！要不要到我那邊去坐坐？」

華約雯想了想，索性跟著這位總務主任走出去，當她經過小會客廳，經過大哥的辦公室時，她問：

「大哥在不在？」

「呃……」總務主任低聲說：「總經理現在只來半天——來，進來再談。」

進了辦公室之後，何叔齊小心的關上門，才去招呼約雯。約雯從走出胡步雲的辦公室開始，就覺察到他的神情有點不對，現在，等他坐下後，她索性先開口：

「最近我很少來公司，還好吧？」

何叔齊苦澀地笑笑，他摸摸眼鏡，又把桌面上的筆座和那疊文件夾子擺擺正，然後才決心把眼睛抬起來，帶點不安地望著華約雯。

「我真不知道，」他困難地說：「是不是應該向妳說！」

「公司的事？」

「呃，私人的，公司的，都有！」

「我又不是外人。」

「就是因為妳不是外人，所以我才難開口——大小姐，」他懇切地說：「妳知道我是最怕是是非非的，但是我看見了，又不能說！我能跟誰去說？跟老太爺？不說嘛，事情怎麼辦？」

「問題真的那麼嚴重？」

總務主任望了大小姐一陣，才問：

「大少爺的事，妳總不會不知道吧？」

「知道一點點。」約雯含蓄地回答。

「喏，妳看看這一堆單據！」

約雯沒動手，他把寸把厚的大大小小收據和發票拿到她的面前，她只好隨手翻翻。

「這都是我剔出來的花賬！上個月的。」他激動起來，「這個月更多，喏！」他拿起其中一張來唸：「裝修工料費，一萬兩千五！哪裏裝修？公司？公館？」

「誰報的？你沒拿去查查？」

「問題就在這裏啦！這都是妳大哥親手交給步雲的，我能問嗎？」

「小胡怎麼沒跟我提過？」

何叔齊露出一種令華約雯不快的笑意。

「大小姐！」

「……」

「呃……」他忽然顯得有點猶豫起來，終於改口說：「妳自己的大事情，決定個日子吧！妳真的要守滿三年孝呀？」

約雯靦腆地笑笑。

「急什麼，」她說：「明年再說吧——你剛才的話還沒有說完呢！」

「我說的還是一件事！」

馬上覺察到總務主任所要強調的，不是約謀，而是胡步雲。於是，她索性面對這件事情。

「是不是小胡也有什麼不清不楚的地方？」

何叔齊想了想，變得比先前更加嚴肅。他慎重地坐坐好，把雙肘擱在辦公桌上，緊握著手，說：

「問題還不在這個上面！」

約雯向來敏感，她肯定問題是女人。

「女人？」

「不！」他連忙否認：「我沒這樣說！」

「有這個可能就是了？」

顯然他不願意作正面的回答，同時帶著一點點不安的神態避開她的目光。

「我是從這些交際費上面發現的。」

她接過兩小疊用廻紋針分夾開的單據。

「總經理以前大多數上酒家，請客呀，應酬呀，來來去去都是五月花一家，有時上上舞廳，也是上定一家的，所以我抓得到他的習慣。」

「都是舞廳的嘛！」

「嗯，兩家，我把它們分開。」

約雯不明白他的意思。

「妳對一對上面的簽字！」

「哦……」

「妳看出來了——妳再對一對日期！」

約雯沒有再對，她一時慌得連手都發起抖來了。她極力抑制著自己，放下單據，故意打開皮包去拿手絹，掩飾內心的激動。

這位老實的總務主任沒留意到這一點，繼續分析：

「同一天，怎麼可能同時跳兩家，又是茶舞又是晚場，可能嗎？」

約雯站起來。他急忙要去按住她。

「啊！妳坐下，坐下！」等到大小姐再側著身子坐下來之後，他為難地說：「妳不要衝動！年輕人嘛，玩玩總是難免的！而且步雲這種工作，多多少少總有點應酬……」

「他一樣可以報公賬呀！犯得著……」

「話是不錯——約雯，你們不能再拖了！男人不比女人，總之，總之，結了婚就好了！」

老處女走出公司，她在隔壁兩家的一檔刻字攤前面停下腳步，那個右腿殘廢的老刻工問過她兩次，她都沒聽見。她奇怪自己竟然沒有半點妒恨的感覺，這種冷漠，無動於衷，以及只有局外人才能保持得住的平靜，反而使她害怕起來！將來還要跟這個人生活一輩子呢？

她忍不住笑了。

老刻工停下手，翻起眼睛望她。

她發覺了，順著腳向總統府這個方向走去，在衡陽街再轉入新公園，在荷池旁邊的一張木椅上坐下來。

她已經想不起來，自己是怎麼會喜歡上胡步雲的。老實說，他一點也不好看，只是皮膚比較白淨——一白遮三醜嘛！成天穿著廠裏發的那條灰色凡立丁褲，見到誰都裂開嘴笑，哈著腰……前幾天她就發現他的袖口露出一副鑲著一粒假藍寶石的新袖扣，和領帶針是一套的，襯衫領是領角開鈕扣的那一種，她還覺得挺好看！還有什麼，三兩天就進房間來坐坐，吻她，當她感覺到透不過氣來的時候，就大膽將手伸進她的襯衣裏面去東摸西摸——總是在這個時候，她從小沙發上或者床上坐起來，結束了這種遊戲，還沒有結婚嘛，怎麼可以！她就奇怪那些「奉兒女之命」結婚的人當時心裏是怎麼想的？

她記得有天就問過胡步雲。

「你玩過女人嗎？」

「沒有，我當然沒有！」

「我才不相信！」

「妳以為我是哪樣的人？」

「你這個年紀，不玩女人是不正常的！」

「這倒是真的，」胡步雲又纏住她，「妳知道嗎？我這個樣子下去，遲早會得神經衰弱！」

「誰說的？」

「一本書，我拿來給妳看。」

「我才不看，男人專門喜歡看這種書——書上怎麼說？」

「生理上，如果抑制得太厲害……」他的手又開始活動起來。

那次約雯並沒有馬上擺脫他，她只抓住他的手，讓它在她的自尊心所能容忍的範圍之內。

「抑制真的那麼痛苦嗎？你騙人！」

「……」

「你再這樣，我就要起來了！」

他沉重的吁了口氣，把手抽回來。

「妳好自私！」

「我們這樣談談，不是很好嗎？」約雯靠近他。

「我是男人啊！」

「那我呢？」

胡步雲回過頭來，望著老處女。由於近視的關係，她的眼神怪怪的。他的姐姐最近時常在他面前嘀咕：夜長夢多啦！還說女人結婚太遲，生產的時候會有困難。

他很明白，還不是為了那時籌備婚禮買傢俬的那筆錢，約雯有一天告訴他，老太爺有意思給她開一個銀行戶頭，存一筆錢給她作為陪嫁，會是多少？總不至少於五十萬吧？華家的資產少說也不止五千萬，這是大家都知道的。

「約雯！」他摸摸她的臉。

對約雯來說，這種溫存的動作比什麼都美。

「妳遲早都要給我的嘛！」

「不行！」她馬上戒備，警告道：「婚前是婚前，婚後是婚後！」

「妳怎麼還這樣老古板，人家外國人正在流行試婚呢！妳知道……」

「我不要知道！你如果怕得什麼神經衰弱，那你去找那些可以隨隨便便亂來的女人好了！」

而現在，他竟然真的去找了！怪不得最近經常在公司找不到他的人，到碧潭來，再不像以前那樣，幾句話沒說就脫託辭要走。想到這些，華約雯不禁難過起來，因為他的背叛，對她的自尊和信心造成了一種嚴重的傷害。

最後，她終於決心接受這個「挑戰」。

「好吧，胡步雲！」約雯告訴自己：「只要我證實這件事情是真的，我們就完了！」

離開新公園，她本來打算馬上趕到那家舞廳去的。她記得單據上那家舞廳的名字，三輪車伕不可能不知道這個地方。但，上了車，她又改變了生意，因為她對舞廳的情況毫無所知，何叔齊剛才不是說什麼茶舞晚場的嗎，萬一人沒抓到，反而打草驚蛇，豈不糟糕。於是她決心不動聲色，先回到碧潭去，然後吩咐老黃打電話到公司，和胡步雲的住所，留話通知他回公館一趟。

一直等到午夜點多鐘，胡步雲打電話來了，聲音很疲倦。

「有要緊的事嗎？」

「沒什麼，」約雯裝作若無其事地說：「下午我去過一趟公司，你不在。」

「我忙了一整天，煩死了——要不要我現在來？」

「不必了，明天再說吧。」

第二天一大早，胡步雲就趕到碧潭。約雯還沒起床，他上樓直接進她的房裏，到床邊坐下來。老處女聞到到他身上有股淡淡的香味，肯定不是髮蠟和鬍子水的味道。平常，碰到這種時候，胡步雲總是趁機和衣擠在床邊和老處女親熱親熱的，現在他剛靠下，約雯已經把晨衣向身上一披，下了床。

「還早吶！」他說。

「早什麼！」約雯推他的手，「我幫你查過了，你可以趕上中午十二點十分那班對號快車。」

「幹什麼？」

「你去一趟南部。」

「有什麼事？」

「把約希找回來，三舅舅那裏一定有他的地址，」她說：「他走的那天向我要了點錢，說是要到臺中附近鄉下的同學家過暑假。」

「又出了什麼事啦？」

「還是上次那一件。」按照約雯昨天趕去公司的本意，是要想跟胡步雲研究一下，那姓唐的女孩子的母親突然要找約希，究竟是什麼目的？毫無疑問，絕對不會是什麼好事，既然還有麻煩，那麼她應當在事情還沒有鬧大，弄到不可收拾之前，設法在私底下解決；反正這類事情已經不是第一次了，所不同的，以前是為了打架，現在是為了女人。

不過，經過整晚的盤算，她正好利用這件事去佈置一個陷阱，證實一下胡步雲在舞廳是不是真的有什麼花頭。

胡步雲有點興奮，表示關切地問：

「不是說已經沒事兒了嗎？」

「誰知道！昨天那個女孩子的媽媽打電話找來了，」她精明地說：「你先別告訴他，只說老太爺叫他回來一趟，他一定會回來的。」

「那我就先下臺南了？」

其實華約雯也想到過可以用長途電話問三舅舅的，胡步雲不提，而且蹙著眉頭在計算，她知道他在想什麼。

「總之，你一定要把他找到為止！」

「就算找到，」他說：「我怕最快也要後天晚上才回得來。」

「你走你的，公司的事，我會告訴大哥。」

胡步雲挾著一種難以形容的喜悅心情趕到小玫瑰的家裏時，這位身材嬌小，有一雙大眼睛的舞小姐大概剛剛睡著。這種生活方式，這半年來，她已經成了一種習慣；每天，她的養母總讓她睡到中午一兩點鐘才把她叫起來。梳洗，吃飯，到橫街的小美容院去做頭髮（包月的），順便在那兒打扮一下，就搭車到基隆那家獨一無二的舞廳去上班：茶舞，讓那些粗鄙的嚼著檳榔的碼頭客（私貨販子），那些把她摟得不能喘氣的外國商船的船員，和一些從臺北來找刺激的生意人摟摟抱抱，談些幾乎是千篇一律的話。哪天運氣好一點，會碰到一個比較大方體貼的客人，買鐘點帶她出場——總是這樣：吃過飯，說好說歹也得到附近的小旅館去，否則，十有九次只好在晚舞自己進場，看大班的冷面孔。接下來，跟茶舞並沒有什麼分別，只是又換了另一批客人，然後又是帶出場，宵夜，到旅館去。等到再搭上湊夠客人才肯開的野鷄車，回到臺北，拖著疲乏的腳步回到家，已經快兩點了。

通常，這位待她還不算太壞的養母美月孄還沒睡，總是假慇勤地替她張羅洗澡水、胃痛藥，或者熱著特地留下給她回來吃的可以解酒的甜湯。真正的目的，是搜去她那只小皮包裏或者夾在襪帶上的錢。如果哪天生意差一點，或者她的那個「不死鬼」賭輸了還是什麼的，很可能會被她彷彿在唸經似的詛咒上一夜。不過，這個把月來，已經很少會發生這種情況了，她認識了一個長得不錯，手面濶氣，而且據說還沒結婚的臺北客——胡步雲。好像還是臺北一家大紡織廠的股東呢！

美月孄在日治時代就在酒家做過酒女，可以說什麼都見識過。她是不能生育的，小玫瑰（郭招治）和才十一歲的弟弟郭勝雄都是跟現在這個丈夫郭富之後才收養的。自從那晚上小玫瑰帶了一張五千塊錢沒劃線的支票回來，而且第二天在銀行兌了現之後，這位「胡先生」就時常到這個家裏來走動，有時甚至只來個電話，美月孄也同意小玫瑰不去上班，讓這個恩客把她接走。前天和昨天都是那樣，不過胡步雲從來沒有留在外面過夜，十一點沒到，他就開始頻頻的看錶，嚷著要回去。直至最近，他才向她表示：他是有未婚妻的，但是他一點也不喜歡她。

所以現在當美月孄打開房門，發現站在門口的竟然是這位年輕的「大頭家」時，興奮得有點失措起來。因為小玫瑰告訴過她：胡步雲上午生意很忙，他也從來沒有在早上到這兒來過。

「熬早啊！」美月嬸將房門開得更大一點，諂笑著說：「她還在眠床睏呢！你進去，我去泡茶！」

「免啦！」胡步雲用臺灣話回答，跟著走進後屋那間用木板隔開的小房間裏，

小玫瑰穿著半透明的薄紗內衣褲，抱著一隻大軟枕半伏在那張床頭鑲有小鏡子的木床上酣睡，一把舊的搖頭風扇擱在梳妝臺邊的木凳上，發出呼呼的響聲。

胡步雲坐在床邊，把她的身體扳過來，搖了半天才把她搖醒。她瞇著惺忪的睡眼，看清楚了是誰。

「你啊——我好睏，現在幾點了？」

「還不到十點。」

「十點？」

「起來，快起來！」

「幹什麼嘛！」她連連打著呵欠，眼睛又閉了起來。

「起來呀！」

「我睏死了，你躺下，陪我睡一會兒！」

「不能睡，我們要去臺南。」

「臺南？」

「嗯，我們一起去——我們可以好好的玩兩天！」

她的睡意頓然消失了，連忙坐起來。

「你騙我！」

「真的，要不然我這個時候來幹什麼？快點吧，我們可以坐十二點的那班快車。」

小玫瑰計算了一下，說：「那到臺南，不是已經晚上七八點了嗎？」

「大概是吧，我沒去過。來，動作快一點，要不然就趕不上了！」他親暱地伸手去扶她，她索性緊偎在他的身上。

「我真的起不來！」她懶洋洋地懇求道：「我們乾脆坐下一班的，反正到臺南也天黑了！」她扭動著身體。「好不好嘛，我們睡一會兒！」

胡步雲想了想，終於同意了。不過，他不打算坐下一班火車，他計劃租一部出差汽車開到南部，這樣，還可以沿途一站一站的玩下去。到臺灣幾年，他還沒有得到過一次真正旅行的機會，而且是跟一個溫柔得像隻小貓似的小愛人在一起。

十二點十分的那班對號快車開走了，華約雯沒發現胡步雲的人影。從十一點鐘開始，她便偷偷的躲在剪票口右側欄杆那邊的一條鋼柱的後面。她穿著顏色素淡的衣服，戴著一副太陽眼鏡，那入口距離她約莫二十尺左右，如果胡步雲搭上這班車，她沒有理由看不見的。

會不會因為胡步雲買不到票？沒趕上時間？或者公司的事情沒交代好？於是她在車站撥了個電話到公司去。老范回答說胡股長連電話都沒打回來過。她躊躇起來。為了慎重起見，她決心繼續等下去。

兩點鐘的一班南下慢車開走了。

四點半的柴油快車也開走了。

……。

最末一班夜快車駛出月臺之後，她才離開車站。她想哭，但不肯哭。她告訴自己：一定要堅強起來；沒有男人，女人一樣可以生活下去的！現在，她所等待的，只是證據而已。

第二十七章

蔡文輝利用後屋豬檻與小池塘竹林之間的那片空地，跟華約希兩個人以一個星期的時間，用竹竿和乾茅草搭好一間約莫有十四坪大小的「洋菇實驗場」；裏面，分搭成三列木架，每列五層。那些像抽屜一樣的菇托，是村頭雜貨店弄來的酒箱鋸開兩半改成的。等到這一階段的準備工作完成之後，華約希才寫了一封信給他的三舅舅，告訴他自己生活的情況。但，信中他極力避免涉及有關感情上的問題，原因並不是由於害怕對方向他說教，而是他發現——這次顧夢初到臺北來他才發現的——三舅舅與他之間，似乎已經有點距離了。他不敢相信那是因為三舅舅的思想已經有點落伍，不合時宜了。他想：可能是他的獨身生活影響了他，或者是自己突然間「成熟起來」的緣故吧。

第二天的下午，顧夢初的回信很快的來了。信中只有寥寥幾句話，告訴他十多天之前，老太爺曾經派胡步雲親自到南部來找他，叫他馬上跟家裏連絡。

華約希馬上跨上那輛蔡文癉父親每天在厝頭與田壠之間來回騎的破腳踏車，想到草屯鎮上的電信局去掛長途電話回臺北。蔡文輝阻止他，他願意陪約希乘公路客車到霧峰去打，順便到五金行去買些粗鐵絲和兩包石灰回來。

電話一接通，華約希便聽到他的大姐在高聲嚷叫：「你究竟死到哪裏去啦？」

「爸有什麼事？」約希急急地問。

「是你自己的事！」顯然是由於這一陣唐太太毫無反應，華約雯並沒有當時那麼緊張，她說：「你到哪裏，至少也要寄個地址回來呀！」

「妳不是說，是我的事嗎？」

「你要不要回來？」

「賣什麼關子嘛！不說我掛電話啦！」

「——唐太太要找你！」

「哪一個唐太太？」

「你還認識幾個唐太太！」

「啊……」約希開始有點緊張了，「她怎麼說？」

「什麼都沒說！還會有什麼好事！」

「是什麼時候打來的？」

「怕快半個月了！」

約希急不及待地掛斷電話，然後從褲袋裏掏出那本已經脫掉封面的小記事冊，找到唐琪家的電話號碼，隨即到櫃檯再掛一個電話到臺北去。

但，對方一直沒人接聽，這樣連續了三四次，約希仍然不肯銷號。櫃檯裏面那位女職員見他那麼焦急，還請臺北那邊幫他查過那個電話是否壞了，最後她好心好意地說：

「電話是好的，你那麼急，可以先打個急電過去，兩個小時就收到了。」

「謝謝妳，我還是再等一下吧！」

華約希把土豆兒先弄走，然後在對街的書鋪裏買了一本「拾穗」，回到電信局的長木椅上坐下來。

最後，雜誌連廣告都看完了，那位上日班的櫃檯小姐也走了，電話還沒通，接夜班的是一個年紀和約希差不多大小的小伙子，夜間的電信業務並不太忙——約希數過，有一個跟逾期未歸的丈夫吵架的太太，一個向臺北報青菓價錢和裝運時間的水菓批發商，一個上氣不接下氣地裝出各種苦惱表情向對方借錢軋銀行支票的倒運商人，還有一個是扯了半天還沒說出通話要點就夠了三分鐘時間的老太太；接通了兩次無人接聽的電話，這小伙子才發現約希的那張通話記錄單子。

「嘩，打給女朋友呀！」

「給她媽。」

也許約希的話說得太快，他瞪著約希。

「打給她的媽媽。」

他笑了，移開擱在桌邊的一摞書本。不用問，半工半讀，準備考大學的。反正悶得慌，約希靠著櫃檯跟這個也想打發點時間的小伙子聊聊。

「你是外頭來的吧？」

「臺北。」

「我看得出來，你唸哪個學校——工專？」

「……」約希搖搖頭，「『窶』學校！」

「淡江？」

「臺大。」

「臺大？」這小伙子肅然起敬起來，他誠懇地說：「我就想進臺大，大概不會有希望——臺北的學校我統統調查過了。」

「你想唸什麼？」

「工商管理，」他老老實實地說：「鄉下沒有什麼發展的機會，做生意，比種田容易賺錢啊！」

蔡文輝曾經這樣想過嗎？華約希忽然對他那份對泥土的熱愛和執著感到驕傲起來。他望著這小伙子，他不難想像出再過幾年，他蓬著波浪型的頭髮，穿著西裝，提著公事包的那種得意樣子。

他不想再跟這小伙子說話。

最後，電話終於接通了。他聽到唐太太激動的聲音在喊道：

「啊！約希！你現在在哪兒呀？」

「在臺中！」約希說：「霧峰的電信局裏。我大姐說您在找我？」

「是呀，找你好久了！」

「是不是為了唐琪的事？」

「嗯……」她含糊地應著，然後問：「約希，你可以馬上回臺北一趟嗎？」

「伯母可不可以先告訴我——」

「不是不可以，不過，電話裏很難跟你說清楚的。如果你不方便回來，那麼把你的地址告訴我，我來……」

「我當然可以回來！」

「那最好了，什麼時候？」

「現在我得先回舊社交代一下，如果趕得上，我今兒晚上就搭火車回來，不然就明兒一早，中午可以到臺北。」

「好，見面再說吧！」

走出電信局，華約希才發現最後一班公路客車時間已經過了。他到加油站前面那家小店裏，套了半天交情，皺起眉頭來嚼檳榔，表示自己的車子拋錨在路上，到霧峰來配零件的。他的臺灣話是平常跟蔡文輝胡說八道學來的，雖然不正確，但說得挺流利，每句話前面加上個「幹」，或是「賽伊娘」，倒讓那位說客家話的貨車司機非但願意載他到舊社，連那兩碗「切仔麵」的賬都替他付了。

貨車一路顛簸到舊社，沿路頗不寂寞。約希下得車，便扶著路邊的樹嘔了，吃醉了檳榔的罪比醉酒更難受。

等到他吐夠了，深深的吸進幾口鄉下夜間清涼的空氣，打算沿著小路摸黑回到厝尾蔡文輝家時，他聽到熟識的腳踏車響聲，近了，果然是蔡文輝。

「嗨，你搞什麼鬼！」土豆兒叫道：「我在擔心你找不到路回來呢？」

「差一點就在霧峰回不來了——你到哪兒去？」

「找你呀！」蔡文輝說：「我忘了告訴你十點鐘之後就沒車了。你走路回來的？」

「搭便車。走吧！」

「慢點！」

「怎麼啦？」

土豆兒下了車，推到一邊，然後說：「臺北電話打通了？」

「嗯，我明天一早回臺北。」

「……」

「我很快就會回來的。」

蔡文輝仍然沒搭腔。小雜貨店屋側的窗口透出淡淡的燈光，使華約希隱約看見他的眼睛中閃現出一種奇異的光澤，於是低促地問：

「怎麼回事？」

「電話怎麼說？」

「什麼都沒說，只是叫我回去一趟——怎麼了嘛？」

蔡文輝吁了口氣。

「我怕你走不成了！」

「為什麼？」

「你知道誰來了？」

「哦……」約希一頓，急急地問；「是不是我大姐？」

「你的小愛人！」

「唐琪？」他曾經想到過唐琪會逃出生教所的事，緊張起來。「是不是唐琪？」

「不是唐琪，是你的第一號小愛人！」

華約希霎時間感到一陣昏亂。半晌，他才吐出一句話：「怎麼可能呢！」

「她下午就已經到了。」

「現在她人呢？」約希急起來。

「當然在我家裏——呃，約希！」

約希停下腳步。

「這一次，」蔡文輝摯切地說：「你一定要慎慎重重的考慮啊！」

「哦……」約希問：「她怎麼啦？」

「見面你就知道了！車子讓你先騎回去！喏，手電筒！」

華約希連腳踏車都沒擺好，就衝進蔡家那幢老磚屋後面加蓋出來的一間小房間，引起附近的狗大聲吠叫。

他一進門，便看見葉婷直挺挺的站在窗邊的那張木桌子前面，面對著他。她穿著一件短袖的，腰身寬大的洋服。華約希的第一個印象，就是感覺到她並沒有自己想像中長得那麼大，只是比以前文靜多了。但，她那雙烏黑而深邃的大眸珠裏面，卻蘊蓄著一種並不是她這種年齡應有的世故和憂鬱，雖然她的嘴角仍然流瀉出一層約希所熟悉的牛奶味。

他們默默的對望了一陣。

約希先露出笑意。淡淡的，他根本就不是想笑。

葉婷緩緩的低下頭，望著自己一直握放在小腹上的雙手，然後再抬起頭問：

「你沒想到我會找來吧？」

「嗯！」約希沉重地點點頭。「誰告訴妳地址的？」

「那胖老闆娘幫我在樓上找到一只舊信封，原來臺中縣有好幾個舊社，我找了兩天呢！」華約希真的笑了。

「為什麼突然間想到要找我？」

葉婷遲疑一下，很清晰地回答：

「我爸爸跟媽媽過兩天就要回來了！」

「……」華約希的眉頭皺了起來。

「我沒想到他們會那麼快回來！」她接著說。

「回來又怎麼樣？」

她聳聳肩膀，露出一絲苦笑。

「五哥！」她喊道。

約希的心軟了一半。

「說吧，」他說：「找我有什麼事？」

他那副無精打采的樣子使葉婷的心冷了一半。從接到母親的長途電話，到她決心來找約希開始，她始終具有一份信心，但現在這個信心動搖了——華約希的反應，並不像她所預期那樣熱烈，甚至還相當冷淡。

「妳說呀！」

「我不應該來找你的，」她黯然又低下頭，「你很討厭我！」

他不響。他想從她的神態中找尋出她所失去的什麼。是那份真純的稚氣嗎？或者是那種任性和偏執？他認為她應該像以前一樣，尖聲叫，大聲笑才對！

她的眼睛抬起來了，默默的注視著他，含著一種使他感覺得出的惱怒。

「如果你真的那麼不願意看見我，」她生硬地說：「你出去吧！天亮我就走！」

他嘆了口氣。

「妳要我說什麼呢？」

「你用不著說什麼！」她真誠地說：「我只要看你的眼睛，就知道了！」

「好，妳看，我現在的眼睛怎麼樣？」

葉婷那俏皮的嘴角緩緩流瀉出一種令華約希的心靈驟然沉浸於溫暖的幸福中的笑意——帶點淒涼意味的笑意。

「好啦？」

兩顆晶瑩的淚珠從她那長長的眼睫下面滑落下來。

華約希嘴上那含有點誇張意味的笑意凝固住了。

「五哥！」她的嘴角痙攣著。

他僵著不動。

她緩緩走近他，非常溫柔的把身體靠在他的胸前。

「你記不記得你說過一句話？」她說。

那種難以形容的甜蜜很快的傳導到他的體內，使他止不住起了一陣顫慄。

「你說的！」

他只記得，他第一次和她在樹下親吻的時候，她的淚曾經滴落在他的手上——現在，他的手雖然平直的垂著，但他仍然有當時那種感覺。

她仰起頭望他的下頦。

「你說等到我真的弄出麻煩，再來找你！」

「妳說什麼？」

「所以我來了！」

華約希震駭地捉住她的臂，將她推離自己的身體，然後將目光從她的臉移到她的腹部。

「我穿這種衣服，」她說：「不容易看得出來——喏，你用手摸摸。這次是真的！已經四個多月了！」

約希昏惑的鬆開手，退開兩步，瞪著她，然後激動起來。他記得唐琪跟他說的——葉婷比她更需要他！顯然唐琪所指的，就是這件事了！

他把手舉起來，指著她，好一陣才用痛惡的聲音說：「妳是怎麼告訴唐琪的？」

「你知道？」她有點困惑。

「妳說這孩子是我的？」

「你根本就知道不是！」

「但是妳是這樣告訴她！」

「……」

「妳為什麼要這樣？」葉婷沒有回答這個問題，低聲反問：

「你喜歡她？」然後她又肯定的回答自己：「我看得出你喜歡她，不然你不會那麼生氣。」

「對，我喜歡她！」

「那我沒有做錯，我做對了！」

華約希忿懣地伸出手，又廢然鬆弛下來。

「妳究竟在安什麼心啊！」他絕望地喊道。

「你應該喜歡我的，」她認真地說：「如果那天晚上你不趕我走，那麼現在這個孩子，就是你的了！」

「見妳的鬼！」約希大聲詛咒起來。

「本來就是這樣嘛！」

希約有過這種經驗，只要跟葉婷單獨在一起，一切都會變得混亂。現在，他極力掙脫內心這種令他迷惘的紛擾，希望能夠把握住一點能使自己冷靜下來的力量，去面對目前這個荒謬的問題。

「好，好吧，」他無可奈何地說：「我們先坐下來，妳真的把我搞糊塗了！」

於是他讓葉婷在那張竹床邊坐下，然後自己端張凳子，對著她坐下來，慎重其事地說：

「讓我們把事情一件一件的說說清楚。」

她點點頭。

「妳是說，妳肚子裏已經有孩子了，」他一句一句的說：「有四個多月，不是我的——但是妳告訴唐琪，是我的！對嗎？」

她又點點頭。

「好，」他繼續說：「現在妳的父母親馬上就要回臺灣了，妳急了。因為我曾經向妳說過：等到妳真的弄出麻煩了，妳可以來找我。所以妳來了？」

「除了你，我還能找誰呢！」

「……」約希頓了頓，然後說出問題的關鍵：「——妳打算要我怎麼辦？」

「我不知道！」

「妳怎麼可以說不知道！」

「我真的不知道！」她無助地喊道：「我只知道我不能在家裏再待下去！」

「啊……」

「我真的不知道現在該怎麼辦！」

華約希默默的凝望著她，適才那一陣紊亂和不快過去了。心中升起一種悲憫之情。他緩緩的伸出手去，替她抹去凝留在嘴角的眼淚，露出淡淡的笑意。

「可憐的小傢伙！」

「五哥！」

「妳好傻！」

「你肯收留我嗎？」

「那天我並不是真的要趕妳走！」

「我會洗衣服，替你燒飯——我什麼都會做！」

「我還到高雄去找過妳……」

她快活起來，撲倒在他的身上。

「我知道你會要我的！」她激動地喊道：「我知道你會要我的！」

約希憐惜地輕撫著她的頭髮，心中在考慮是否現在就將自己的心意說出來，或者等到明天再找機會說，最後，他決定前者，因為他也在擔心自己會改變主意。

「葉婷！」

她頓了頓，很快的就把頭揚起來。她覺察到他的聲音中攙有一種令她驚疑的成分。

約希真誠地望著她說：

「我答應妳，絕對負責幫助妳解決這件事，但是，不是用這種方式！」

「什麼意思？」

「妳這樣做，就等於逃家出走！這個辦法行不通的！妳以為妳的爸爸媽媽找不到妳，就算啦？」

葉婷輕輕的咬著下唇，沒說話。

「等到警方一追查，我就要犯兩種罪，」約希解釋道：「一種是誘拐未成年少女，一種是——」他指指她的肚子，「誘姦成孕，我能否認嗎？而且我又是一個有傷害前科的『不良分子』，這幾個罪加起來，非把我當甲級流氓送外島管訓不可！」

「你說幫助我，不等於白說！」

「所以我們要用另一種方式。」

葉婷以為自己已經猜對約希所想的，索性把話先說出來。

「你不用打那種主意了！」

「妳猜錯了！」

「告訴你吧，」她快快地說：「已經打不掉了！阿銀姐幫我算過，十二月中我就要做媽媽。」約希搖搖頭。

「都還有什麼方式？自殺呀！」

「——結婚！」約希肯定地說。

「噢……」

「正正式式的結婚！」

葉婷震顫了一下，隨即發狂地把華約希緊緊的抱住，陷入這股突如其來的激情中。

「你騙我！」她含糊地嚷道：「不可能的！絕對不可能的！」

「我們只有這個辦法了！」

「你真的要這樣做？」

「當然是真的——但是我們先要把原則講好！」

「原則？」

「對！」約希捉住她的雙臂，沉肅地對她說：「我們結婚的目的，只是讓——他，有個合法的姓，有個父親，同時使妳的爸爸媽媽不得不承認這個事實……」

她急急的打斷他的話：

「那是說，你並不是真正的要想娶我了？」

他避開她的目光，困難地打著不必要的手勢，似乎要輔助，或者強調這種使他感到負疚的解釋。

「妳先聽我說，目前的問題不是在結婚上，我這樣做，完全是為了解決妳的困難。等到事情過去了，孩子生下來了，我們再研究以後的事。」

「這樣，以後還會有什麼事！」

「誰知道，半個鐘頭之前，我還打算明天回臺北去，而現在竟然要娶妳了！」

葉婷自嘲地笑笑。

「只是名義上的！」

「至少，我們的問題都解決了！」

葉婷看見華約希的態度那麼誠懇，除此之外，的確也想不出更理想的方法；而另一方面，她感覺得出，約希對她，仍然有很深的愛意的，否則，任何一個男人都不會主動的去做這種傻事。對的，以後的事誰又知道？

孩子生下之後，他會離開她，或者他們真正的生活在一起，都同樣有可能的。

於是，她露出溫婉的笑容。

「好吧，只好這樣！」

「對了！」約希站起來，愉快地說：「我們大家都累了，妳早點休息——就睡在這兒好了，我到蔡文輝那邊去湊合一晚。明天見！」

他走到門口，她叫道：

「五哥！」

約希在門前回過頭。她走近他。

「像以前一樣，吻我一下好嗎？」

他猶豫著，她已經把頭湊過去。那已失去的熱情瞬即又燒燃起來，但，他急急的擺脫她，沒說一句話，走了。

他走出來，繞過一片曬穀場，向前屋走去時，他的腳步在那兩大堆乾草堆前面停了下來。灶間那盞四十支光的電燈還亮著，他知道蔡文輝還沒有睡。他一定在等他，想知道他和葉婷「談判」的結果，他會問些怪話。沒有幽默感，對生活太過嚴肅。

他深深的吸入一口臺灣中部夜間——尤其是鄉間——特有的清涼空氣，甜甜的，帶點現在覺得一點也不難聞的牛糞和乾草的氣味。心中的積鬱——奇怪了，有嗎？好像早就積聚在那兒，緊緊的壓在那兒，只有現在才感覺到，才舒散開似的。他抬頭望望天，想：啊！可憐的唐琪！

一聲乾咳，他才發現土豆兒原來就靠坐在他背後的草堆上。

「坐下來吧！」這位朋友說。

約希到他的身旁坐下。他到這兒的第一晚，也像現在一樣兩個人在這兒坐到天亮。蔡文輝有說不完的鄉下孩子才享受得到的童年生活故事，使這個一直在城市中長大的五少爺大為感動。

「你見過日出嗎？」土豆兒非常認真地問過他。

阿里山的日出他錯過了。碧潭看不到，除了在電影裏，他記得有過看見日出的印象，或者是在夢裏。

「冬天，在這邊！這個月份，喏，就在前面這片林子的右邊——這裏才是正東方！知道嗎，洋包主！」

然後，他又問他：「你看見過霧，和雲，是怎麼樣生出來的嗎？」

但現在，蔡文輝說：「我先恭喜你！」

約希覺得奇怪。

「你怎麼會知道？」

「你還不知道你自己的毛病！」

「我怎麼！」

「你的心腸太軟，你不會拒絕別人，怕傷了別人的心——尤其是她！」

「……」約希冷冷一笑，點點頭。

「嗯，我答應了。」

「你考慮過嗎？」

「我沒有選擇的餘地。事情並不如你想的那麼簡單！」

這個頭腦像算盤一樣實在的小佃農忽然冒出一句帶點調侃意味的話：

「女人本來就是製造複雜的嘛！」

「文輝！」

「你不必再告訴我，她的事，誰都看得出來！」

華約希吐了口氣，索性反手到腦後去，在草堆上靠了下來。蔡文輝仍然坐著不動，好一陣，他才回過頭來望著約希，關切地問道：

「你打算讓她在這裏住到把孩子生下來？」

「不，我們明天就回臺北！」

「哦……」蔡文輝不解地接著問：「你是不是要帶她去……」

約希知道他所想的是什麼，於是說：

「正式結婚！」

「結婚？」蔡文輝失聲喊道。

「那你以為我會怎麼做！」華約希有點不快活。

在約希還在霧峰沒回來之前——或者說當他們留下葉婷一起吃了夜飯，蔡文輝的母親在灶間告訴他葉婷的肚子有問題之後，他便替約希設想過種種可能解決的方法；並不是說約希不可能娶她，而是沒想到約希會那麼肯定。

「不可以呀？」約希追問。

「當然可以！」

「好啦！反正她生的孩子將來姓華，不是姓蔡——你擔心什麼？」

蔡文輝被他的話激惱了。

「我擔心你的家裏將來會變成聯合國啊！」

華約希聽過「你的孩子和我的孩子在打我們的孩子」那個笑話，他仍然用肯定的語氣說：「這個你放心，你將來絕對看不見我和她生的孩子！」

「那你娶她幹什麼？」

「我愛她！」約希坐起來，真誠地回答：「我真真正正的愛她——純粹是精神上的！」

「肉體上，你愛唐琪？」蔡文輝用挑釁的口吻強調這句話：「真真正正的！」

「那又有什麼不可以呢？」

「你啊！嘴硬吧！」土豆兒用臺灣話詛咒道：「時間還沒到哩！」

第二天，蔡文輝送華約希和葉婷上車的時候，仍然熱情地互相緊抱一下，在對方的胸口搥幾拳，表示內心對他的祝福。

「土豆兒，再見啦！」

「還來不來？」蔡文輝忍不住問。

「看情形吧！」

「嗯，不來記得寄張明信片給我。」

「你呢？」

「你放心，我會把『蔡華菇』的情形寫信告訴你的。信寄到哪裏？碧潭？還是——」

「當然是我們的老地方。再見！」

公路車開走了。蔡文輝仍然站在那兒，目送客車消失在塵土迷漫的公路的盡頭……

第二十八章

櫃檯裏面那位老職員盯了他們一陣，然後用並不十分友善的聲音問華約希：

「你今年幾歲？」

「二十。」

「真的二十？」

「喏，這是我的學生證。」

「妳呢？」

那個人沒有看，目光移向站在約希旁邊的葉婷。

葉婷瞟約希一眼，故意將腳跟踮高一點。

「妳多大？」約希低聲問。

「十七。」葉停瞪著那位頭髮有點斑白的職員。

「怎麼，不可以呀？」

那個人搖搖頭。

「不可以！」他冷漠地說：「你們長大了再來吧！」

「為什麼？」

「為什麼？」他湊近約希，「你們還沒有到法定年齡呀！」

約希頓了頓，眉心不自覺的蹙了起來。

「是不是這個年齡結婚就不合法？」他問。

「不是這樣說——你們的家長或者監護人，可以替你們出面嗎？」

「他們一定要出面？」

「他們不同意，法院就不能替你們公證。」

「是不是所有的婚姻，都要法院公證，才算合法？」

「也不是這樣說！」

華約希露出他那種特有的邪惡笑意了。

「哦，還是有漏洞的！」

「什麼叫做漏洞？」

「還有別的方式，法律上也要承認的——什麼方式？我打賭你自己就不是公證結婚的！」

那個人楞著，微張著嘴。華約希作態地伸出右手在臉上向前伸了伸，表示敬禮。

「謝啦！」他說，一邊拉緊葉婷的手，「我們到書店去翻翻六法全書！」

這天晚上，華約希把所能通知得到的高中時期老同學都叫到阿吉孀的店裏來了。現在只混上「淡江」的趙娃兒成了總招待，興奮得就像他們在高一那一年第一次開舞會一樣，只差沒把已經買回來的顏色縐紙在店堂裏掛起來。

阿銀姐是到得最早的，她替葉婷拎來一隻小箱子，一直在小樓上陪伴著「小新娘子」。葉婷用電話去告訴她的時候，並沒有期望她會來的——將來的責任問題！但事實上恰恰相反，她穿上了那套幾乎從來沒上過身的舊式旗袍，寶藍色，滾邊，有幾顆編花的布紐扣，而且還帶上了首飾，完全是「女家代表」的姿態。她表現得那麼冷靜、親切，充滿了決心對這件事負起全責的勇氣。因此，葉婷大為感動，任由她去擺佈。

小小的冰菓店堂竟能夠筵開三席，外面那一桌有一半坐到街簷下，阿吉伯不知道打哪兒弄來一幅紅桌布，鋪在裏面靠右牆的那張圓桌面上，牆上就掛著那張貼著金字的「百年好合」紅綢被面，下款是「成功中學同學有志一同」，酒席也別開生面，分別由這條小街的飯館食堂供應，每家送來一道菜：「老鄉親」的全家福燴什錦、「吳抄手」的公保雞丁、蚵仔煎、切仔麵，連四神湯都上桌了。總之，客人越來越多，好不熱鬧。

華約希仍然穿著他那條已經舊到泛白的水手褲、藍橫條的棉質圓領衫，始終含著那帶有惡作劇意味的微笑接受這些傢伙的祝福和挑戰，把紅露酒一杯一杯的向肚子裏灌。

牆上的電鐘剛過十二點，華約希帶著醉意站起來。

「各位各位，」他伸出手去讓大家靜下來，然後粗著舌頭說：「現在——就是現在我才可以宣佈！」他裂開嘴傻笑，鞠了個躬。「我，華約希，和她，葉婷，在民國四十三年八月二十五日零時一分，正式宣佈結婚！」

包括葉婷在內，大家都困惑地望著他。

「這是法律上規定的，」他認真地指著他們。「你們，都是這個婚禮的證明人！同時，我已經正正式式的在報紙上登了那麼大的啟事——它非合法不可！」

依然沒有聲音。

「你們怎麼啦？」約希大聲嚷起來。他拉起葉婷，親暱地伸手去摟著她的腰。「假的嗎？年底，我們就要請你們吃紅蛋了——是不是年底？」

葉婷頭一低，大夥兒隨即騷亂起來……

他們一直鬧下去，等到小樓上只剩下約希和葉婷他們兩個人時，已經快兩點了。

阿銀姐是最後一個離開的。整個下午，她陪伴在這個小女主人的身邊，她們很少說話，當葉婷偶然發現她正以一種憐惜的目光凝視著自己時，她露出一絲靦腆的笑意。她的笑，她那變得溫馴的神態使她痛心，她寧可看見她以前那種任性、驕縱、蠻不講理的樣子。

現在，葉婷發現阿銀姐的眼睛中又閃爍著淚光了。

「妳回去吧。」葉婷說。

阿銀姐瞟了靠在梯口的華約希一眼。

「嗯，」她低聲說：「我該走了——小婷！」

「去吧，妳以後可以來看我的。」

老娘姨又望了望約希。約希明白她想說什麼，於是表示：

「妳放心，只要他們一到，我馬上就陪葉婷回去見他們。我負責解決這件事。」

「妳記得這裏的電話號碼了？」

阿銀姐點點頭，走了。

遲疑了好一陣，約希還沒有足夠的力量回轉身體來對著葉婷。然後，他感覺到她移動著輕緩的腳步，走到他的背後，使他驟然混身灼熱，呼吸跟著緊促起來。

她忽然從背後緊抱住他的腰。

「五哥！」她激動地低喊道。

他極力抑制住自己，不讓對方覺察出他的緊張和惶亂。

「我對不起你！」她哽咽地說。

他認為他必須再度面對這個問題了，逃避只會把氣氛弄得更尷尬，更棘手而已。

他索性回轉身，捉住她的雙手。

「以後不要再說這種傻話！」

「是真的！」她真誠地說：「我不應該再來找你，我太自私了！」

「還有呢？」他笑了。

「其實，你可以拒絕的，你沒有理由要這樣做，我找你，只是要再見到你——真的，沒別的意思！」

他搖撼著她，她抬起頭來。

「妳知道我心裏怎麼想嗎？」他矯飾地問。

葉婷痛苦地搖搖頭，懇求道：「不要安慰我，我求你！」

「妳怎麼知道我要說什麼？」

「我看得出來！」她瘖啞地說：「你的臉上寫得清清楚楚，你騙不了我！」

「我臉上？」他故意湊近她，「寫在哪裏？妳指給我看看？」

她抑制著，摸著他的臉。

「這裏，這裏，」她摸到他的嘴角，真純地說：「尤其是這裏！」

「寫著什麼？」

「不快樂！」

「……」

「是我使你不快樂！」

約希苦澀地笑笑。

「我以前也並不快樂呀！」他分辯道。

「那不一樣！」她說：「以前，你不知道你自己為什麼不快樂，但是現在，你知道！」

她的話使他頓然沉默下來。是的，他不快樂，每一件與「愛情」有關的事，都使他不快樂！但，真正的快樂，又是什麼呢？

他突然想起唐琪。

葉婷馬上覺察到約希的神情有點異樣。這便她感到驚懼，因為他露出一種冷酷的笑意。

即便現在他唸的是哲學，但華約希從來沒有向「人生」用心的探討過，他認為那是這個年齡不值得浪費時間去做的事。可是現在，這個抽象的名詞竟然變成了一個實體，以一種挑釁的姿態——一種荒謬的、惡作劇的姿態，橫在他與葉婷之間，迫使他承認，他現在的名字是「丈夫」，而面對著他的這個小女人，叫做「妻子」。

「要多少年，才熬得到老啊！」

他忘了這是誰說過的這句話？不管是誰說的，他第一次真真正正的觸摸到「人生」那粗糙的真貌了。那是一件多麼滑稽的事，就像孩子們在辦「家家酒」那樣。

「你笑什麼？」她低聲問。

約希忍不住真的笑了。

「你後悔了！」

「我為什麼要後悔？」他止住笑，惡聲反問：「妳以為我只是一時衝動嗎？」

「……我知道你沒有想到自己！」

不！沒有想到的是唐琪！華約希在心裏重複著這句話。但，他說：

「不要想那麼多。妳也累了，去睡吧！」

他替她把榻榻米上的被褥鋪好，然後站起來。

「燈開關在這兒。」他告訴她。

當約希伸手去拿搭在椅背上的夾克時，葉婷問：

「你還要出去？」

「嗯。」

「你不回來了？」

「……」約希避開她的目光，淡淡地回答：「也許，妳睡妳的，不用等我！」

「五哥！」

他在梯口回轉身，

她走近約希，停一停，用平靜的聲音要求道：

「輕輕的吻我一下！」

約希緊緊的抿著嘴，沒動。

「你不需要愛我，」她接著說：「我不會怪你的！」

他仍然沒有任何表示。她湊近他，輕輕的在他的唇邊碰了碰，他急忙轉身走掉了。

華約希在臺北午夜空寂的街道上漫無目的地走著，空氣燠熱，直至他發現自己已經在淡水河的河堤上，望著對岸中和鄉散落的燈光，酒意才逐漸消散。

他又想起唐琪。

於是，他決心向螢橋走去，唐太太也許還沒有睡。唐琪不是說過她們是夜貓子嗎？

他想找個人說話，隨便說什麼！但，剛走上橋頭，他又改變了主意；因為他知道，他們的談話必然是跟唐琪有關的——當然也會談到他跟葉婷「結婚」的事。他並不打算隱瞞這件事。而現在，並不是一個最適當的時候。

最後，他走到臺北車站的候車室，在那個晚上蔡文輝曾經坐過的那張長木椅上坐下來。原來踡睡在一頭的一個流浪漢睡眼惺忪地望他一眼，把腳縮攏一點，然後翻身繼續再睡。

他呆呆的坐著，毫無睡意。

對面那個女人懷中的嬰兒哭叫，他才攫捉住一個較為明晰的思想。當葉婷的孩子生了下來，在法律上，他就是那孩子的父親了！

啊！老天！他驟然醒覺，自己從未想到過孩子的事。不論是男的還是女的，都會姓他的姓，他還要撫養他，教育他；分不開，不能逃避而更嚴重的，他不可能每天晚上像現在這樣，他必須要和葉婷生活在一起，從早到晚，甚至還要睡在一張床上。

他焦躁地站起來，向公用電話走過去。他拿起話筒，才發現口袋裏沒有銅板。幸虧沒有銅板，否則他不知道應該打電話給誰？做什麼？他再回到長木椅上。那流浪漢醒了，打著呵欠坐起來，他抓抓頭。

「有香烟嗎？」他問約希。

約希搖搖頭。

「我想打電話，沒銅板。」

流浪漢尷尬地笑笑。約希把僅有的一張十元鈔票摸出來，遞給他，他興奮起來。

「我去看看，」他說：「北門口好像有一個擺通宵的香烟攤子！」

流浪漢拿了錢走了，沒有再回來。

華約希並不在乎，唯一使他感到不快的，是天亮之後沒錢去買三份新生報。因為報上刊登有他和葉婷的結婚啟事，在第一版的報頭下面，版位相當顯著。他要買三份的原因，是廣告部那位熱心的職員告訴他，將來在辦戶口，改身分證配偶欄，會用得著的。

華家第一個發現這則廣告的，是黃薇。每天清早，她總是習慣的到門房去把報童送來的幾份日報和一份油印的經濟新聞拿進來，看完了再小心的疊好，擱在書房一個固定的位置上，讓早起的華老太爺閱讀。通常，報紙的第一版國內外要聞她很少注意的。最多也不過看看大標題而已；但這天的新生報這則加紅框的結婚啟事卻引起她的注意，原因可能是華約希這則啟事在排法和字眼上有點與眾不同的關係。

黃薇仔細的再讀一遍，才相信這是真的。於是，她慌忙進後屋去把這個消息告訴她的祖父。

黃三豐楞了一下，緊張起來。

「會不會是同名同姓，」他自語道：「不是他啊？」

「哪有這麼巧的，女的也叫葉婷！」

「葉婷？哦，就是那姓葉的小姑娘？」

「爺爺，要不要先告訴大小姐？」

華約雯看完報紙，整個人嚇呆了。

「這怎麼得了！」她昏亂的重複著這句話：「怎麼得了！」

「我怕這件事瞞不了老太爺！」老黃憂慮地說。

老處女又拿起報紙來看，然後問黃薇。

「還有誰知道這件事？」

「沒有。」

「這一份先不要拿進去——」

「妳想怎麼樣？」

「我現在就去找他！」約雯說：「要是老太爺問起，就說今天新生報沒送來好了！」

老管家認為不妥。

「那，不是辦法！」

「我知道，等我見到他再說！」

看見她急成這個樣子，老管家說：

「妳可以打個電話給他。」

「電話？就是見到面，還不知道跟他說不說得清楚呢！」約雯忽然想起，半個月前約希向他要了點錢，說是到中南部去的，怎麼忽然間冒出這件事？

「啊——」

「怎麼？」

那位什麼唐太太找約希的電話！要不是那個電話，胡步雲在外頭跟小舞女鬼搞的事，自己還蒙在鼓裏呢！臨走的時候，老處女摺起那張報紙，塞進手袋裏，然後再關照老黃和黃薇，千萬不要張揚出去。但是剛下樓，客廳的電話響了，是大聲公戴志高打來的。

「妳是大小姐啊！」

「嗯……」她看見父親走出來。

「老太爺在嗎？」

「是誰？」華之藩發覺女兒瞪著自己，於是問。

「是，是戴叔叔！打給您的！」

老太爺接過電話，華約雯便肯定這個電話一定是關於報紙上的事。果然，父親的眉頭皺了起來。

「什麼時候？」他問，眼睛瞟向約雯。

約雯一陣不自在，索性將報紙從手袋裏拿出來，在父親臉色凝重地放下電話時，無可奈何地遞給他。

華之藩先生並沒有馬上看報紙，他的目光仍然停留在大女兒的臉上。

「我也是剛剛知道的。」她低聲說。

父親輕輕的吁了口氣，平靜地說：

「妳跟我來！」

他們走出園子，向那棵老榕樹走過去。約雯走在後面，她發覺父親的背有點傴僂，後腦禿得更厲害了，這是她以前從未發現過的。父親在樹底下停下腳步，回轉身來，眼睛中蘊蓄著一種使她憂怯的愁意。

沉默一下，父親露出慈祥的微笑。

「妳真的不打算在今年結婚？」

約雯大感意外。

「二十七歲，不能再拖了。」

「我不急。」

「……」父親頓了頓說：「為了這個家，妳沒有好好唸過書，我不希望妳連婚也不結。」

「誰說我不結？」她掩飾道：「您還是替二哥擔心吧，他連個女朋友都沒有。」

老太太在沒去世之前，他們老倆口曾經討論過這個問題：何小薏和黃薇都在考慮之列。老太太是屬意「乖女兒」小薏的，雖然她也覺得，黃薇的堅強正好彌補約倫的懦弱，但，她總覺得薇薇的「命」和「型格」太硬——苦命相。不像小薏「生得那麼厚」，細皮白肉的，完全一副生成的少奶奶派頭。老先生卻持相反的意見，他認為「緣分」比這些都要緊，勉強不來的，而且，即使他們同意選定薇薇了，人家還不一定肯答應的。

「是的，」華之藩先生說：「這個家，除了妳，我只擔心他！」

約希呢？約雯奇怪父親為什麼不直截的談約希的事？她知道，父親絕對不是忽略他，不關心他，相反的，這正是父親要決定一件什麼重大事情時的一種習慣，他會變得近乎冷酷的平靜。

「再下來，是你大哥！」

老處女怔住了。

「妳以為，我真的什麼事都不知道嗎？」父親非常認真地注視著女兒。然後，帶點感傷地仰起頭來望著枝葉濃密的樹頂。

「這都是妳姆媽去世之後我才發覺的！」父親沉肅地說：「我覺得，我為這個家，苦了幾十年，不值得！」

華約雯連呼吸都停止了，她瞠視著父親。

「真的一點也不值得！」父親重複道。

「爸，」約雯低喊道：「老五的事……」

「妳以為我是為了他？」

「……」

華老太爺痛惜地搖搖頭。

「他是個傻瓜！」他苦笑著說：「跟我一樣傻！」

約雯感到困惑。

「你們都不喜歡他！」

「……」

「妳知道他為什麼總是不肯回家來嗎？」華老太爺接著說。他下意識地又仰起頭來望著樹頂。「這就是大家庭的壞處——其實，你們一個個的都應該離開，去發展你們自己的！去做你們喜歡做的事！我不要你們做什麼都是為了要討好我！」

華約雯避開父親的目光。

「我真希望能夠離開你們！」

「爸！」

「或者能夠讓你們離開我！」

「您為什麼要這樣說呢？」

「我想到過一個辦法，」父親沉浸在他自己的思想裏，冷靜地說：「——要是，我現在就把這個家分了！」

華約雯震駭地半張著嘴，半晌才發出聲音來。

「那怎麼可以！」她昏亂地說。

「為什麼？」

「不行的！那怎麼可以嘛！」

「因為我還活著？」

「不！」她猛力搖頭，「您，將來就是——這個家還是不應該分的！」

父親笑了。他回頭去望著前面那幢現在正浴在朝陽中的大屋子，心中升起了一種莫明的惆悵。那就是他傾盡畢生時間和精力建立起來的，已實現的夢想：成功的事業、眾多的子女、榮譽、幸福、富足……而現在竟然失去了原有的意義，彷彿那只是一種幻覺，他感受到夢醒後的那份空虛和孤寂，攙雜有淡淡的悲哀。

「沒有一個家，能夠永久不分的。」他說。

約雯背轉身。父親走近她。

「別傻！」他勸慰地說：「我只不過是這樣想。就算決定了，也不需要那麼難過呀——妳看，妳是不是先去看看約希？」

華約雯沒想到父親對這件事的反應竟然會表現得那麼平淡。於是她回答：

「我正要去找他。」

「叫他晚上回來！」父親補充道：「告訴他，我很生氣，是我叫他回來的。」

約雯剛要走開，華老太爺又叫住她。

「約雯，」他說：「我們剛才說的話，我不想讓別人知道。」

華約雯趕到木樓的時候，約希還沒有回來。

葉婷一夜無眠。她沒有哭泣，甚至連一點點悲哀的感覺都沒有；華約希這樣做，她是早已意料到的，這是一種正常的現象——這證明了，她自己在他的心目中，仍然是受到尊重的，她感到滿足，她不願意再深一層的去分析，約希是不是仍然愛她？

她寧可他恨她，甚至打她，詛咒她，虐待她。所以，約希臨走的時候不願意再吻她，整夜不回來，她反而在心中產生了一種神秘的受懲的快感，一種近乎宗教的贖罪的解脫。

「我希望他一輩子也不要碰我！」

葉婷有這種怪誕的想法，不是完全沒有理由的。老實說，「性愛」對於她，即使不是痛苦，也是一件乏味、毫無樂趣可言的事；雖然還沒有到達憎恨的程度，但，她感到厭惡！那個現在她連他的名字和樣子都忘得一乾二淨的球員、那些到了那個時候就變得有點幼稚的男孩子、裝作老練而其實跟她一樣無知的童懷仁，他們幾乎都是一樣的；激動、貪婪、好奇、粗暴地在她的身上探索，當那一陣瘋狂很快的過去之後，她恨死了這種事；多無聊，尤其是他們說的那些傻話，使她無法忍受。而她卻一次一次的沉溺下去，只是希望強迫自己去相信，自己是因為要追求一種真正的愛而墮落的——那是一種純淨的愛！自己愈壞，愈墮落，那種愛就愈顯得高貴和神聖。她所企求於華約希的，就是這種愛！

天亮起來了。華約希沒有回來，他的不回來使她大為感動。那是一件多麼美，多麼不平凡的事，而竟然那麼真實的發生在他們的身上。

就當她懷著這種幸福的心情，起來決心把骯髒的小樓好好的整理一下的時候，華約雯到樓上來了。

「啊！大姐！」葉婷直起身來，興奮地喊道。

華約雯的目光馬上落在她的肚子上。

葉婷跟著她的視線低頭望望自己微微突起的小腹，然後露出她那種真純的甜笑，同時聳了聳肩膀。

「已經看得出來了！」她說。

「約希呢？」

「還沒回來！」

「那麼早就出去了？」

「他沒睡在這裏。」

老處女困惑地向四周望望。

「妳是看到報紙來的？」葉婷問。

「嗯，不是說今天——」

「是今天呀！喜酒都喝過了。」她說：「妳到這邊來坐，我想待會兒他會回來的！」

華約雯有被人愚弄的感覺，她仍然站在梯口。

「葉婷！」

葉婷放下手上的抹布，站起來，說：

「妳想知道我們結婚的事？」

「你們一直都在一起的嗎？」華約雯低聲問。

葉婷遲疑一下，搖搖頭。

「不，我前天才到臺中去找他。」

「哦……那個電話是妳打來的！」

「什麼電話？」

巷處女露出輕蔑的笑意。

「唐太太！」她冷冷地說：「你說妳是唐太太！」

「唐太太？哦……」

「現在妳是真正的華太太了！」

葉婷陷入沉思裏。約希和唐琪之間的關係，似乎更加明朗起來了。她頓然記起，那天當她騙唐琪，說肚子裏的孩子是約希的，唐琪的反應很奇怪，原來她不是不相信，而是驚訝。

這樣說，約希去霧峰打長途電話，在舊社蔡文輝家說要趕回臺北，可能就是為了唐琪的事了。

「妳可能誤會了！」她有意味地說。

「哦，誤會什麼？」

「妳說的唐太太。」

「妳以為我說誑？」

「不是這個意思，」葉婷說：「是有一位唐太太，約希現在，可能就在她那兒！」

「……」

「如果妳找他有要緊事，」她說：「我可以替妳去把他找回來，我知道那個地方。」

華約希在衡陽街新生報社外面的閱報欄上把那則用白話文登的結婚啟事讀了好幾遍，總覺得結尾那句「特此敬告諸親友」太俗氣，似乎應該用「特別登報讓大家知道」才對。他忘了在哪本雜誌上看過一篇文章，寫五四時代的一位大詩人（好像是詩人），他的結婚啟事就是用白話文寫的，他覺得那些句子的韻腳和那個時代流行的「底」字太造作。他記得當他臨時花了十塊錢，在附近的刻字攤上趕刻了兩個木頭圖章，依照「規定」，蓋在刊登人的名字下面，再遞給櫃檯裏面的那位辦事員時，那個人就曾經用一種不信任的目光從眼鏡的上面睃看他。

「就這樣登？」

「就這樣登！」約希一本正經地回答。

那個人再望望手上的廣告稿。

「可以嗎？」

「可以！當然可以！」那個人說：「我還經手過只登五個字的呢。」

「五個字？」

「我們結婚了。」

約希從他的神態上知道並不是在開玩笑。他正要考慮是不是乾脆這樣登時，那個人用相同的語調接著說：

「後來他們又登了一次，只改一個字。」

「離婚！」

那個人笑了。但約希並沒有笑。

「我跟他們不一樣，」他一本正經地說：「我不會再花這筆寃枉錢！」

約希本來想將那則啟事撕下來，但沒那樣做。走出騎樓，一列早班火車駛過，他提醒自己要多買兩份報紙，一份寄去給蔡文輝，一份給三舅舅。然後，他沿著中華路南行，到中和鄉去。

出來應門是新來的下女，小混球很快的便奔出來了，繞在約希的腳邊搖著尾巴吠叫。

「太太起來了？」

「還在睡呢！」下女說。

「不要叫她，」約希說：「我在客廳坐坐，等她起來——小混球，來！」

從小混球肯讓約希把牠抱起來，這個下女相信他一定是熟客，於是很客氣的替他沏了茶，順手將剛從門邊拾起來的報紙遞給他。

「你請坐。」她說：「太太天快亮的時候才睡的呢！」

「用不著招呼我，我不急。」

下女進去後，約希喝了兩口熱茶，把那份被報童捲摺起來的報紙翻開——新生報。那則加了紅框的啟事現在看起來相當醒目。他沒看，竟然很快的便靠在沙發上熟睡了。平常，約希是多夢的，現在可能是過於疲累，他這一覺睡得非常酣暢，當他再醒過來時，第一眼就發現唐太太赫然坐在他的對面，注視著他。看樣子，她可能已經在哪兒坐了很久了；茶冷了，報紙散開一邊。

他馬上端坐起來。

「伯母！」他笑著打個呵欠，看看錶。

「哦——這一覺可睡好了。」

唐太尤露出一種帶點嘲弄意味的笑意，淡淡地說：

「看你累成那樣，所以沒叫醒你。」

「我在臺北車站的候車室坐了一夜！」

「為什麼？」

他聳聳肩膀，吁了口氣。

「其實我昨天中午就回到臺北了。」

「我等了你一夜，我以為你會來的。」

「對不起，」約希真誠地解釋：「不會有人相信的，跟您通完電話，突然發生了一件事。」

「就是報上登的哪件事？」

約希望望報紙，點點頭。

「您已經看見了。」

「你說，」唐太太不解地低聲問：「你剛才說，什麼——突然發生的？」

「嗯，我根本沒想到過……」

「結婚？」

「就是這樣！」

「……」她頓了頓，問：「你事先沒讓家裏知道吧？」

「為什麼一定要讓家裏知道？」

「你以為你自己已經長大了？」

「結婚，本來就是自己的事」

「她呢？」

「葉婷？」他說：「就是因為她還沒到法定年齡，所以我們才用這種方式！」

「她父母反對？」

「反對什麼？他們還不知道有我這個人呢——他們不在臺灣，說是這兩天就回來了。」

現在，唐太太理出一點頭緒來了，她試探地繼續問：

「這樣說，你跟葉婷，一直都——」

華約希知道唐太太想說什麼。他略一思索，隨即放棄了向對方解釋清楚的念頭。

「事情反正就是這樣了。」他做出一個宣告這個話題告一段落的姿態。

唐太太緘默了。雖然約希這種冷漠和桀驁使她極為不快，但她心中卻沒有半點怨恨。這是命運！她告訴自己：命運往往就是在一些微不足道的事情上，轉變了人的一生；她自己就是一個現成的例子。現在使她感到惶惑不安的，是她發現——非常清晰的窺見：伸展在唐琪面前的，竟然是自己曾經走過的舊路。她肯定唐琪一定會走這條路，她了解她的性格。唐琪會比她更堅強的！她苦澀地笑了，帶點自嘲的意味。

「事情時常都是這樣的！」她說。

華約希愧疚地低下頭，半晌，才困難地低聲說：

「您為什麼不責怪我呢！」

「為什麼？」

「我不知道應該怎麼說！」

唐太太展露出寬慰和溫暖的微笑。她故意把話岔開，認真地問道：

「你知道我為什麼要找你嗎？」

約希抬起頭，困惑地問。

「不是為了唐琪？」

「當然是為了她。」唐太太溫婉地說：「我知道，她不肯見你，使你很痛苦——你還想去見見她嗎？」

華約希憂怯地定定的注視著她。

「是誰的意思？」他問。

「她自己。」

「……」他終於黯然地說：「我是應該去的！不過，您認為我——現在……」

「用不著擔心她。」

約希嘟著嘴，一時拿不定主意。

「我認為你應該讓她知道，」她摯切地說：「反正她遲早總會知道的。你親自告訴她，她會好過一點。」

「……」

「如果你是她呢？」

「……」約希被說服了，他沉肅地點了點頭。「好吧，我這個星期天就去見她。」

唐太太鬆弛下來。真的，她一點也不替唐琪擔心；她認為事情既然已經不可避免，唐琪會有足夠的勇氣將它承受下來；她甚至還想像得到，唐琪將來會怎麼做！

第二十九章

中午的時候，華約希隨著他的大姐一起回碧潭去。

從上車開始，老處女就沒停過嘴，她仍然嘮嘮叨叨的重複著哪個老話題，只是剛才葉婷在一邊，她不願說得那麼清楚而已。而約希本人，則始終沒開過口，他只是含著一個他慣常在反對一件事時所特有的微笑望著他的姐姐，彷彿在用心聽一個他感到興趣的故事。

現在，約希索性靠向車窗，把眼睛閉起來。

「老五！」大姐恚怒地喊道。

「妳說呀，」他並沒有張開眼睛。「我不是在聽嗎？」

頓了頓，她用一種生澀的聲調說：

「你知不知道爸爸最近身體一直都不好？」

「妳究竟想說什麼？」他睜開眼睛瞪著她。

「這要問你呀！」

約希皺起眉頭，使他那紅潤的嘴唇不自覺的噘了起來，完全是一副不妥協的神態。他生硬地說：

「是不是說，要是他有什麼事，就是讓我給氣出來的？」

「你知道就好！」

「哦！我明白妳的意思了。妳是要我騙他，說這件事情是假的？」

「你不需要騙他呀！」

「怎麼？」

「你們只是登了報，還沒有……」

「妳死掉這條心吧，老處女！」他急急的打斷她的話：「我寧可他恨我一輩子，也不要欺騙他——就讓我來做這個罪人好了！」

於是，約希不再說話。當車子在大門前停下，下車的時候，約雯懇求道：

「老五，我只求你一件事！」

「少說一句，」約希笑著替她說下去：「不要頂撞他！是不是這樣？」然後真摯地回答：「我答應妳，妳放心好了。」

進到屋裏，華約希馬上意識到事情比他想像中更為嚴重，幾乎所有的人都到齊了；看見他和約雯在客廳的門口出現，大家的談話頓時停了下來，用一種沉鬱的，帶點輕蔑的目光注視著他。

父親並沒有在客廳裏。

場面僵了片刻，華約希裂開嘴笑笑，半真半假的大聲嚷道：「怎麼，連句恭喜都沒人說？」

大哥冷冷的哼了一下，向他誶罵：

「虧你還笑得出來！」

約希瞟了旁邊的約雯一眼，然後深深的吸了一口氣，微微把頭仰起來，唸道：

「只有在快樂的時候，我才會流眼淚的。」

「人家到底是唸哲學的嘛！」

「哲學的嘛！」約希學著約姿那高音高兩度低音低半度的左嗓子怪叫，然後將臉一板，說：「對不起，這是三舅舅說的，不是我！」

「我就說你說不出這種話！」

「我不會說！我只會做！」約希走到他們當中，指著自己，而眼睛卻盯著單獨躲在一邊的二哥約倫。「我想做什麼，我就做！做了再說──這句話你們總不會不同意吧？唔？」

「老五！」

「呃──老處女！我只答應不頂撞老太爺，可沒說我不能說話啊！」

華約謀惱了，他習慣地扶了扶眼鏡，滿臉威嚴地大聲斥責：

「你還有臉說話！」

約希並不動氣，他笑得更自然了。他低了低頭，隨即將目光移向一直交抱著雙手，以一種幸災樂禍的心情端正的坐在沙發上的大嫂，這使程曼君很不自在。

「我究竟做了什麼見不得人的事？」他向約謀詰問。

「反正，你自己朋白。」

「對，」約希說：「所以我才登了報紙──難道你跟大嫂結婚的時候，就沒登報紙？」

「那不同！」

「哪一點不同？不都是一個男人一個女人！」

「你──」

「我怎麼？我結不得婚？犯法？」

「你們少說一句好不好？」約雯急忙插嘴。

「你至少也應該先讓家裏知道！」約謀理直氣壯地說：「你在外頭這樣子胡來，親戚朋友知道了……」

「報紙登那麼大。還怕親戚朋友不知道呀！」約姿嚷道：「我還沒起床呢，同學已經打電話來了！」

「么妹，不要打落水狗嘛！」

約謀指著正在逗約姿的約希。

「你把家裏的面子往哪兒擱！」

華約希直起身體，內心感到一陣搐痛。

「啊！面子！」他喃喃地詛咒道：天殺的！面子！他從小就恨透了這種鬼玩意兒！於是他痛惡地指著他們：「這層皮蒙不住的！你們知道你們裏面裝了些什麼——垃圾！」

大家楞著。

「我真可憐你們！」約希的手忽然在空間停住。他向那邊望——

華之藩先生赫然已站在通向書房的甬道上。約希注視著父親的眼睛，緩緩的將手放下來。

父親的神情嚴肅，向前移步，客廳落下一片令人窒息的靜寂。只聽見廊外鳥籠裏那對白燕的聒噪。

老太爺安安穩穩的在他的那張單人沙發上坐下，然後抬起頭來，默默的眈視著站在客廳中央的約希。

「那，你裏面又裝了些什麼？」父親溫和地問。

老處女驟然緊張起來，她盯著約希。

「愛！和一個魔鬼！」約希在心裏回答：「它的外表太難看，你們都不認識它。」

「爸在問你話嘍！」大哥用矯飾的聲音說。

「我已經說過了。」

父親以相同的語氣說：

「我知道，你一向不喜歡這個家！」

「您喜歡嗎？」

「他還巴不得不姓華呢！」約謀說。

「其實姓只是個符號！姓本身一個錢也不值——偽君子！你姓華就高人一等？喏，人家姓劉，姓朱的，姓愛新覺羅的，還當過皇帝哪！」

「我真不明白，你心裏究竟在想些什麼？」

「飛！」

「你說出來我聽聽！」

「您不會相信的——飛！真正的飛！沒有翅膀的飛！」

「你啞啦！」

他沒有理會約謀，仍然深摯地注視著開始顯得有點煩亂的父親。

「但不是被線牽著的風箏！」

父親嘆了口氣。

「不要失望！爸，我沒有您想像中那麼壞！真的，我比他們哪一個都更愛您！」

現在，老處女實在抑制不住了，她憂怯地喊道：

「老五，還不快點跟爸認錯！」

「我做錯了什麼？」

「別作夢了！人家剛才不是說了，人家想做什麼就做什麼——現在不想跟你們說話，犯法呀！」

「對了，爸！就這樣瞪著我，恨我吧！至少在您眼睛裏面，有我這個人！」

氣氛愈來愈不調和，華約雯生怕再僵下去，於是提議：

「這樣吧，大哥，我們大家走開，讓爸單獨跟他談談！」

老太爺沒表示什麼，約謀當然沒有理由反對，等到大小姐再度向大家催促，他們才離開客廳。臨走之前，約謀以老大的身分，惡聲向約希警告道：「你好好的打定主意，要這個家，你今天就得搬回來！」

「我一個人？」約希終於開口了。

「廢話，你還有幾個人？」

「年底，就有三個人了！」

聽見這句話的人，都怔住了。他們吃驚的，不是這個事實，而是約希竟然當著父親的面，若無其事地說出口。

「你跟我進來！」父親說。

他們進了書房，華之藩先生剛坐下，便問：「就是因為這樣，你們急著要結婚的？」

「可以這樣說吧！」約希回答。

停了停，父親才繼續問：

「其實，還有別的原因？」

「嗯。」

「告訴我！」

約希遲疑了一下，摸摸鼻子，終於揚起頭來。

「為了她！」

「那姓葉的小姑娘？」

「她已經長得很大了。」

「你還沒有把事情說出來！」

「我不想隱瞞您，」約希說：「那孩子不是我的！」

「你說什麼？」

「您相信我！我跟她什麼事情都沒有！」

「啊……」

「純粹只是為了幫助她，只是這樣！」

父親沉重地吁了口氣，變得激動起來。

「你為什麼要做出這種傻事？」他低促地詰問：「這就表示你愛她？」

「我想是吧。」

「我不喜歡這種態度！是就是，不是就不是。」

「那又有什麼分別？反正事情是一樣的。」

「你就不想想以後？」

「以後她會離開我。」

「你怎麼知道？」

「我知道我自己會怎麼做。」約希堅決地說。

父親用痛惡的聲音重複他這句話：「我也知道你什麼事情都做得出來的！」

約希不再說話。

沉默片刻，華之藩先生感慨地自語道：

「我真想知道，對於這個家，你還有什麼想做，而沒有做的？」

「砍掉那棵樹！」華約希聲聽見自己的聲音在大聲嘶喊：「砍掉那棵樹！」

父親回答他自己的問話：

「我相信，你已經決心要離開這個家——即使你大哥不這樣說，你也不會搬回來的。」

約希避開父親的目光，向右邊的窗子望出去。窗外，可以看見那棵孤獨地立在園中的老樹。他想：要砍倒它，恐怕不是一件容易的事。

華之藩先生望著兒子的側面，他似乎接觸到他的思想，因而起了憐惜之感。早上他曾經向約雙提起過的那個念頭又從心中升浮起來了。

「約希。」

約希回過頭。

父親非常認真地向他說：「我想過，如果我現在就把這個家分了！」

「不！」約希急急地打斷父親的話：「不要告訴我這些！您不必替我擔心！」

「你什麼都不需要？」

「如果您願意給我，」約希真誠地說：「我只有兩個要求。」

父親笑著點點頭。

「哪兩個？」

「您的愛——和那棵樹！」父親困惑地向窗外望。

「就是這棵樹！」約希說。

「你不是不喜歡這棵樹嗎？。」父親說。

「所以我想得到它！」

「做什麼？」

「砍掉！」

華之藩先生震顫了一下。因為這句話——甚至說這句話的語氣，他感到非常熟悉；可能是在夢中，或者是一個自己再也想不起來的地方，他聽到過！而說這句話的，不是約希，而是他自己。

「其實，我知道您也並不喜歡它的！」

「但是我會留住它。」

約希嘆了口氣。

父親用目光向他詢問。

「這就是我們不同的地方，」約希坦率地說：「所以註定我要做出讓您憎恨我的事！」

父親淒涼地笑笑。

「我要走了！」約希說。

父親點點頭。

約希走到門邊，回過頭來再望父親一眼。

「爸，再見！」

「約希！」

「……」

「下次去看你媽媽的時候，」父親深摯地說：「記得把我們談的話告訴她。」

華約希驟然熱淚盈眶，激動得要撲跪到父親的跟前，但，他決然返身走了。

華老太爺第二天早上便接陳彥和律師到碧潭公館裏來。電話中已經透露了是有關遺囑的事，前年中風之後，這位跟華家交往了二十多年的老律師曾經替華之藩先生辦好了一份遺囑，所以在行前從檔案櫃裏將那份密封的文件抽出來時，心中有點緊張和憂慮，及至他發覺這位老朋友毫無病容，不禁納罕起來。

華之藩先生隨即將他請進書房，特意把門關起來。

「你氣色很好呀！」老律師說。

「託福託福——東西帶來了？」

「你急什麼，怕再過一二十年還用不著呢！」

「我找你來不完全是談遺囑的事！」

「哦……」

老太爺慎重其事地清了清喉嚨，說：

「我想現在就辦——分家！」

「分家？」老律師詫異地問：「你什麼時候打這個主意的？」

「你那次不是也提醒過我，遺產稅很可觀嗎？」

「我想不會是這個原因。」

老太爺會心地笑了。

「對，我想通了！」他笑著解釋：「大家庭只保住一個外殼！倒不如放開他們，讓他們自由發展！」

「你早就該丟下這個擔子了。」

「現在還不算太遲吧！」

「怎麼分配，你是不是已經有了腹案？」

「大致還是跟以前那份遺囑差不多。」

他們在書房裏研究了好幾個鐘頭。本來，這件事家中只有華約雯一個人知道的，當陳律師離開的時候，胡步雲正巧有事到公館來。

「陳律師來幹什麼？」他有意無意地問約雯。

老處女自從親自證實了小玫瑰這件事之後，對胡步雲已經死了心。她不願在目前去戳穿它；預知的悲劇，會感受到加倍的痛苦，但對她來說，卻享受到加倍的樂趣——真的，是樂趣！因為她肯定那是一個喜劇，甚至是一個大鬧劇！

現在，她就是以一個觀眾的心情去回答他的問話。她平淡地說：「說不定是為了老五的事吧！」昨天約希跟老太爺那種戲劇性的收場——大家都認為會鬧得天翻地覆的，結果竟然大出意料；約希不聲不響的走了，老太爺的反應非但沒有半點異樣，反而比往常更為愉快，因此不免忖測紛紜。胡步雲對這種「反常」現象，認定是一個凶兆。

跟老處女敷衍了幾句，他匆匆忙忙的趕回公司去，把這個消息告訴他的姐夫。

「小孫告訴我，陳律師一大早就來，足足談了三四個鐘頭呢！」

虞庭彥瞇著眼睛思索一陣，問道：

「你有沒有見到老太爺？」

「當然見到啦！要他蓋圖章嘛！」

「他的氣色怎麼樣？」

「氣色？哦——」胡步雲馬上明白過來，說：「很好呀！」

「紅紅通通的？」虞協理有意味地睃著他的小舅子。

「呃，反正什麼都看不出就是了。」

「唔……」他露出狡黠的笑意。

「說不定是迴光返照啊——老太太就這樣！」

「姐夫可以打個電話去套套陳伯伯嘛！」

虞協理拿起電話筒，想想，又放了下來。

「我還是親自到他事務所去彎一趟。」

夜裏，老太爺要分家這個消息，已經從胡素珍那邊傳到華家大少奶奶的耳朵裏。為了這件事，程曼君特地關照朱青替她買了兩盒來路巧克力糖和餅乾，親自一個人到虞家去。

朱青跟二嫁半夫人趙小姐，三個月前就吹了；所謂「好聚好散」，散伙的條件是朱青補償給趙若莊二十萬塊錢，各走各路。這筆錢說穿了是程曼君拿出來的。分開後他們還在「貴夫人」樓上打過幾次牌。完全是為了趙小姐那張嘴，大少奶奶不得不再繼續跟胡素珍來往。其實，即使趙小姐不說，胡素珍一樣的清清楚楚，只是大家心照不宣而已。

現在，看見只有大少奶奶一個人進來，於是問：「小朱呢？」

「問他幹什麼？」

「得啦！」胡素珍嗔責道：「妳還把我當外人呀！」

大少奶奶作態地白了她一眼。

「儂少搭我瞎三話四！」

「假的麼？妳不心虛，又何必買什麼糖菓來堵我的嘴！」

「妳好沒良心！」

「所以我說呀，媒人做不得！」

「媒妳的鬼！不都是給妳帶壞的！」程曼君又避開話鋒，很技巧地說：「現在一天沒牌打呀，手就癢！」

「真的想打呀？」

「算了，只是想找妳聊聊。」於是，胡素珍親親熱熱的拉著大少奶奶的手進她的臥房，談她們的知心話。總而言之，雙方都不願直接的提及那個「主題」，只在約希和小十三點結婚這件事上兜圈子。最後，程曼君實在忍不住了，試探地問道：

「妳真的不知道今天早上發生的事？」

「什麼事？」

「我就不信步雲沒告訴妳！」

「哦，妳是說陳律師呀！」胡素珍拖腔拖調地說：「我還以為妳不肯說出來呢——怎麼樣？老太爺找他來有什麼事？」

胡素珍這一招先發制人果然生了效，頭腦比較簡單的程曼君，有點失望。

「妳也不知道！」

「知道什麼？」胡素珍假意反問。

「妳剛才不在問我嗎？」

這位已經知道了真相的協理太太終於忍不住笑起來了。大少奶奶錯愕了一下，隨即恍然大悟。

「好呀，原來故意在作戲！」

「那是妳——」

程曼君急忙抓住對方的手。

「是不是改遺囑？」

「唔唔——」胡素珍搖搖頭。

「什麼事嘛？」

「什麼事還不清楚，只曉得要清算公司的財產！」

「……」大少奶奶覺得奇怪。「那是會計師的事呀，找陳律師來做什麼？」

「庭彥也是這樣想——呃，妳看會不會是公司的賬目出了毛病？」

程曼君的心裏掠過一層陰影。據她所知——那是約謀在跟她爭吵時洩露出來的：他虧空了公款！不虧空，那騷狐狸精王美寶拿什麼去開餐廳。當然，她也想到這段時間裏自己對丈夫的需索。

「那也用不著找什麼律師吧！」她一半在安慰自己。

「否則又是那位五少爺的事！」

「我看不是！」程曼君解釋：「昨天我在，老五走了之後，老頭子還高興得要死啦！」

「高興？」

「反正沒發脾氣嘛！妳說怪不怪？」

「對了，」胡素珍想起來，問道：「究竟約希結婚是怎麼回事？」

「不是大小姐到他住的地方請少爺回來嗎？她沒告訴小胡？」

協理太太冷冷地哼了一下。

「行情早就變啦！」她怨恨地說：「老太太一過身，我就猜到這個婚有得拖了！大小姐每天都死樣怪氣的，在跟步雲鬧彆扭！」

「這妳放心，」程曼君安慰道：「老處女還指望另外找得到男人呀——還不是哪個關係！都快三十了呀，小胡還是太傻，要是我，管她的，白相了再講！」

就在這個時候，虞庭彥緊緊張張的帶著他剛從郭會計師那兒打聽到的最新消息回來了。

「好極了，大少奶奶也在！」

胡素珍偷偷的用眼色向丈夫暗示，但平常極為機警的虞庭彥竟然沒有發現，他神秘兮兮得壓低聲音說：

「搞數目字的人，頭腦還是簡單，我擺個小噱頭就把他的話套出來了！」

「你說什麼呀？」程曼君不解地望望胡素珍。

「妳沒告訴大少奶奶？」胡素珍白了大丈夫一眼。

「說就說嘛！還賣什麼關子！」

「果然讓我猜對了，」虞協理一本正經地說：「妳們知道老太爺在打什麼主意——分家！」

「分——家？」

胡素珍吃驚的程度並不在程曼君之下，因為她馬上連想到胡步雲跟大小姐的婚事，以及丈夫將來在公司的職位，於是擔憂起來。

程曼君雖然內心激動，但仍力持鎮定。

「這消息可靠嗎？」她假裝淡漠地問。

「百分之八十！除非出奇蹟！」

「什麼意思？」

「老太爺再改變主意！」

程曼君雖然無心再聽虞庭彥的分析，但仍然耐著性子聽下去，等到對方的大論告一段落，才藉故辭出虞家，急不及待的趕到朱青的新住所去。

朱青跟趙若莊分手之後，為了表示決心——免得二嫁半夫人再來歪纏，才搬到現在這個地方來。房子在太平町寧夏路靠近圓環那頭的一條巷子裏，這一帶是本省人聚居的區域。他選擇這個地方，可以說完全是為了華家的大少奶奶。以後，他們不必提心吊膽的坐車到老遠的桃園或者基隆去幽會，進出也不用擔心會碰到熟人。

這是一幢小型的獨立式二層磚造樓房，是日據時代典型的中產階級住宅；外表看起來有點殘舊，但裏面經過朱青一番裝修，頗為舒適。

程曼君自己用鑰匙開了門進來的時候，朱青已換上睡衣，手上拿著一杯酒，正在樓下的客廳裏聽音樂。

「這麼快就回來啦！」他問：「有什麼消息？」

「你猜！」

「真的那麼好？」

她抑制不住地笑了。

「來，」她伸手去拉他，「上樓我再告訴你！」

在朱青的面前——尤其是當他們單獨在一起的時候，程曼君以前的那一點矜持，早已消失淨盡了。對他，現在只有一種不可解釋的癡迷。朱青那略為低沉的聲調，帶點狡獪意味的微笑，甚至一個小動作，都會引起她的興奮；他使她那麼清醒的認清了情慾的真貌，也使她深切的感受到那種內在不可拒抗的力量。

現在，當這個男人摟著她，一同躺到床上時，她又激動起來。

「你先放開我！」她顫聲要求。

「妳怎麼啦？」

「我喘不過氣！」

他放開她，然後溫柔的抓住她的手。

「朱青！」

他沒回答，她又情不自禁地偎近他。

「你是不是真的喜歡我？」她問：「是不是真的？」

「假的！」他笑著回答。

「不！我知道是真的！」

「那就是真的。」

「你會娶我嗎？」

朱青發出乾澀的笑聲。程曼君馬上仰起頭來。

「你笑什麼？」她詫異地問。

「好，我不笑——妳能嫁給我嗎？」

「所以我才問你呀？」

「什麼時候？」朱青笑著問：「等你們家的老太爺過了世……」

「——現在不必等他過世了！」

「哦……」

「信不信，我馬上就可以自由了！」

現在，朱青反而緊張起來。程曼君跟她的丈夫的那個「床邊協定」，他是知道的，他當然更了解它所包含的價值！

「他同意了？」

「他本來就同意嘛！」

於是，她把「分家」這個消息告訴朱青。朱青靜靜的聽著，但，反應很冷淡。她發覺了，不以為然的喊道：

「你怎麼好像一點也不起勁兒？」

他沉吟片刻，才用一種沉肅的聲調說：

「我本來不應該說的……」

「你說呀？」

「如果妳真的決心跟我，」朱青表現得一臉虔誠。「妳根本就不必等——其實妳等也等不到的！」

「為什麼？」

「妳以為妳先生那麼簡單？」

「我知道他不簡單！」她說：「但是他不答應不行呀！」

「他怕什麼？」他認真地問。

「他怎麼不怕，只要老太爺知道了他的事——」

「——他不是說，等到老太爺過了世，他分到了遺產之後，」他獰惡地笑起來，「之後？他一個錢都不給，甚至不答應跟妳離婚，妳又能拿他怎麼的？」

程曼君發覺事態嚴重了。

「現在分，不還是一樣！」

「啊……」她抱怨道：「你為什麼不早點提醒我！」

「我本來就不希望妳那樣做！」

程曼君注視他一陣，才低聲問：

「你是說，我們一個錢都不要……」

「錢，是人賺的！」朱青作態地緊抱住她，說：「我要的是妳的人，不是那些臭錢！」

大少奶奶並不同意這句話。

「話是不錯！」她抗議：「不過反正錢又不是他的，為什麼不要？」

「妳要得到才行呀！」

她頓住了，越想越感到絕望。其實，她並不是真正的捨不得那一筆錢，而是她了解朱青目前的經濟情況。自從三個月前他那一批私貨在基隆出事之後——那是朱青告訴她的——他已經捉襟見肘了。起初，他極力隱瞞這件事，仍然表現得蠻不在乎，直至趙小姐跟她翻臉，大少奶奶才明白真相；於是，她毫不猶豫的將自己的私房拿出來幫助他。每一次，他都照例開出支票給她，還慎重其事地將日期和數目清清楚楚的記在小記事簿上。當然，這本小記事簿早已被程曼君撕掉了，她變賣首飾去替他清償債務，用種種理由向丈夫索取一筆錢來解決趙若莊的糾纏；他日常的開支用度，變成了她應負的責任。但，程曼君沒有半句怨言，她從他那種靦腆而委屈的神情中獲得一種難以形容的滿足和快樂。

可是，現在她恐懼起來了。

「算了，」朱青勸慰道：「不要想那麼多——告訴妳，我已經找到一份工作，雖然會苦一點，但我相信，我們一家兩口……」

程曼君急忙用手蒙住他的嘴。

「不！」她堅決地說：「我們得想個辦法，不能那麼便宜了他！」

朱青仍然保持著他那一份近乎冷酷的沉默，最後，程曼君生氣了，推開他要起身時，他才拉住她。

「妳這樣衝動，怎麼成得大事！」

「你不是沒興趣嗎！」她悻悻地說：「好像這一筆錢到了手，只有我一個人花似的！」

「對不起，我知道妳是為了我！」

「我——們！」

「妳看我的嘴有多笨！」

程曼君剛才的不快瞬即消失了。親熱了一陣，她問：

「想到什麼主意沒有嘛？」

朱青展露出他那和他的目光一樣陰鬱的輕笑，慢條斯理地說：

「想什麼？根本就用不著去想！」

「……」

他親暱地把手輕輕的拍打她臉，解釋道：

「這個機會妳想找也找不到呀！」

「什麼機會？」

「妳不是說，他怕老太爺知道他的事嗎？」

「你說現在就弄穿它？」

「不是弄穿，是拿來作要挾他的條件。先發制人，不怕他不就範！」

程曼君猶豫起來。

「妳又擔心什麼？」他關切地問。

「我在想，」她注視著朱青的眼睛，憂怯地說：「他會不會……」

「他沒這個膽量！」他接住她的話，很有信心地說：「就算他『狗急跳牆』，橫下了心，他們華家老太爺也不肯讓他那樣做！」

「你有把握？」

「這叫『光腳的不怕穿鞋的』——他們要面子呀！」

沉默半晌，程曼君抬起頭來問：「你呢？」

「我有什麼好怕的？」朱青回答：「我是擔心妳！事情一攤開，挺窘的——妳受得了？」

「現在我才不在乎呢！」

事情就這樣決定了。不過，朱青叮囑程曼君暫時不露聲色，一定要等到「分家」的事完全證實了，才可以向華約謀攤牌——快刀斬亂麻！速戰速決。二十四小時之內不解決，就向老頭子公開它。

「就算他答應了，」她認為還有問題，「錢沒到手，他不是一樣可以賴？」

朱青得意地笑起來。

「打支票呀！」他說：「日期隨便他寫，還怕以後我們拿不到錢？」

程曼君被這即將到來的幸福所迷惑，她開始幻想著將來的一切；她甚至希望要為朱青生養一個孩子。朱青微笑著，很有耐心的傾聽，不時用手輕撫她的臉，親她一下。

這天晚上，她比往常逗留得更久一點，才由朱青替她叫車回碧潭去。

他總是這樣，每次他都要等到車子走了，還刻意的在那地方多站立一會兒，才走回住所去。只是現在他進了屋，感到有點反常的興奮。於是拿起電話，電話剛接通，便聽到一個高亢刺耳的聲音：

「喂——」

「還沒睡呀？」他溫柔地低聲問。

「她走啦！」趙若莊含著醋意說：「我還以為你累得連電話都撥不動呢！」

「少廢話！有要緊的事，妳快點來！」

第三十章

出乎唐太太意料之外，唐琪對華約希與葉婷結婚這件事表現得既堅強而又冷靜；那天她懷著忐忑不安的心情按例去探望女兒時，就為了要如何將這個壞消息說出口而發愁。車子到達生教所，她仍然不能決定究竟要坦白告訴對方？還是暫時隱瞞下去再說？事情發生得太突然了，在目前這種情況之下，她擔心女兒承受不了這個打擊。因此，從唐琪走入會見室，在她身旁坐下來開始，她就避開她的目光，無意識地低頭在手袋裏要找尋點什麼。

凝望一陣，唐琪忍不住伸手去按住母親的手。

「媽，」她摯切地說：「您緊張什麼，我早就已經知道了！」

母親吃驚地抬起頭，微張著嘴。半晌，才小心的重複這句話：

「妳知道了？」

唐琪展露出一種並不十分自然的笑意，她極力掩飾著內心的痛楚，所以聲調和動作不免有點誇張。

「怎麼會不知道？」她說：「康樂室裏什麼報紙雜誌都有，連分類小廣告我們通常都看一兩遍呢！」

母親苦澀地笑笑，一時接不上話。

「您怎麼啦？」

「沒什麼，」母親憐惜地抓緊女兒的手。「貝蒂，這件事……」

「現在還有什麼事？」唐琪真誠地說：「真的，剛開始的時候，我的確很難過——其實我知道，這件事遲早會發生的！」

「事情可能不是那樣！」話出了口，唐太太有點後悔，她認為對方的反應既然那麼平靜，應該愈快將這個話題作個結束愈好。於是，她隨即補充道：「反正，已經過去了！」

「您跟他連絡上了？」

遲疑一下，唐太太點點頭。

「怎麼樣？」唐琪追問。

「他在臺中，我還跟他通過長途電話。電話是他打來的，可能是他家裏的人告訴他，我在找他。」

「……」

「他在電話裏告訴我，他馬上趕回來。」

「那是什麼時候？」

「報紙登出來的前兩天。」

「您沒有在電話裏告訴他什麼吧？」唐琪認真地問。

「沒有！」母親肯定地回答：「而且，就是報紙登出來的那天，一大早，他就來了。聽他的口氣，事情是突然間決定的！」

唐琪深深的吁了口氣，重新振作起來。

「現在，」她有意味地自語道：「我開始有點相信了——您知道我說什麼？」

「……」

「命！您不是也很相信的嗎？」

唐琪既然承認那是「命」，唐太太的內心反而感到一種如釋重負的寬慰。因為，她馬上意識到，現在所剩下來的，只是唐琪肚子裏那個孩子的問題了。

「是的，」她熱切地說：「也許命中註定，妳不需要去受這種苦。」

唐琪困惑地望母親，她一時聽不明白母親這句話指的「這種苦」是什麼？

「不是嗎？」母親說：「這樣一來，現在妳沒有理由一定要把這個孩子……」

「不！」唐琪急急的打斷母親的話，大聲宣示：「那是另外一回事！」

唐太太緊張起來了。

「什麼？妳難道還要——」

「我當然要！」唐琪堅決的說：「現在我更需要他了！真的，我不是只剩下他了嗎？」

頓了傾，母親低聲問：

「妳考慮過了——將來？」

唐琪忽然變得嚴肅起來，她注視著母親的眼睛，用一種冷峻的聲音反問：

「您知道在這裏，我一天有多少時間去想我以後的事嗎？」

母親說不出話來。唐琪帶點愧疚抓住母親的手。

「媽，您不是希望我過得快活一點嗎？」

唐太太黯然低下頭。

「您一定要支持我！」

「嗯……」

「絕對不能讓他知道孩子的事！」

「我答應妳。」

之後，唐太太履行她的諾言。華約希去過兩次生教所，也曾經到中和鄉去見過她，她除了好言勸慰，絕口不提任何有關唐琪的事。最後，華約希終於斷了念自然而然的淡忘了。

而葉浩東夫婦卻沒有如期返回臺灣。像以往一樣，起先他們還打個電報回來通知延期，然後一改再改，結果又失了音訊；等到這次忽然神出鬼沒的從菲律賓打電話回來，說是鐵定明天下午乘國泰第幾號班機回國時，暑假將要結束了。

放下電話，阿銀姐氣急敗壞的趕到華約希的小木樓去，把消息告訴葉婷。

照例，她沒看見華約希。

「他人呢？」老娘姨用一種並不十分快活的聲音向這位小孕婦發問。

「出去了。」葉婷回答：「剛剛出去！」

老娘姨向窗邊鋪在榻榻米上的被褥望了一眼。

「妳用不著騙我，」她說：「我看得出來──他晚上並沒有睡在這裏！」

葉婷不願意發作，書上說孕婦的情緒對胎兒會有影響的。她笑笑，無可奈何地過去拉開那扇上面已經貼滿了外國明星畫片的櫥門，指指塞在下面的那一捲鋪蓋。

「這是他的，」她解釋：「喏，他睡在這一邊！」

阿銀姐並沒有完全滿意。

「反正我總覺得不對！」她咕嚕道：「我來那麼多次，就從來沒看見過他！」

「這也是罪狀？」

「……」老娘姨心軟了。「他對妳好嗎？」

葉婷那微向上彎的嘴角浮現出一層玄惑的笑意。

「比好——更好！」

「我聽不懂這種話！」

「非常非常好！懂啦？」

老娘姨憂悒地望著這個仍然滿臉稚氣，跟挺起肚子極不相襯的小女主人。

「其實我真正擔心的，」她深摯地說：「倒不是他對妳怎麼樣，而是妳爸爸和媽媽！」

「我才不相信他們明天會回來！」

「我認為這次是真的——希望是真的！我一切都準備好了！」

「準備什麼？」

「辭工回香港！」老娘姨大聲說：「只怕他們不是炒我的魷魚，而是殺了我！」

葉婷相信這句話。

「你們有什麼打算？」阿銀姐接著問。

「不知道！」

「不知道不行，你們非要好好的計劃計劃不可，我很清楚妳的爸爸，他絕對不會輕易放過他的！」

「不放過約希？」

「還有誰？」

「我們才不怕他！」

「誰叫妳怕他，叫妳提防他！」

葉婷沉默下來。從小，她就沒有太多的機會去接近父親，他給她的印象是忙碌、不苟言笑，講究衣飾飲食和小節，永遠扮出一副威嚴的樣子——像舞臺上一具虛偽而僵硬的臉譜。她的美麗和靈巧，只是他向人炫耀屬於他所擁有的榮譽地位和財富的一部份，並不比他的學位、經歷，甚至一些骨董擺式更有價值。因此，對於他，她分辨不出究竟是尊敬還是厭惡；她也從來沒有認真的去思考過這個問題。

「他會怎麼樣對付我們呢？」她自語道：「也許——」

「別打妳媽媽的主意！」老娘姨似乎窺透了她的心意，建議道：「如果我是妳，我會暫時先躲起來——」

「躲起來？」

「等孩子生下來再說！」

「哦……」

「而且他們也沒有那麼多時間來追究這件事。」

葉婷即使沒有被說服，至少有點同意這種做法。她想了想，問道：「那麼，妳怎麼去向他們交代呢？」

「我當然照實說，」阿銀姐回答：「事實上也是這樣，我管得住妳嗎——到時，我會推得一乾二淨，什麼我都不知道！」

「……」

「怎麼樣？」老娘姨問：「妳決定了嗎？」

葉婷答應阿銀姐，等約希回來，她會把他們商量的結果用電話通知她。老娘姨在臨走之前，再三叮囑小女主人最遲在明天中午之前做決定，因為她的說詞要跟他們的行動相吻合；同時要求葉婷，如果搬開這裏，一定要把確實的地址告訴她，將來萬一發生什麼事，彼此可以連絡。

但，這天晚上，葉婷等到很夜很夜，華約希還沒有回來。

他從來沒有這樣醉過。

中午他獨自走到西門市場「紅樓」劇場右側一條全是開設小食店的小巷子，打算隨便在哪一家叫碗麵來解決午餐時，背後有人在叫他。

他回轉身，打量那個人好一陣，除了覺得有點臉熟，總想不起他是誰。

「你忘了，」那傢伙笑著用聲調高亢的四川話解釋：「我叫徐子斌，是你哥哥的同學——約翰是老幾呀？」

約希記起來了。在那個舞會裏。

「你一個人？」徐子斌問。

「嗯。」

「來，跟我們一起。我介紹你認識幾個朋友！」

華約希要推辭，徐子斌已經親熱的用手搭著他的肩膀，把他推擁進一家沙茶牛肉店裏去。

他們一共四個人，三男一女，佔著靠門邊的一張小圓桌。那個女的衣飾入時，髮型有半邊斜搭在臉上，使那本來就含有點玩世不恭意味的神態曾加了幾分神秘感；她貼著那個哈叭狗臉的小胖子坐，另外一個是個沒睡醒的戴著眼鏡的瘦子。徐子斌隨手在鄰桌拉過一把圓凳，一邊用巴結的口吻說：

「先坐下先坐下，我再來替你們大家介紹。」

華約希索性坐下來。他的位子正對著那個女的，他發現她正望著他，那張被濃豔的口紅誇張了的嘴微微嘟起，像笑，又像有點不懷好意。

徐子斌仍然站著，他說：

「哥子，我來跟你們介紹，」然後他拍拍約希的肩頭，「這小老弟是華家的五小開——你們聽說過東亞紡織公司了！」

約希靦腆地笑了笑，他想站起來走，但徐子斌把他按住，繼續介紹下去：「你們別看他，性格得很呢！」

「看得出來。」那女的說，然後眼睛瞟向站著的人。「小徐，你說姓什麼？」

「華！」約希說：「中華民國的華！」

「哦，這個姓還是頭一次聽到！」

「妳見識少嘛！」那哈叭狗臉說，聲音有點刺耳。

「你們怎麼搞的嘛！」徐子斌嚷道：「還沒有吵完，是我哥子請客呀——約希，莫見怪啊，這些幹戲的，就是這副德性！」

約希的眉頭微微蹙起來。徐子斌很做作地把手伸向那個女的那邊，矯飾地說：

「這位是我們自由中國最美麗的大紅星——」

「別聽他吹，我還沒真正入門兒呢！」

「好好好！那你總聽到過張丹妮小姐的名字吧？」

約希忘了在哪兒看見過這個名字。

「這位是我們自由中國鼎鼎大名首屈一指的權威大導演楊威先生！」

哈叭狗臉裂一裂嘴，有意味地說：「馬上就要下場了！」

「新戲正在排，過兩天就在紅樓上演，我給你招待券！」於是，徐子斌繼續介紹那個瘦子：「這位是——」

「舒宇，」那瘦子把手伸給約希，苦笑著說：「爬格子的，請多指教！」

「這是真正的大作家。」徐子斌問約希：「吃過飯你沒事吧？」

「沒什麼事。」

「好極了，看他們排戲！」

這頓飯整整吃了兩個鐘頭，大部份的時間，除了灌對方的酒，就是在聽楊導演在話當年，擺他的譜兒；華約希很快的就從那些絃外之音，弄清楚了他跟現在這個戲的女主角張丹妮的微妙關係，似乎是：假如戲賣錢，「合作」下去，否則分手；徐子斌的工作就是在他們鬥嘴的時候打圓場，調劑氣氛；而那位大作家，則始終不插一語，只是埋頭苦幹。華約希一開始，就決定不喝酒，即使是互相敬時「意思意思」，也只是把酒杯碰碰嘴唇而已。因此，當飯後走出巷子，進入旁邊那家髒亂而朽舊的紅樓劇場裏去時，他仍然十分清醒。

這是一座建築式樣很特別的木樓，圓形，光線從樓上的氣窗透進來，氣氛怪異，還有點腐臭的味道。那個頭髮亂得像把舊毛刷的老場務一聲吆喝，那些支著腿斜在木座椅上休息的人開始逐漸從那些黝暗的角落裏活動起來。

場務送上熱茶，華約希才發現徐子斌的身分相當重要。徐子斌覺察到了，他湊近約希。

「反正是混嘛，」他低聲說：「什麼屁的舞臺監督，哪天我弄到一筆錢，還要做導演呢——你看那邊！」。

哈叭狗臉的楊威導演大模大樣的將腳擱在那個場務替他弄來的一張長木凳上，把整個身體埋進小舞臺正前面第一排中間的座位裏。

徐子斌批評道：

「神氣得像個二五八萬似的！」

華約希猜摸得到這句影劇圈流行語的含意，笑笑。剛才吃飯的時候，他們就是這樣夾雜著一些專用術語和短句談話的，約希覺得挺新鮮。

徐子斌在他的旁邊坐下來。

「你到這兒來看過戲嗎？」這位舞臺監督問。他並不是真正的想知道答案，只是想找話說而已，因為約希沒開過口。

「沒有。」約希回答：「我還不知道是劇場呢。」

「你別瞧這破地方，生意來得好！可惜地方小了一點，不大適合演大一點的古裝戲——約翰什麼時候回來？」

「不知道。我真的不知道。」

「這傢伙沒良心，連一張明信片都不給我！」徐子斌忽然像抽筋似的叫起來：「老董，去催催人好不好！這樣磨洋工，明天彩屁的排！」

楊導演很困難的扭轉身體來向他們望望，臉上沒有一點表情。

「後天就要上演了，」徐子斌煩惱地說：「演員還沒詞兒呢！」

「劇本還沒好？」約希問。

「哦，不是這個意思，我是說他們遠記不住對白。一邊排地位，一邊由別人在下面提。」

那叫做老董的傢伙吆喝了半天，排戲的演員陸陸續續的到齊了。其中幾個一邊數著鈔票，一邊在抱怨什麼。舞臺上空空的，只擺了幾張凳子，表示是床、桌，和沙發；有些手上還拿著油印的劇本——張丹妮就是這樣，她飾演一個寂寞的少奶奶，愛上了丈夫的好朋友。飾演那好朋友的一看就知道是個小有名器的「小生」：中等身材，有一頭濃厚而微鬈的黑髮，老是喜歡抿著他那有點上翹的上嘴唇，國語帶有很重的南京腔。他在臺上走來走去，不時停下來跟坐在下面的導演發問，諸如這句話說不順口，可不可以加上一句等等。最後，楊導演煩了，無意識地揮著手。

「隨你的便吧！」導演詛咒道：「反正又不是我買票進來看！」

張丹妮停了下來。

「呃呃呃導演——我們可要先說清楚，」她不以為然地嚷道：「人家是大牌，砸掉三兩個戲無所謂，我這個新人可退板不起啊！」她瞟著那位小生，「如果嫌這個劇本太爛，乾脆換一個，不要……」

「我舉三隻手贊成——連我也換掉更好！」小生說。

徐子斌沉不住氣了。

「譚小生！」他大聲懇求：「你幫幫忙好不好！你輕鬆啊，賠光了你也照拿——你就照劇本演好了，不是銷紅票，拉到兩場晚會，孫子王八蛋才會跑進來看！」

「我沒說錯吧！」楊導演怪聲笑起來。

於是，演女傭人的「老幹架」出來打圓場，折騰一陣，再重頭排最後一幕……

華約希靜靜的坐在原來的位子上，徐子斌給他弄來一瓶汽水，又走開了。其實約希對於臺上臺下這一幕戲毫無興趣，只是眼前這種似真似假、虛幻，而又那麼清晰的呈現在眼前的景象，使他體察出一些，他在內心中從未接觸過的——那是什麼？人生的實質：在蠕動、震盪、幻變……究竟那是冥冥中一種有規則的安排？還是永遠不可測知的奧秘？

在另一個舞臺上，他是不是正在扮演著——就像上面那位輕浮的譚小生那樣——一個令人厭惡的角色？而唐琪、葉婷，對了，還有圖書館裏那個險色蒼白的女孩子——當然以後還有其他的！也許張丹妮也是其中的一個呢，誰知道？誰能阻止呢？

而現在這一幕，是他已經有一個「家」。包括有一和懷孕的女人在內的「家」！想到「家」，華約希便想起在這段日子裏他生活在這個「家」中的情形，使他有啼笑皆非時感覺——你能否定這不是真實的人生嗎？

「這才是最拙劣的劇本！」他想。

舞臺上，張丹妮——不，應該說是這個美麗而寂寞的太太——用一種近乎笑謔的聲調向那個男人說：「我本來就是屬於你的，愛不愛我，並不重要！」

約希想：女人都喜歡說這種話，尤其是她們以為正在去愛，或者以為正在被愛的時候。

葉婷說：「愛我，然後拋棄我！」

唐琪說：「愛我，你不需要有負擔，我可以做你的情人！」

於是，張丹妮被自己的對白引得大聲笑起來了。

大家望著她。

「很好笑哦？」楊導演裝著假笑問。

「我真的忍不住笑嘛！」她坦率地解釋：「這樣愛來愛去的，不是太滑稽了嗎？」

「妳說呢？」

「如果是我，」張丹妮說：「我會說：需要我的時候，我是你的——永遠是你的！」

華約希突然鼓起掌來。

全場的人都回頭去望他。

他略為頓了頓，隨即站起來，停止鼓掌。

張丹妮發覺男主角盯著她，笑得有點古怪。舞臺監督走出來，向大家宣佈：

「喏，這就是觀眾要看的——約希，不要客氣，給我們點意見！」

「別開玩笑了，」約希靦腆地說：「真的，我也不知道自己為什麼要鼓掌——我走了！」

徐子斌追出來。

「你不是說沒事嗎？」他問約希。

「我不想打擾你們的工作！」約希回答。

「那你錯了，戲劇圈就有這點好處，怎麼工作你已經看見了！」

「再見！」

「呃，我明天怎麼送票給你？你們碧潭的新房子我還沒去過呢。」

「我已經離開家了。」

「哦……」徐子斌接著問：「住的地方有電話？」

華約希把樓下食店的電話號碼寫在一張紙片上，遞給他。

「票不必送了，」約希說：「你送了我怕也沒時間來看。」

「看戲會花你多少時間？」

「我要去工作！」

「晚上？」

「不一定，有時候一整天！」約希把粗糙而指甲縫沾著污漬的雙手讓對方看看，誠實地說：「我不會騙你的！」

徐子斌思索了一下，笑起來。

「開什麼玩笑，你還要去做工！」

「我要養家呀！天會掉下來給我們吃呀？」

現在，這位新任舞臺監督真的傻了。

「家？」他小聲問：「你養什麼家？」

「我有太太。」

「你結婚了？」

「馬上就要生小娃兒了。」

「怎麼我一點都不知道？」

「我家裏也沒人知道。」

徐子斌驚訝地張著嘴，半晌，才興奮地嚷起來：

「那你就不能走了——我請客！給我個小面子，我們大家好好的為你慶祝一下！」

但，約希並沒有留下，走了。

回到仁愛路底那家小汽車修理廠，韓師傅——這家修理廠的主人——從那個克難打油槽下面鑽出來。他滿身油污，隨手抓起葉子板上的棉紗去揩拭雙手。

「我正在擔心你不回來呢！」他說：「晚上怕要加班，那輛大修的車子我答應過後天晚上要出廠交車的！」

約希望了望早上才拖進來的那輛現在停在左面竹籬邊的黑色大轎車。

「後天就要交車。」

「趕不出來？」韓師傅說：「只磨磨『凡爾』，換『令』和『波司』，又不要搪缸——告訴你，我們當年在印度的時候……」

華約希進這家車廠工作之前，就認識這位韓師傅，那時他在中華路鐵路旁的違章竹棚堆裏開修理店，店面只有兩三坪大小，修理電器水管腳踏車和各樣找上門來叫他修理的東西；華約希就是改裝那輛哈雷機車時偶然認識他的，當時臺北街上的汽車就不多，機車更是寥寥可數，因此他們很快的便從老主顧而成為好朋友。

韓師傅是廣西人，身體粗壯，抗戰期間參加青年軍，到過印度作戰；修理機械的智識就是那個時候在軍隊裏學來的，勝利復員之後，他回到他的家鄉——梧州。但很快的他又回到內地來，他發現自己已經不能再適應「做老百姓」那種平凡刻板的生活；於是他再回到軍隊，直至徐蚌會戰負傷而撤到臺灣，他才真正的離開了部隊——因為他已經是個跛子。現在除了不需要扶著拐杖走路，實際上他的右膝以下是使不出勁的。

去年年頭，他把修理店頂讓給一個曾經幹過連長的山東老鄉，在這塊偏僻的空地上掛起「和記汽車修理廠」的招牌；開始的幾個月，生意很壞，但是他並不氣餒，勒緊褲帶苦撐下去。就在這個時候，他跟華約希又無意間連絡上了。這一次，華約希幫了他一個大忙——並不完全是經濟上的，約希改革了他的經營方式：主動的去拉攏公家機關的司機，添增一點新設備，用最低的工資和最佳的服務去爭取客戶。果然，半年功夫，廠地已經延伸到水溝邊，還增加了一個本省技工和兩個來免費學師的小學徒，當起真正的「老闆」來了；但，他仍然念念不忘軍隊。

「那個時候，」他興奮地說：「你知道吧——」

「前兩天大修過一部車子，」約希笑著接住他的話：「你跟我說過八遍了——小柯呢？」

約希問的是那個臺灣技工。

「相親去了。你剛才沒見他穿起西裝來的那副神氣樣子！」

約希望著韓師傅，他只有三十多歲吧，如果他脫下這身污黑的工作服，理理頭髮，他便不會顯得那麼蒼老。奇怪，他為什麼不去找個太太？有好幾次，當廠裏收了工，他一本正經地在工場後面的廚房裏弄飯的時候，或者他坐在鉛桶旁邊，很認真地搓洗著衣物的時候，約希就想問他。

「小柯比你小吧？」約希裝作無意地問，一邊脫下夾克，在工具板旁邊的釘子上掛起來。

「你以為我多大？」韓師傅認真地問。

「有沒有四十？」

這位修理廠老闆大聲笑起來。

「抗戰的時候當過兵，」約希說：「最少也有三十好幾了吧！」

「還不到三十！」

約希不敢相信。

「我去當兵的時候，還在唸高二呢。」

約希更感困惑了。因為他一直認為韓師傅是個大老粗——他也極力表現得像個大老粗。

「總之，我們這一代是最不幸的！」韓師傅感慨地說：「你想想，在讀書的年齡，我們從軍去打仗；等到勝利了，真正想繼續唸點書了，共產黨又作亂了，然後——」他忽然把話頓住，望著約希，露出苦澀的笑意。

「就那麼一晃眼，你一生中最美的一段時間，已經過去了！老了！」

「你怎麼能算老？」

「能算年輕嗎？」

「至你還是個獨身漢呢！」約希自嘲地說：「人家都說，沒結婚的，算不了大人。」

約希結婚的事，韓師傅是知道的。雖然他並不十分了解華約希，但他相信約希絕對不是一個做事沒有原則的人；他對這件事唯一感到有點困惑的，是約希表現得一點也不快樂。他從來沒問過約希。

現在，他故意去接近這個問題。

「那麼，你是說你『老』了？」

「不是老了，」約希回答：「是長大了——我以前好幼稚。我大哥時常罵我幼稚。」

「我倒寧可看見你以前的樣子！」

約希不說話，過去拿起工作服。

「小華！」

「開工吧！」約希說。

「——是不是有什麼困難？」

「你怎麼會這樣問？」

「你有心事。」

「……」約希想了想，生硬地說：「對，但是你幫不了我的忙，誰也幫不了我的忙。」

「那麼嚴重？」

「哦——你一定誤會了，其實事情很簡單，只是我沒有想通而已！」

「關於什麼？」

「最俗氣的問題！」他笑笑，「男人！女人！」

韓師傅注視著約希，不解地問：「你不是剛剛才結婚……」

約希不想解釋。正如他剛才堅決要離開紅樓劇場一樣，其實當時他並不想走，也並不想回到車廠來，他想馬上回到小木樓去，但結果都沒有那樣做。

看見約希有意避開他的目光，韓師傅真誠地說：

「有一句話，我不知道該不該問你？」

約希做出一個鼓勵對方說下去的動作。

韓師傅猶豫了一下，才問：

「你是不是在後悔？」

「後悔結婚？」

韓師傅等待約希自己去回答這句話。約希搖搖頭，現出一副極其莊重的神態。

「我從來不會後悔自己做過的事！」他說：「而且，你也絕對不會知道，我多喜歡她！」

「她呢？」

「你是說她對我？她比我喜歡她更喜歡我！」

韓師傅會心地笑了。

「你不相信？」約希說。

「相信，但是我覺得奇怪——你沒提到過一個『愛』字！」

「我真的沒有說過嗎？」

「你只說『喜歡』！」

有區別嗎？三舅舅曾經在信中跟他討論過，也許中國人對感情的表達上較為含蓄……不！是較為曖昧！約希想：中國人總是喜歡扭扭捏捏，拐彎抹角，不肯直截了當地把「愛」字說出來，認為那是一件很虛偽的事。

「我還是一個半舊派的人！」約希說。

其實，韓師傅並沒有接受華約希這個解釋，但也並非完全否定它。他只是覺察到約希又開始在逃避，不願意真正的面對這個問題了。

整個下午，他們除了工作，並沒有再繼續交談。黃昏之前，他們已經將那輛大修車子的引擎抬了下來，將機件一部份一部份的拆開；華約希專心的工作著，不時提出一些技術上的問題來問這位老師傅。最後，老師傅實在忍不住了，停下手來盯住他。

「你不是真的存心將來幹這一行吧？」

「誰知道，你本來不是想學醫的嗎？」

韓師傅頓了頓，下意識地看看自己那雙粗糙的手，嘆了口氣。

「你跟我不同。你家裏的環境並不需要你去——你不必做這種工作！」

「我已經離開家了！」約希認真地說：「這個學期，看情形我可能要休學。」

韓師傅一直以為華約希到他這兒來工作，目的只是消磨這個暑假。

「那又有什麼好奇怪的呢！」約希嚷道。

現在，韓師傅以為自己已經發現事情的真相了。於是他抓起一把棉紗，胡亂地抹淨手上的污漬，然後到右側那間利用一隻破車廂改成的房間，把一疊鈔票拿出來，塞到約希的手上。

「你先拿去用，」他歉疚地說：「到了月底，我還可以多給你一點。」

約希笑了。他知道他不能拒絕對方的好意，想了想，他索性把錢接過來。

「如果你有事！」這位車廠老闆說：「可以先走，反正也沒什麼重的工作了。」

「好吧，」為了裝得像一點，約希說：「我現在就去把房錢付掉！你沒看見過那位房東太太的臉拉下來有多長！」

約希離開車廠，順著仁愛路打算步行回住所去，過了大水溝，他忽然改變了主意。他彎到信義路東門市場去，買了好些食物，還特意買了兩瓶烏梅酒，先在市場口的小美冰菓店拖延一陣，再叫三輪車坐回車廠去。

下了車，他才發現站在車廠門口發呆的那個人是小柯。他穿著一套顏色綠得很俗氣的西裝，結著一條顏色紅得刺眼的領帶，頭髮電燙過，可能是三重埔哪家小理髮店手藝很差勁的理髮師傅的傑作，使他的樣子變得又土又古怪。

「你站在這兒幹什麼？」約希詫異地問：「來，幫忙拿點東西！」

他們提著東西進去的時候，韓師傅迎出來。

「怎麼回事兒？」他問。

「你先問他。」約希說。

「還問什麼！」小柯快快地嚷道：「賽伊娘，錢也沒有去了！人也沒有去了！」

「什麼沒有去了？你不是去相親的嗎？」

「哪女的有卡水嘸？」

「免講啦！」小技工把東西擱在工作棚柱旁邊的板桌上，也不管那張長木凳髒不髒，一屁股坐下來。「我唏，白白的撂去半個月工錢！」

站著的人互相望一眼。

「哦，」老師傅關切地問：「沒有看成功？」

小柯忍不住發出乾澀的笑聲，做出一個怪樣子，說：

「你們看到沒有？」

「什麼意思？」

「她是個『拖窗仔』！」他說出一句臺灣俚語，指了指自己的眼睛。「你們外省人這個叫什麼？」

「鬥鷄眼！」約希恍然大悟地叫起來：「啊！我明白了——那是人家小姐不好意思正眼看你呀！」

小柯一時沒有聽懂，等到華約希作弄地用手去撥亂他那電燙過的頭髮，才跟著笑起來。

「你也不撒泡尿照照你自己！」約希打趣地說：「人家有眼有鼻，有手有腳，就對得起你小柯啦！」

韓師傅止住笑。當他覺察到約希變得有點不自然起來時，他隨即把話題岔開。

「這是什麼？」他問約希。

「吃的。」約希回答：「我們正好順便替小柯慶祝一下！」

「你本來想慶祝什麼？」

「那個問題，我已經想通了！」

「問題？」

「就是我們談的——男人，女人。」

韓師傅蹙起眉頭，以一種不信任的目光打量著離開之前還滿懷心事，而突然變得開朗起來的華約希。

華約希真誠地說：

「真的，我想通了！所以我想先喝一點酒來壯壯膽，」他有意味地笑笑。「我要回去告訴她，我愛她——你不是說我沒說過『愛』字嗎？我好傻！」

華約希從來沒有喝過那麼多酒。後來小柯又跑出去買了兩瓶紅露酒，和一瓶五加皮酒回來。如果那家小店還有別的酒，他也會買回來的。總之，他們都醉了。韓班長——他還是第一排第一班的上士大班長呢——挺硬著脖子一遍一遍的唱軍歌，而決心回鄉下去娶個「草地」姑娘的柯進財則唱臺灣小調附和，約希也不知道自己是怎麼回到小街上來的。所有的店鋪都關上門了，連街口那個專門做午夜生意，賣檳榔給那些三輪車伕的小攤檔也收了。只有那盞燈光整夜透過窗臺照射到天花板上的街燈亮著，他從來沒有見過這條小街那麼冷靜過。

約希記得自己並沒有拍門。那扇板門開了。開門的竟是葉婷。

「哦，是妳！」約希粗著舌頭說：「對不起，我——」

「噓——」葉婷制止他：「不要那麼大聲！來，我扶你。」

他靠近她。

「我沒有醉！」

「我知道！」她關好店門，然後小心地攙扶著腳步已經歪斜的約希上樓去。

她讓他躺下，但他隨即掙扎起來。

「你躺下來，」葉婷說：「我去給你倒杯水！」

「妳不要走！」他緊緊的捏住她的手臂，固執的說：「我要告訴妳——妳相信嗎？」

「我相信，你躺下！」

「妳不願意聽？」

「我在聽。躺下。」

「葉婷！」他生氣了。

「你一定要把樓下的人都吵醒嗎？」

「哦……」約希望望梯口，裂開嘴笑，然後壓低嗓門說：「我真的沒有醉，真的，妳看！」他平伸著手，做出一些動作。「是不是？妳說我沒有醉！」

「……」葉婷望著他。「你沒有醉。」

他緩緩的伸手去捧住她的臉，深情地說：「我愛妳！」

葉婷震顫了一下。

「多可笑！」約希露出一種攙有點嘲弄意味的笑意，說：「我怕妳知道！我不敢說『愛』這個字！」

「啊！五哥！」

「妳知道我為什麼不敢說嗎？」

她激動地搖搖頭。

「問題，出在這裏！」約希用手指敲敲自己的頭。

「……」

「我今天才發現——真的，我看見自己，站在那個舞臺上面……」

現在，葉婷相信約希是醉了，但她不想阻止他說話。這些日子裏，約希很少說話。這種近乎冷漠的意態，並非表示他對她，或者對這種生活的厭惡，只是他以另一種方式將自己的情意與關懷表現出來而已。

那天當葉婷回自己的家去取一些衣物的時候，約希便利用這點時間把小樓收拾得乾乾淨淨，還特意到廈門街他熟識的榻榻米裝裱店去，叫工人來換過新的蓆面和裱好破舊的櫥門。第二天，他便弄來一罐油漆，將矮窗臺漆成白色，原來那幾鉢花樹，都換上釉面的盆子，使那窗臺添上一層令人愉悅的新意。現在，靠牆的那只矮櫃，已經罩上一條碎花的布套，上面整整齊齊的擺著葉婷的東西——那對瓷玩偶當然放在被最引人注目的位置。

有一天，葉婷告訴約希：

「這個是你，那個是我。」

第二天早上，葉婷醒過來的時候，華約希已經出去了。他睡在蔡文輝原來睡的地方，被褥已經收到暗櫥裏，而那隻男孩玩偶下面，壓著一張小紙條，留下他要告訴她的話，但沒有署名。

以後，他們就這樣互相交談；因此他們在一起的時候，大家都極力保留一些話，在紙條上說——尤其是約希，每次面對著葉婷，他總感受到內心一種奇異的紛擾和激動，他想緊緊的擁抱住她、吻她，撫摸她的身體；

那種熟識的，曾經使他迷亂癲狂的慾望瞬即將他淹沒了，他戰慄著，極力掙扎；他那冷酷的樣子，使葉婷懷疑那是對她的憎恨和厭惡。最後，他默然走了，然後很夜很夜才回來。

直至有一天，約希回來的時候，發覺葉婷已經睡著了，而他的被褥，卻緊靠著她的鋪在一起。約希猶豫了一下，發現玩偶下面留著條子。

「如果我睡著了，請叫醒我。」

但，約希並沒有那樣做，他想了想，便輕輕的彎下腰去要將自己的被褥拉開。

葉婷反轉身來，望著他。

「啊，妳沒睡著！」

她不響。

他停下手，跪坐在榻榻米上。

「跟別人睡在一起。」他生硬地說：「我總是覺得不習慣。」

葉婷仍然不響。

約希平常最怕看見她這種像是能夠窺透了他的目光，於是輕輕的吁了一口氣。

「好吧，」他強笑著，把被褥再推回去。「我們就這樣睡好了！」

他熄了燈，睡下之後，葉婷在黑暗中幽幽地喊道：「五哥！」

約希回過頭去望她。從窗臺透射進來的街燈反映中，她的眸子裏閃爍著淚光。

「別傻！」他伸手去摸摸她的臉。

「五哥！」她的聲音仍然一樣平靜。

他把手收回。她並沒有哭。

「妳說，我在聽。」他說。

「當時你為什麼要答應我呢？」

「答應什麼？」

「娶我。跟我結婚。」

「……」

「為什麼？」

「……」

「其實，你可以拒絕的！我本來就——」

「不要這樣說，」約希急急的打斷了她的話：「妳也很清楚——是我願意這樣做的！」

「不！你不得不那樣做！」

約希怪聲笑起來。但葉婷比他更清楚，他是用笑來掩飾自己的尷尬和不安。

「誰能強迫我？」他嚷道。

「我能！」

他頓住了。她接著說：

「因為，我知道你愛我——其實應該說，你以前曾經愛過我！」

「難道說，現在我就恨妳了嗎？」

「你不敢承認！」

約希索性坐起來。

「妳究竟要想說些什麼啊！」他煩惱地喊道。

「噓——」她沉下聲調：「你不要叫！這就表示你心虛了！」

「我？我心虛？」

「你一直在逃避！」

約希忿懣地站起來，張開雙手，然後又頹然放下。

「好吧，你繼續說！」

現在，葉婷坐了起來。

「你開開燈！」她命令道。

「為什麼？」

「我要你看著我的眼睛！」

華約希考慮了一下，只好伸手到頭頂去扭亮那盞已經裝上一隻賽璐珞罩子的電燈。他發現葉婷有點興奮，雙頰紅紅的，正用一種帶點怨恨的目光注視著他。

約希笑了。

「現在妳看見了，」他矯飾地說：「妳不是說我在逃避嗎？逃避什麼？」

葉婷發出冰冷的聲音：

「恨我！」

「恨妳？」華約希像是在詢問自己。

「因為我傷了你的自尊心！」

華約希的心突然向下沉，驟然變得紊亂而輭弱。他很吃力地搖搖頭，掙扎道：

「沒那回事！」

「你一定要我說出來？」葉婷逼問。

「不要說！不要說！」約希在心裏懇求。

葉婷那因抑制而被扭曲的嘴角突然痙攣起來，她緩緩的低下了頭。

約希想過去抱住她，吻她——可是他只是僵立在哪兒，默默地望著她，沒有說話。

沉默半晌，葉婷終於執拗地再抬起頭。她的眸子裏熠耀著一種令華約希感到慌亂的光芒。

「我非常清楚，」她冷酷地說：「只因為我不是處女！」

「啊……」

「只因為我跟很多男人睡過覺！」

華約希幾乎要崩潰了，他惶駭地張著嘴。而她仍然用比刀更鋒利的聲音說下去：

「只因為我肚子裏的孩子是童懷仁的！」

她的聲音在迴響，在擴大。他陷入極度的迷惘中。等到他回復了意識，第一個感覺，就是對面那盞電燈很刺眼——他已經站在窗臺的前面，背向著葉婷。但，他不敢回轉頭，他知道她正在諦視著他，他感到灼熱。

「五哥！」她的聲音變得柔和了，而且充滿了歉意：「請你望著我！」

約希頓了頓，回轉身。只見葉婷那仍然散發著牛奶氣味的嘴唇流露出一種寂寞的笑意。

「我對不起你！」她真摯地說。

他笑笑。他在心裏重複著她所說的這句話。

「你這樣做是對的！」她伸出手制止。「——你讓我說下去，我考慮過了……」

約希皺起眉頭。

「我不願再拖累你！」

「妳說什麼？」

「我準備明天就搬走！」

「回家？」

「……」她咬咬嘴唇，顯然剛才這個決定並沒有經過考慮，於是有點不安。「我不一定要回去！我可以去找方菁她們——我當時就不應該再來找你的！如果這樣，現在你可能仍然恨我，但絕對不會，這樣討厭我！」

約希憐惜地望著葉婷。她從他的目光中逃開，微微仰起頭，抑制住那正在眼眶中閃動的眼淚。

「——我不要你這樣瞧不起我！」她悽痛地說。

約希緩緩走近她，跪在她的身邊。

「小婷！」他深情地低喊道。

她忍住哭，將頭略為偏開。

「我承認，」約希真摯地說：「我在逃避，我不知道我在逃避什麼？」

葉婷屏住呼吸。

「但是我知道，」他接著說：「我並沒有討厭妳，更不會瞧不起妳！」

他看見晶瑩的淚滴從她的眼角滑落下來——啊！在那棵醜陋的老榕樹下面，在黑暗中，在那個充滿了羅曼蒂克情調的夜晚，他雖然沒有看見，但他感覺得到，她的眼淚是溫暖的，還帶點鹹鹹的，攙雜著面霜或者髮水之類的香味。

他想伸手去替她抹去停留在睫上的那顆像透明的寶石似地懸掛在那兒的眼淚，但，他沒有動，他那雙闊大的手掌緊捏著自己的膝蓋，然後，當她緩緩的回過臉來望著他時，他低下頭。

「記得嗎？」他說：「妳自己也同意的，我們的問題，等孩子生下來了再說。」

葉婷並沒有忘記，她能夠背出約希曾經跟她說過的每一句話。

「我記得。」她用同樣平靜的聲音回答。

「我們現在只能這樣，是不是？」

「那就是說，」她自語道：「將來，我們可能會在一起，也可能分開的。」

「是這樣！」

約希這種肯定的語氣刺傷了她。錯愕一陣，她問：

「我們這樣，只是為了這孩子？」

「當然還有妳。」

「謝謝你！」

「……」

「我明天還是走比較好！」她再面向約希，說：「這樣下去，我們大家都痛苦！」

「不要再這樣說，」約希懇求道：「分開，我們就會快樂了嗎？」他捉住她的手。「小婷，妳相信我，再給我一點時間！」

葉婷感到困惑。

「不要問我什麼原因！」他說：「這件事是關係我們一生的！我不希望，我，或者妳，將來互相怨恨——難道我現在所做的一切，還不能表示我——」

葉婷在心裏跟自己打賭：約希絕對不會說出「愛」——對於他，「愛」應當是神聖的，完整的，幾乎是有點宗教意味的。

華約希並沒有結束他這句只說了一半的話，而是用一個無可奈何的動作去表達出自己的歉意。

從此，葉婷變得更加沉默了。雖然約希表現得比以前更加關心和體貼，他把更多的時間陪伴在她的身邊，但這樣反而使她內心愈加惶恐，每當她接觸到他那種說不出是喜悅還是憂愁的凝視，總止不住內心一陣紊亂。最後，她所擔心的，反而不是約希所說的——那個「時間」的到來，而是以後怎麼去面對那彷彿永遠過不完的日子……

最後，她認為華約希肯這樣做是由於仍然「愛」她的那一點點信心開始動搖了。

「那只是一種憐憫！」她告訴自己：「他所等待的——他不是說再給他一點時間嗎？他所指的，只是等待孩子生養下來而已！」

但，現在，約希竟然說出，她所盼望——同時也害怕聽到的「愛」字？

「不！那是他喝醉了！」她想。

約希激動地搖撼著她。

「妳不相信？」

「我相信！」她瘖弱地回答。

「我知道妳不相信！」他滯重地搖搖頭，然後鬆開手，苦澀地笑笑，自語道：「本來我也不相信的！」

葉婷的內心感受到一種難以形容的溫暖和寬慰，因為她知道約希現在所說的話，是毫不隱飾的。

「妳恨我嗎？」約希忽然很突兀地問。

她楞著，不知道該怎麼回答。

「妳應該恨我的！」他說。

「我沒有理由恨你！」

「可是我恨透了我自己！」約希自語道：「我發現，我自私！虛偽！骯髒！卑鄙！」

她驚惶地抱住他，低喊道：「你不是那樣！不要再說了！」

「妳不知道，我好妒嫉！」

「五哥不要說！」

「我——」

葉婷沒讓他說下去，她用灼熱的吻去掩蓋住他的嘴唇。約希再度經驗到那種曾經使他驟然燃燒起來的激情，他的心臟劇烈地悸動，他感到昏眩，窒息……

「小婷！」他親暱地低喊。

她緊偎著他。一種罕有的淒酸之感突然充滿了他的整個心靈。

「你怎麼啦？」她帶點驚惶地問。

他極力抑制自己。她伸手去摸他的臉，觸摸到溫熱而潤濕的淚水。

「你——」

「我並不想哭！」他自嘲地說：「是不是很好笑，我一直都以為自己是個很堅強的人呢！」

她情不自禁地再緊抱住他。

「五哥！」

「不要恨我！」他說：「不管我將來會做出什麼事，都不要恨我！」

「我不會。不要說話，就這樣睡吧，你累了！」

「我醉了——但是我很清醒！」

「我知道！」

「我告訴過妳，我看見自己站在舞台上嗎？」

「嗯，睡吧！」

約希深長的吁了口氣，望著天花板。

「妳知道我像什麼？」

她不想說話。她緊緊的抓住他的手，貼在自己的臉頰上。現在，所有的疑慮都消散了，她從迷惘中擒捉住一種能夠使她振作起來的力量——因為他愛她。

華約希笑出聲音來。

「我今天才發現，」他說：「原來我只是一個時常故意去引人家笑的小丑！」

對葉婷來說，華約希在她心中的形像是永遠不會改變的，即使他真的是小丑！

天快亮的時候，華約希因喉嚨的乾渴而從一個混亂的夢中醒過來，覺得頭痛欲裂。他用很長的時間去回想曾經發生過的事——最後霍然坐起來。

「哦……」他發現葉婷靜靜的坐在旁邊，凝望著他。於是，他顯得有點侷促地問：「怎麼不睡？」

「你一直在說夢話。」

他笑笑，爬過矮几去把那半瓶冷開水喝光，然後再回到她身邊，靠著牆坐下。

「我喝了太多酒，」他忽然問：「妳聽到我說了些什麼？」

她搖搖頭。

他挨近她一點，拿起她擱在膝蓋上的手。

「我作了個很怪的夢！」他說：「它一遍一遍的，重複著相同的事；好像在法院裏，有妳，我——」

「和唐琪！」

「妳怎麼知道！」

「你喊過她的名字！」

「哦……」

「五哥！」

約希遲疑一下，才懷著一種負疚的心情回過頭去望她。

「你去看過她嗎？」她低聲問。

「……」他誠實地點點頭。

「最近？」

「哦，不——很久了！她不願意見我。」

「我知道，」她說：「那是因為我！」

他又抓緊她的手，勸慰道：

「別這樣想！」但，約希卻想起唐琪告訴他的話，還想起自己養傷的那段甜蜜的日子——她跪在矮窗台前梳理頭髮，她每次上樓捧開那隻蔴質揹袋時那副爽朗灑脫的姿態，她那悅耳的帶點兒捲舌音調的北平話；她的笑，她的熱吻……

「我做錯了一件事！」葉婷悔恨地說。

「忘了它吧！」他把話題岔開：「——妳知道我在夢裏面，還看見誰？」

「五哥！」

「不要胡思亂想——妳聽我說！」

「五哥！」她激動起來。

他惱怒地皺起眉頭，盯著她。

「你想她嗎？」

「妳問我，是因為妳聽到我在夢裏喊她的名字？」

「我知道妳喜歡她。」

「怎麼不說我愛她？」

「這是事實。」

「妳究竟希望知道些什麼？」

「不！是我要告訴你一件你不知道的事！」

「關於唐琪的？」

「我們三個人之間的！」

華約希驟然失去了耐性。但，他仍然努力克制住自己。他仰起頭，沉重的吐了口氣。

「不要說出來！」他生硬地說：「即使你所說的事我真的不知道——又有什麼意義？」

「至少，可以讓我心安！」

「——讓我後悔？」

葉婷說不出話了。

華約希緩緩的伸出手去，將她摟近自己。

「不要再自尋煩惱，」他真摯地慰解道：「難道妳不覺得，我們對唐琪，都有所虧欠嗎？」

葉婷痛苦地閉起眼睛。

「你要愛的，不應該是我！」

約希情不自禁的去吻她……然後，他溫柔地喊道：

「小婷！」

「嗯！」

「我告訴妳，我作的那個夢——」

「不要說夢！我怕！」

「怕什麼？」

「今天——馬上就要發生的事！」

他震顫了一下，用手去托起她的臉。

「妳說什麼？」他低促地問。

「阿銀姐昨天來過，」她怯怯地說：「她說我爸爸和媽媽今天就要回來了——這次真的要回來了！」

約希鬆弛下來。他笑了。

「那有什麼好怕的？」

「我有一個預感，」她說：「他不會放過我們的，我了解我的爸爸！」

「他能把我們怎麼樣？」

「我不知道！」

約希想了想，接著問：「阿銀姐還說了些什麼？」

「她教我一個應付他們的方法——」

「什麼方法？」

「她要我暫時躲起來。」

「為什麼要躲起來？」

「讓他們先找不到我，」她解釋：「等到孩子生下來了，那個時候——」

「不！我不贊成！」約希不以為然地嚷道：「我認為我們要光明正大的去見他們。這又不是一件什麼見不得人的事！躲什麼？」

葉婷頓了頓，憂怯地問：

「你以為他們，真的——肯答應？」

「這不是肯不肯的問題！他們已經沒有選擇！」約希補充道：「再說，妳遲早總要見到他們的，不是嗎？」

「……」

「阿銀姐知不知道時間？」

「你打算去機場？」

「不！我們等阿銀姐來電話，再到妳家去！」

第三十一章

像以往一樣，葉浩東先生和他那位雍容華貴的夫人下了機，一陣風似的將行李送回家裏。略為梳洗一下，又匆匆忙忙的帶著禮物，去拜會朋友去了。

從進入大門開始，葉夫人把手上那隻包裝得很精緻的大洋娃娃向出來開門的阿銀姐手上一塞，話也沒多說一句，便逕自進屋裏去。等到她從房間換過一套衣服，一邊在扣著與衣服同色的祖母綠翠玉耳環，走出客廳時，這位老娘姨臉上那種惶惶然的神態，她一點也沒發覺。

「昨天有沒有替我打電話去給孫太太？」

「打過了！」

「妳的喉嚨怎麼啦？」

阿銀姐含糊地應著。表示並沒有事。她過去小心地替葉夫人拉拉旗袍的後領，等待女主人問葉婷。但，這位母親始終沒提起過。

葉浩東先生跟著出來了。他的臉總是繃得緊緊的，永遠佈著一層威嚴，即使是開心的時候，他的笑也只能從那被細心修剪過的短髭下面隱約可見。他的太太就時常在朋友面前笑他是「撲克面孔」——像紙牌的老K一樣煞有其事。現在，顯然心情相當愉快，他那薄而紅潤的唇角微微向上彎著。

「東西拿了？」他問他的太太。

葉夫人向沙發上那幾包東西瞟一眼。

「我不是另外擱開了嗎？」然後她叮囑阿銀姐：「房裏的東西不要動，等我回來自己收拾。」

「晚上家裏需不需要準備？」

「不用了，我們在孫公館。」

巷子外面由孫家派來接他們的汽車響了兩聲喇叭，葉浩東看看錶，關照太太別忘了將錶上東京與臺北的時差撥回來。阿銀姐替他們將那幾包禮物捧到車上，葉太太才想起來。

「小婷又野到哪兒去啦？」

「上車吧！」葉浩東不耐煩地催促。

「記得，那隻大洋娃娃是替別人帶的，」葉太太告訴老娘姨：「她的東西在那隻紅色的小箱子裏！」

車子開走了？阿銀姐在門口發了半天楞，才想起要打個電話去通知葉婷。

在電話裏，老娘姨再三的追問葉婷，究竟是要暫時躲避一下，還是有什麼別的打算。等到葉婷回答她，說華約希決定面對這個問題時，她怔了一陣，才憂怯地問：

「什麼時候？」

「妳不是說他們去了孫伯伯家嗎？」葉婷大聲嚷道：「那，牌一打，怕天亮還回不來呢！」

「小婷！」

「這樣吧，他們什麼時候回來，妳什麼時候再通知我！要不然，我們現在就來，在家裏等他們！」

老娘姨急起來。

「不！」她說：「妳還是等我的電話，你們一定要在最合適的時間來，不然會把事情弄糟的！」

「要是我媽媽先問起我呢？」

「這我有分寸！」老娘姨說：「反正他們準有幾天好忙的！」

掛了電話，阿銀姐雖然仍然有點煩亂，但剛才那種惶惑不安的感覺已經消失了。她開始唸唸有詞地嘮叨著，怨自己的命，責怪主人家沒有盡到做父母的責任，當然，她恨死了葉婷這小鬼，讓她來做難人。

雖然葉夫人闗照過她，但是她仍然到臥房去，先收拾好散放在床上的女主人換下來的衣服，把那幾隻大大小小的皮箱並排放到一邊。最後，她去打開那隻紅色的小箱子。

她忍不住笑了。

箱子裏塞滿了新衣服和一些用品及玩具。她拿起一隻小女孩用的小手袋。馬上聯想到昨天在小樓上看見的，葉婷那高挺的，圓圓的肚子。

她在床邊坐下來，開始去推想當葉夫人看見葉婷這個樣子時可能發生的情況……

她幾乎敢保證，葉夫人一定會昏倒。

在葉家，這是司空見慣的事。總之，葉夫人只要受到一點點刺激——諸如打開抽屜發現一隻蟑螂或老鼠之類，她便會昏倒的。遇到這種情形，只要讓她躺下來，替她擦點藥油，她很快便可以恢復過來；但，這次阿銀姐相信絕對會比那次——葉浩東暗中和一個女演員約會那個事件來得嚴重，因為她肯定那一次葉夫人並不是真正昏倒，而是有意去嚇唬葉浩東。

至於男主人，她相信不會有任何反應，就像那個事件發生時他所表現的一樣。

但，出乎意外的，這天晚上葉浩東在孫家，卻一反常態，嘻嘻哈哈的，話沒停過，跟以前那種矜持矯飾，簡直判若兩人。

孫秉樞先生——好像從他做委任多少級的小科員開始，朋友同事們都叫他「秉公」；當年這種稱呼是含有戲謔成分的，但現在聽起來，卻表示一種奉承和崇敬——自從去年辭了公職，派到某公營事業機構當一名掛名董事長的閒職之後，偶爾也因保留有什麼顧問什麼委員之類的頭銜而不得不去開開會，應個卯，對外很少活動。因此家中自然而然的熱鬧起來。

在重慶那個年代，他們孫家，跟葉家和現在已任職聯合國中國科的李家，是同在一個辦公室辦公，同在一間大宿舍裏住的，三家人親熱得像幾代世交，不分彼此。勝利後雖然各奔前程，始終仍保持著密切的連繫。

孫家一子一女，李家也是一子一女，只有葉家湊不成一對。那時孫家的大兒子孫大鈞和李家的老二李中興因為跟葉婷年紀差不多大，而且是從小在一起辦家家酒玩大的。大人們就時常拿他們來取笑——總之，「老丈人」葉浩東是做定了，不知道那「倒霉的女婿」是哪家的兒子。後來李家全家由臺灣移民美國，秉公也把剛念完初中的兒子送到西德，但孫夫人——孫王杏英女士每次提到葉婷，仍然喊「我那小媳婦」，事實上，她也的確喜歡小葉婷。葉家夫婦不在臺灣的時候，她時不時會叫司機送點什麼吃的東西到葉家去，逢年過節，也要親自去接。最近這一年，葉浩東夫婦幾乎沒回過臺灣，孫夫人就認為應該讓葉婷住到她家——反正孫大鈞的房間空著，跟孫小杏也可作伴，有個照應。

剛才葉家夫婦一進來，孫夫人就問過，怎麼不把「我的小媳婦」帶來。

「還沒見到她的人呢！」葉夫人回答。

當時，葉夫人並沒有十分注意到孫夫人臉上的反應。等到其餘的客人都到齊了，女主人又提議派車去接葉婷來，結果電話裏知道葉婷「還沒回家」，這做母親的才半調侃地說：

「你們孫家再不下聘金呀，這媳婦就是人家的啦！」

「說真的，我倒有大半年沒見到她了！」

「哦……」

「妳知道你們這一次離開了多久？」

葉夫人這時才覺察到對方有點怪怪的。那邊，男主人和那位今天變得活潑起來的主客，已經大聲催促大家上桌了。

吃飯的時候，有好酒又有好菜，話題由時局談到一些地方建設上的問題；最後，自不免又兜回一些熟識的，而現在並不在場的老朋友的身上。

酒醉飯飽之後，結論是：

「還是你們好！」

「不是在挖苦我這個『絕對無任所大使』吧！」

「兄台呀，」其中那位幹了四任副秘書長而仍然沒機會扶正的余「仲老」拖著濃重的貴州腔調，咬文嚼字地說：「此乃『人在福中不知福』啊！」

葉浩東歪著嘴笑了。

「喏，」他指著臉紅紅的孫董事長。「講福氣，就應該算他老哥了！說他不是官嗎，他是官；說他是官嗎，他是老百姓──不是一樣的高高在上！」

「你呀，真是日本『沙西米』吃多了！」

「怎麼說？」

「臺灣的行情你一點都不懂呀！」

於是，這位董事長開始訴他的苦經：他說局外人都以為這是個肥缺，而且虧蝕多少也是「老媽抱孩子──

人家的」，即使出了紕漏，也不怕人家彈劾……

「那是假的麼？」葉浩東嚷道。

「對啊——賺到了還給你分紅呢！」

「別說得那麼可憐好不好！」

「你閣下可知道我月薪幾何？」

「……」

「特支費幾何？」

聽到他們談的問題越來越乏味，葉夫人代表太太們提出抗議。

「談些讓大家開開心心的好不好？」

男主人風趣地將語氣一轉，笑問：「妳要聽男人開心的？還是女人開心的？」

「怎麼說？」

「喏，男人開心的就問我們葉兄！」

「問我什麼？」

「說些日本藝妓館的豔事讓大家聽聽呀！」

葉浩東作態地瞟了太太一眼。

「藝妓館？哦，藝妓館！」他故意低聲說：「這種事，還是等一下太太們上了牌桌……」

「妳真的讓他去？」女主人好奇地問跟她隔開一個座位的葉夫人。

「我才巴不得讓他天天去呢！」

顯然，大家都對這個問題發生了興趣。

「為什麼？」

「不是跟北投一樣的嗎？」

「哦，北投怎麼樣？」那位始終沒開過口的許太太像是發現了什麼秘密似的，用肘拐碰碰許先生。「你不是說沒去過嗎？」

「先聽聽人家葉夫人說嘛！」

「你們讓他自己說！」葉夫人圓滑地向許太太使個眼色，「等一下我們再幫妳審審許先生。」

「老葉呀，我可聲明不是在審你呀！」

「你又錯了，日本是大男人主義。先生上藝妓館，太太臉上才有光彩呢！」

太太們的目光馬上集中在葉夫人的臉上。

「不見得妳這罎廣東醋──」

「溜了魚啦！剛才我們孫公不是說我吃了太多『沙西米』的嗎？」葉浩東又歪著嘴角笑笑，然後一本正經起來。他解釋道：「你們知道那些日本太太，為什麼會那麼大方？」他頓了頓，再說下去：「──上藝妓館，那簡直是去受罪！」

「鬼才信！」

「別打岔兒，讓他說！」

「第一，會把你餓死；第二，會把你悶死！」

「哦？」北大出身的貴州才子擺出一點京戲的功架。

「那，在下倒要願聞其詳了！」

葉浩東坐坐端正，扶那副鍍金的細框眼鏡。

「日本的『浪曲』，你們聽過沒有？」

沒有人回答。

「那麼，『俳句』，一定讀到過。」葉浩東說：「外國人很難了解日本人要追求的那種意境！」

「一顆白珍珠在太平洋的日曜日跳起來，秋。」余仲甫突然冒出一句。

然後，聽的人笑起來。葉浩東望著沒表情的女士們，帶點歉意地解釋：

「總之，席上吃的花樣可真不少，菜式放在一隻很精緻的瓷碟和那些古色古香的漆盒裏，由那些穿著和服的女人夾著腿一步一步的捧著送出來……」

「什麼夾著腿？」

「對不起，請你問我的太太。」

「照規矩，穿和服都不穿內褲的嘛！」葉夫人補充道。

「那你還說會悶死？」許先生叫起來。

「你以為像那些『枕圖』那樣呀？」

「什麼枕頭？」

「枕——圖！」葉浩東說：「那些壓在箱子底下可避邪的春畫啊！」

「喏，就是仇十洲畫的那一種！」

「扯這些幹什麼——然後呢？」

葉浩東等到大家都望著他，才慢條斯理地繼續說：

「結果，你們曉得怎麼樣？」他誇張地比著手勢。「嘿！那麼大一個蓋子，一打開，那麼長——絕對只有那麼長，手指那麼粗的炸魚一條，旁邊放些紅紅綠綠的蘿蔔香草；然後，菜又來了，又是捧著一隻大漆盤，夾著腿扭著來了，好，這次是『壽司』兩團，很秀氣的，不要嚼就吞得下去；其他的，一小撮醃菜，幾片顏色挺好看的蛋捲，一碗豆豉湯，完了！」

「人家是叫你飽餐秀色呀！」

「那真是『媽媽咪呀』了！」葉浩東隨即又更正他自己的話，很認真地說：「我不是說她們長得醜。真的，小小的長長的典型的日本眼睛，單眼皮，薄薄的嘴唇——日本藝妓穿的和服跟一般婦女穿的有一點不同，就是衣領。那後領細得低低的，露出一點背。原來日本男人認為女人最性感的地方，就是後頸靠髮腳那一帶，怪事吧！」

「那不挺有味兒嗎？」

「問題就是她們臉上搽的那些粉讓人受不了！一直揉到頸子上，其實她們要是搭得勻一點，也不難看，可惜就抹得像一隻發霉的麵包一樣，一塊深一塊淺，而且還是故意抹成那樣的呢！」

「就算是那樣，也不見得沒有一點，一點小娛樂吧？」

「有！當然有——還有歌有舞呢！」

「那你還說發悶？」

葉浩東又露出他那種嘲弄的笑意了。

「那是受洋罪！」他說：「你們以為是米高梅『春滿花都』這一類的歌舞啊——兩男一女，只有三個大人！男的一個彈三味線，一個半瞇著眼睛彎著嗓門一高一低的哼；女的彎著膝蓋，扭扭頭，摔摔袖子，轉轉身，這就要折騰你個把鐘頭！所以我寧可去看一樣讓你受不了的『能』劇——日本京戲！」

「……」

「場面大，人多，可以閉著眼睛打瞌睡呀！」

孫秉樞想起當年他們「三劍客」在上海泥城橋的舞廳走私跳茶舞的光景，不禁會心地笑道：

「這樣說，你閣下在日本豈不是毫無人生樂趣？」

「可不是！」

葉夫人嚷了起來！

「你們聽他的！」她帶著嗔笑瞅著丈夫，「這才是一隻抓老鼠的貓呀！」

「可是今天他叫啦！」

沒等別人發問，葉浩東馬上舉起右手。

「那是我想開了！」他環規大家一眼，說：「但是千萬別誤會——不是抓老鼠！是整個的人生觀！」發覺沒人開口，他冷冷一笑。「既然這幾年，也混不出什麼名堂，所以這一次，已經下定決心改行了！」

「改行？」老孫大感意外。因為他們三個人當中，葉浩東是最最「胸懷大志」的。

「改什麼行？」

「對不起！」葉浩東有意味地笑著回答：「改天兄弟做個小東，才正式向各位宣佈，現在散席！」他先站起來。「——牌桌擺好了吧？我的家主婆已經手癢難熬了！」

女主人馬上接住他的話：「你先替她打，我跟慕貞有點事，馬上就來。」

等到孫太太把她拖進房間，掩上了房門，何慕貞才發現這位女主人這種舉動，並不是因為大家離開太久，急於要談談心，而是可能發生了什麼事——什麼相當嚴重的事！

她們在床邊座下。

「怎麼回事？」葉太太笑著問。

孫太太猶豫起來，但仍然望著對方。

「是不是老孫在外頭……」

孫太太馬上打斷她的話，搖搖頭。「——是關於妳的！」

「我的？」

「……」

「我的什麼？」

「……」孫太太關切地問：「妳回來，真的沒見到小婷？」

「她還沒回家！」葉太太驟然驚覺地抓住對方的手。「——她怎麼了？是不是她出了什麼事？」

「妳先別緊張！」

「那妳說呀！」

「其實，也許是我多心，」女主人困難地說：「可能並不是她——同名同姓的多得很，婦友雜誌上面那篇連載小說上就有一個唐琪。」

葉太太深深的吸了一口氣，孫太太怕她會昏倒。

「我沒事！」客人說：「——妳總不見得瞞住我吧？她怎麼了？」

「我想想，也覺得不可能！」說著，她一邊拉開梳妝臺右邊的小抽屜，從手飾盒裏拿出一小方剪報，自己先看看，再遞給她。「已經有好幾個月了！我覺得奇怪，把它剪下來。」

葉太太屏息著呼吸，再從頭多看一遍。然後，抬起頭，安慰著自己。

「不可能是她！」

「我就是這樣，一點點事就窮緊張！」孫太太歉疚地解釋：「從大鈎上了飛機，我就沒有一天安樂過！看見報紙上有車禍的新聞，就得掛個長途電話去慕尼黑問。也不知道花了多少冤枉電話費——是誰跟妳說，她還沒回家的？」

「除了銀姐還有誰？」

「哦！對——我也打過電話問她！」

葉太太陡地想起剛才阿銀姐魂不守舍的樣子，馬上失去了信心。

「慕貞！」

葉太太站起來。

「妳要幹什麼？」女主人低促地問。

「回去一下！」

「現在？妳急什麼！妳可以先打電話回去……」

「我還是回去一下！」葉太太堅決地說：「不要讓他們知道，我馬上就回來！」

阿銀姐走出來開門的時候，還以為是葉婷他們來了，等到發現直挺挺的站在外面的竟是臉色陰沉沉的女主人，她倒吸了一口冷氣，怔了一陣，才想起退回去把大門打開，站到一邊。

葉太太略回過頭，向送她回來的孫家的司機老陶說：

「我怕要等好一會兒，你回去吧！」

「不要緊，」老陶笑著回答：「反正這個時候公館裏也不用車。」

葉太太沒說話，板著臉一直走進屋子裏。

阿銀姐楞了一下，關上大門，讓邊門虛掩著，雖後硬著頭皮跟進屋裏去。

「大概就是為了那件事了！」她告訴自己。

女主人端端正正的坐在客廳對著門的那張小沙發上，以一種冰冷的目光諦視著懷著一種悽惶的心情走進來的老傭人。

老傭人將腳步停止在小沙發的後側，讓女主人的眼梢仍然能看得見她。沉默。空氣像是被凝固著。

葉夫人終於微微的仰起頭。

「妳講啦！」她用鋒利得像是可以將空氣切開的聲音說。唯一使老娘姨放心下來的，是女主人說的是由於經常不大說而顯得有點生硬的廣東話，而不是用國語。當她用她那種特別口音的國語去責備她時，通常總是什麼嚴重得會使她生幾天氣的事。

阿銀姐輕輕的嘆了口氣。

「妳都知道了，還說什麼！」她用順德土話回答。

葉太太霍然回轉頭，用驚慌的語氣問：

「那麼，事情是真的了？」

「肚子都大了，還假得了！」

「噢——」

老娘姨這才想到女主人的毛病，於是說：

「我去給您倒杯水！」

當她端著一杯冷開水回到葉太太身邊時，葉太太並沒有昏倒。她只是將整個身體靠在——攤瘓在沙發上，手指緊抓著扶手，失神地瞪著前面。

她把水杯遞到她的面前，她接住，無意識地望老娘姨一眼，然後緩緩低下頭。只有這一次，老姨娘從她那用高貴的化妝品刻意修飾過的臉上，窺見一些衰老的痕跡，平時那一層照人的光彩，雖然並沒有完全失去，但已經顯得有點暗淡。老娘姨因而感傷起來。

「我也是事後才知道的！」她歉疚地說。

「什麼時候？」

「妳問她有了，還是，後來——」

女主人又望住她。

「婚，是上個月結的，」老娘姨說：「大概在年底，就要生了。」

葉太太彷彿害怕看見什麼似的緊緊地閉起眼睛，突然把手蒙著臉，彎下身體。她的背搐動著，發出一種沉悶的、嘶啞的哭聲。

阿銀姐馬上替她接過另一隻手上拿著的水杯。

「怎麼會呢！」這位傷心的母親喃喃道：「她不是一直都很乖的嗎？怎麼會呢？」

「大了，現在的女孩子不比以前呀！」

葉太太遷怒地瞪著阿銀姐。

「妳怎麼不說，連這樣一個小鬼頭，妳也管不住！」

「她已經不是小鬼頭了！」阿銀姐說：「妳寄回來的那些玩具，哪一樣她摸過？那些衣服，哪一件她能穿的？」

「她，她有多大？」

老娘姨忽然有點心酸。這位何家千金在用餐時看見小婷半歲時拉的屎，而直至現在仍然不肯吃「芙蓉蛋」這件事，她真的有點怨恨起來。她想問：妳這個做母親的知不知道，這「小鬼頭」幾時長牙齒？幾時斷奶？幾時出水痘？甚至葉婷的月事來了，她都是隔了大半年才因為懷疑誰用她的「可迪克」才知道的。

阿銀姐永遠永遠不會忘記這件事：葉婷放學回來，書包向地上一扔，便衝進洗手間去，然後便像殺豬似的叫起來。後來向她解釋了好半天，才讓她相信，這不是什麼值得大驚小怪的事，是她要變成大人了。

好了，現在真的變成大人了——才十七歲。

阿銀姐用一種含有某種暗示的聲音問道：

「她究竟幾歲，妳大概也不清楚吧？」

這位豔光照人的母親茫然地望著這個跟隨了她十多年的老傭人，眼睛內空空洞洞的，像是根本沒聽懂對方所說的話。她只記得，葉婷是在香港出世的，那年北方已經戰雲密佈，丈夫剛進外交部工作，住在南京鼓樓附近的一幢相當寬敞的老式房子裏，由於她的第一個孩子是在北平流掉的，他們認為那是因為她不能適應那邊寒冷的天氣；現在她大熱天仍要穿上絲襪，就是要遮掩腳踝上害凍瘡留下的一點斑痕，事實上，南京盆地的乾冷並不比在北平更好過，預產期估計在年底，因此她整個冬天都窩在家裏，又是炭爐又是「湯婆子」，阿銀姐半夜得起來一兩次，替她換熱水袋。早一年，她們何家老太爺就利用了一點家族間的交情，替這位三十剛出頭的姑爺在廣東省政府安排了一個相當令人羨慕的差使，但葉浩東從入大學開始，就醉心於外交工作；而且那正是一個新文化思想的萌芽時代，知識分子那股愛國的狂熱使這位本來就自命不凡，愛出鋒頭好發議論的「密斯特愛德華葉」——或者叫HT葉——毅然捨棄了優職，帶著這位連半句國語也聽不懂的何二小姐和直到今日仍然滿口廣東國語的「媽姐」北上走馬上任。可是，他的官運並不亨通，混了幾年閒差，總算回部擔任一點較為實際的基層工作，得到接近上層和表現的機會。但，唯一使他煩心的，卻是這位十指纖纖，連開水怎麼才算開了都弄不懂的，被娘家嬌縱和被英國殖民地教育薰染得洋氣十足的瑪格麗特何小姐；國內的生活從沒有使她順過心，怨懟她所接觸到的一切——尤其是那隻紅漆馬桶；幾乎每蹲一次，就詛咒一次祖國的「文化」太落後。

因此，當何家從香港來電，叫她回去過聖誕節時，她根本就不理會丈夫是否同意，第二天便帶著阿銀姐經上海，由水路回香港去。其實，此行更重要的目的，就是使孩子出生在香港而取得英國國籍。

那次在香港一待就住了三年，等到太平洋戰爭爆發，香港淪陷之前，葉浩東才派人到香港接她們經安南，由滇越鐵路到昆明，再轉到重慶去。在大後方只挨了半年糙米，葉浩東便以三等秘書的職位外放到英國去，然後再調派到美洲，由兼副領事而一直升上去，直至前兩年在總領事任內調部安置在歐洲司，他們在國外足足生活了十一年。不過，葉婷並不是一直跟他們生活在一起，勝利後她被送回外公家去，等到再看見她時，已經是一個很懂事的小姑娘了。其後，雖然這家人也算是過了幾年「家庭生活」，可是他們不是成天忙於交際酬酢，就是在國外雲遊。因此，葉太太心裏也很明白，女兒對自己的感情，遠不如對這個身兼母職的「媽姐」來得深摯和親切。

現在，她從阿銀姐的神情中感受到一種介乎譏誚和責備——甚至還帶有點怨懟成份的壓力，因此使她更加不安起來。

她顫聲喊道：

「那妳是說，這件事反而要怪我了？」

「妳能怪她嗎？」

「……」

老娘姨傷心起來，她瘖啞地說：

「要怪，怪我們做大人的——她太可憐了，這一點點年紀，就要受這種罪！」她背轉身，自責道：「都是我不好，沒照顧到她……」

葉太太有點失措地站起來，想伸手去扶阿銀姐，但終於又生起氣來。

「妳給我坐下來說呀！」

阿銀姐延宕了一下，緩緩轉過身來，葉太太索性又把她手上的水杯接過來，推她坐下。

「她現在在哪裏？」

「當然是跟那姓華的住在一起了。」

「妳知道他們住在什麼地方？」

阿銀姐本來想說：他們「結婚」的那天晚上，她還是女方的代表人呢！但是她只點了點頭。

「妳去過？」

「我昨天也去了。小婷也知道你們今天會回來。」

葉太太想了想，繼續問：

「那個姓華的是幹什麼的？」

「他大概還是個學生吧！」

「……」這位母親瞇起眼睛：「妳也不清楚？」

「他妹妹是小婷的同學，到家裏來過幾次。」

「哦……」

「聽說，華家環境很不錯呢！」

「妳剛才不是說，妳到過他們家嗎？還聽說什麼？」

「他們華家在碧潭，」阿銀姐解釋：「我只通過電話，沒去過！我說的，是他們兩個人現在住的地方！」

葉太太不假思索地站起來，命令道：

「妳帶我去！」

「現在去？」

「不可以嗎？」

「不，不是！」老娘姨急急地說：「剛才我還跟小婷通過電話——不如叫他們自己回來！」

「我要去她那裏！」

十分鐘之後，葉太太和阿銀姐已經坐孫家的車子到達那條小橫街。上車之前，葉太太已經警告過老娘姨不要說話，所以老娘姨會意地叫司機停在街口。

下了車，葉太太將車子打發走，再回轉身來打量這條夜市相當熱鬧的小街。

「就是這裏？」她問。

「嗯，在巷子裏面。」

於是，阿銀姐領著女主人走進去。她雖然曾經來過，但印象很模糊，要不是站在爐前的阿吉嬸先去招呼她，她已經走過去了。

「對了！」她向女主人說：「就是這家！他們住在樓上——我先上去通知他們！」

阿銀姐讓葉太太先進店堂，然後向臉上堆滿了笑的老闆娘問道，一邊打著手勢。

「他們，在不在？」

「有在啦！」阿吉嬸興奮地回答。然後仰起頭用臺灣話大聲向樓上叫：「——華約希，有人找你呀！」

老娘姨正要向顯得有點侷促的女主人說什麼，樓梯上一陣急劇的震動，光著腳，敞著衣襟，只穿著一條短褲的華約希出現在樓梯口的轉角處；他一手伸出來撐著木樑，一隻腳懸空吊在外面。

「是西米郎？」他問。

他們雙方都怔住了。

華約希曾經在葉婷帶來的小相簿裏看見過她的母親；只是在感覺上，眼前這位貴夫人要比相片上的要嚴肅得多，她那灼灼逼人的目光緊緊的盯著他，使他不自然起來。

「他，」老娘姨訥訥地向女主人說：「他就是——」

他靦腆地笑笑，臉上的肌肉有點僵硬。

葉夫人仍然沒有表情。

阿銀姐再度笨拙地向他暗示，華約希才醒覺過來。

「啊……」他不順嘴的說：「請等一下！」

說完，他三步兩腳地回身奔上樓，一邊忙亂的穿上長褲，一邊向盤膝坐在矮几前玩牌的葉婷吩咐：

「快把東西收收！」

「誰來了？」葉婷困惑地問。

約希先向梯口望，然後湊近她，低聲說：「我的丈母娘！」

「你騙人！」

約希不理她，他用快速的動作撿起蓆地上散亂的衣物，向壁廚裏一塞，順手將已攤開的被褥捲起來，推到一邊，然後再向樓梯走過去。

「請上來吧！」他很禮貌地向樓下的人招呼。

葉婷剛才用紙牌算過幾次命——她不是迷信，但也並不完全是消遣；牌拆「通」了，在心理上會讓她覺得好過一點。可是，連著幾次，總是差一兩張牌，最後，她恨不得要將那張阻擋著的紙牌撕掉。

看見她那麼認真，約希問道：「妳在算什麼？」

「看明天媽媽會不會不理我。」

「結果呢？」

「就差一張牌——氣死了！」她又開始洗牌，一邊說：「我也替阿銀姐算過，也替你算過。」

「哦——？」

「阿銀姐這次非走不可了！家裏沒有她，不知道媽媽的生活怎麼過？」

「看媽媽會不會喜歡你！」

「可惜只差一張牌——是什麼？老K？」

葉婷笑笑，真誠的說：

「希望明天我們先看見的，是皇后，不是老K！」

「妳知道我有什麼預感嗎？」約希說：「妳媽媽今天晚上就會到這兒來，而且，她並不討厭我。」

現在，葉婷就認定約希在開玩笑。

樓梯響了，接著，她聞到一股非常熟悉的香水味，驟然緊張起來。

葉夫人在樓梯口出現了。

葉婷失聲喊道：「媽咪！」

母親不響。她用一種故作冷漠的神色諦視著這個坐在矮几前面的小孕婦。阿銀姐由於女主人站在梯口，因此她只好停留在樓梯上。

大家僵了一陣，約希先說：

「請，請到裏面坐！」葉婷望著母親，緩緩的站起來。讓對方更清楚的看見她那圓圓的挺著的肚子。

葉夫人的嘴角掀起一絲嘲弄的笑意，她的目光離開葉婷，向這間簡陋的房間環掃一圈，最後落在華約希的臉上。

「你就是華約希？」她冷冷的問。

「是的。」華約希莊重地回答。

在沒看見之前，葉夫人的想像中，認為華約希一定是個滿臉邪惡，態度粗鄙的惡少；但竟然出乎她所料，眼前這個年輕人給她的感覺是：誠懇、懂事，而且有氣質。只是粗獷一點。雖然他那雙深邃的眸子和那矜持的嘴角使他的整個容貌和神態顯得有點桀敖不馴，但，也使她相信他是一個堅毅而有頭腦的人。

於是，她改變了主意——也就是說，她驟然失去了主意；那些在車上事先準備好的話，已經完全不適用了，她得重新考慮，如何處理和接受這件棘手的事。

看見對方用這種眼色注視著自己，華約希有點不大自然。遲疑一下，他說：

「我知道，對我，您，心裏在怎麼想？」

「你知道？」

「嗯！我做了一件讓你們很頭痛很難過的事！」約希望望葉婷，「但是，您可以看得出來，我們已經沒有考慮的餘地……」

「五哥！」

約希向陷入沉默中的葉夫人走近一步。

「所以，我們想……」

「你不用說！」葉夫人截住他的話，情緒顯得有點煩亂。「我現在只是來看看，我還不知道應該怎麼處理這件事！」

「難道說，這件事還會——」

「你們認為，結了婚，就是結束了？」

約希接不上話，他望望葉婷。葉婷也因為母親這句話感到詫異。

「你們太天真了！」葉夫人笑笑，然後回頭向阿銀姐說：「我們走吧！」

「媽！」

葉夫人沒有理會女兒，她向約希說：

「明天你們別出去，我會跟你們連絡！」

她們走了，華約希在樓梯口呆呆的站了一會兒，才轉過身來。葉婷一眼便看出，他正被這件事情所困擾；因為他的眉頭幾乎已經連在一起，而嘴唇卻高高的撅著。

她走近他，默默的將身體靠到他身上，雙手環抱著他的腰。

華約希很喜歡聞到她頭髮上這種淡淡的香味——也許是頭髮。今天早上她洗過頭，把已經留得很長的頭髮從背後挽到前面去。她坐在窗臺前，她給人的感覺不再是一個女孩子，而是一個小婦人了。

「你又在想什麼？」她幽幽地問。

她沒有看，但她知道約希又露出那種無可奈何的笑。當她突然用這句話問他時，他的反應總是這樣。現在，她已經開始習慣這種方式——不追問下去。華約希最好的解釋就是微笑，否則，他會不聲不響地走掉的。

但，出乎意料的，他竟然抓住她的手臂，將她拖到矮儿前面，讓她坐下。

「來，我們好好的研究一下！」他認真地說。

葉婷不響，等他把話先說出來。

「妳認為妳媽媽的反應怎麼樣？」他問。

「她總是這樣的——你沒看出來，她有點喜歡你！」

「那並不重要！」他說：「重要的是她對我們這件事的態度。」

葉婷想了想，說：

「我覺得還不錯！你覺得呢？」

「我沒有妳那麼樂觀！」

「啊，不要這樣！」

「妳可能沒注意到，」他說：「除了妳站起來那一陣，她始終沒望過妳！」

「你知道為什麼？」葉婷俏皮地解釋：「那是因為她害怕看見我的肚子！」

「哦，也許是的。」

她伸手去摸摸他那皺起來的眉心。

「時常這樣，將來好容易起皺紋的。」

「妳很輕鬆！」

「有什麼好緊張的？你看見了。她甚至連罵都沒罵過我！」

約希苦笑著捉住她的手。

「不對？」她問。

「妳可能沒留意聽她那句話！」他一個字一個字重複著：「——你們認為，結了婚，就是結束了？」

「那表示什麼？」

「事情還沒有結束！」

葉婷怔了半晌，疑慮地問：

「你認為，他們會怎麼樣？」

「誰知道！」約希回答。

在回家的路上，葉夫人也在想相同的問題。所不同的，就是她在考慮：究竟應該將這個可怕的消息坦白告訴丈夫？還是索性完全隱瞞這件事——完全隱瞞，就是指：包括丈夫在內，都不讓別人知道。

雖然他們母女生活在一起的時間不多，但對於葉婷的將來，這位母親卻十分周詳的計劃過；以葉婷出身香港這件事來說，就應該列為計劃的一部份；至於這半年來嚷著要將臺北的家搬回香港，除了「事業上」的原因，女兒的教育未嘗不是一個相當重要的因素。在葉氏夫婦的觀念上，中文雖說重要，但比起英文，「在任何一方面來說」——當然是指在國外，反而顯得無足輕重了。她想：女兒家，中文有個中學程度也足夠了。她時常將香港幼稚園已經讀ＡＢＣ拿來跟臺灣的教育比；她嫌那些不懂洋文的太太們太土，上不了檯面！而一般人的英語發音都不夠正確，同時，她也受不了那些「粗鄙的」美國話。總之，她認為香港是一個很理想的環境，可以將正在成長中的葉婷培養和塑造成一個有高貴氣質的淑女——至少，也要像她一樣。

但，這個理想幻滅了！

對她，對葉家，這種幻滅是一個沉重的打擊和挫折——尤其是在名譽和尊嚴上。這是他們不能忍受的！而且，目前正是葉浩東帶著他的「大計劃」回臺灣來發展，正需要別人大力支持和幫助的時候。

車子到達金華街之前，葉夫人終於做了決定。

「只有這個辦法！」她說。

坐在一邊，始終沒敢開口的阿銀姐憂怯地回頭去望她的女主人。她覺得，女主人沒生氣，沒說幾句話就離開小婷他們，是一個很壞的預兆。

現在，葉夫人那酷似葉婷的嘴角，隱約顯露出一種狡黠的微笑來了。

「妳知道我笑什麼？」她冷冷地問身邊的老娘姨。

阿銀姐沒回答。

「我想到一個解決的辦法！」她用廣東話說：「剛才我還在發愁，怎樣把事情告訴她爸爸！」

「……」

「我們不能讓他知道！」

「啊……」阿銀姐的驚訝並不是由於女主人把她也包括在內，而是她已經從對方的意態和語氣中察覺到那是一個陰謀。

「誰都不能知道！」葉夫人再補充一句：「怎麼做法，等我回來再告訴妳！」

車子到了家門前，葉夫人細聲叮囑阿銀姐幾句，然後吩咐車伕，載她再回到孫家去。

孫太太已經在牌桌上，當她發現葉夫人春風滿面地走進來，先是一楞，隨即藉故讓坐在她後側看牌的孫先生接下來打，然後急急忙忙的拖著她再回到臥房去。

門還沒關上，葉太太已經誇張地大聲嚷起來：

「妳呀，真把我嚇死了！」

「怎麼樣？」孫太太緊張地問：「不是呀？」

「妳看呢？」

「那真是阿彌陀佛了！那麼巧，同名同姓？」

「小婷的同學都拿這件事開她的玩笑呢！」

孫太太歉疚地笑著解釋：「我也說不會是她！妳可別怪我多事啊！」

「好啦！」葉太太打趣道：「到底我們這個親家還是做成了！幾時下聘？」

「妳說得漂亮，才捨不得呢？怎麼不叫她來？」

「小姐在試我們給她帶來的新衣服，馬上就到。」

孫太太站起來。

「我們還是去上桌吧，」她說：「讓他們老爺們談他們的生意！」

「妳怎麼知道是談生意？」

「浩東已經說出來啦！像妳，怕我們分你們的紅啊！」

「有得分就好了，」葉太太作態地吁了口氣：「這次機會倒是好的，我就怕沒這步運！」

「別說這種不吉利的話！」

「他運氣是差嘛！妳知道這兩年他敗掉多少？」

「敗掉怕什麼！」孫太太阿諛地說：「只怕沒得敗！反正有妳娘家做靠山，存心去敗光還不容易呢！」

「他要是肯用我們家的錢呀，我早就坐下來享福了，還一年到頭跟他去跑碼頭！」

「浩東的骨頭真的那麼硬？」

「也只有這一點點硬！」

客廳的電話響了，正如葉太太所料，是阿銀姐依照她的吩咐打過來的。於是，她接過話筒，做起戲來。總之，內容是由於她帶回來的新衣服都太小了，沒一件合身，因此小姐大發脾氣，不來了。

「那怎麼可以！」她不以為然地抓著話筒嚷道：「人家孫媽媽又不是要看妳的衣服！穿別的衣服就見不得人啦？」

孫太太站在旁邊微笑。為了要表演得更真實一點，葉太太瞟了她一眼。

「好了好了，我說不過妳！」她說：「喏，孫媽媽跟妳說話！」

孫太太接過話筒，但叫了幾聲，對方毫無反應。於是葉太太又將話筒搶過來。

「喂！喂！」她拍著話機，然後恨聲道：「妳看這孩子！」

「算了，孩子大了就是這樣。」孫太太說：「下次再接她來好了。」

於是，她們一同上牌桌，將葉浩東和孫秉樞換下來，好讓這幾位老爺子們到小客廳去商議大計。

葉家夫婦離開孫家，已經是午夜了。孫家當然派車送他們回金華街去。在車上，他們沒說過話，但一回到自己家裏，才進大門，葉太太已經急不及待地向丈夫發問：

「有沒有成績？」

「對付這些土包子，還不十拿九穩。」

「真的那麼有把握？」

「賺錢的生意誰不肯做？」葉浩東歪著嘴角笑道：「銀行定期存款，利息只有幾厘呀！」

父親只談他的計劃，沒問起過葉婷。

第三十二章

第二天午前，利用丈夫仍然高臥未起的機會，葉太太先囑咐好阿銀姐，然後獨自到華約希的小樓去。由於她出門之前，先連絡過電話，所以她到達時，他們顯然已經將小樓收拾過，而且連平常不修邊幅的華約希也換過一套比較潔淨的衣服。

葉婷穿著一件寬大的孕婦裝，以一種冷靜的神情凝望著上樓來的母親。

葉太太神情愉快地向四周望望。

「白天看起來，這地方還蠻舒服的嘛！」說著，她特意走到前面的矮窗臺前，半探身出去向下面的小街望。

葉婷和約希交換了一下困惑的眼色。

她回轉身。

「租金貴不貴？」她很和善地問站在房間正中間的約希。

「不貴，才一百多塊錢。」約希小心地回答。

「聲音吵嗎？」

「習慣就不覺得了——您請坐！」

約希拉過一塊坐墊，讓葉太太側著身體彎著腳坐下來。

「坐下來呀！」她向葉婷說。

葉婷遲疑了一下，背著矮窗，坐在母親的旁邊。

等到華約希替葉太太倒了一杯開水，在她的對面跪坐下來之後，這位態度跟昨天晚上判若兩人的母親開始用舒緩而溫暖的聲音說：

「我想，你們一定覺得我現在的樣子很怪，對嗎？」

約希笑笑，沒出聲。

「你們不知道，昨天晚上我多害怕！」她接著說：「我忘了自己在哪兒，曾經說過什麼話！」她轉過頭去望著現在已經鬆弛下來的女兒。「我只知道，我的女兒不見了，已經離開我了！」

「媽！」葉婷激動地靠到母親的懷裏，哽咽起來。

母親慈愛地撫著女兒的頭髮，含有愁意地笑著說：「不要難過，來，看著我，讓我把話說完。」

葉婷終於重新坐好，但仍然低著頭，抑制著。做母親的再轉向對面這位受到感動的年輕人。

「我們——我跟她爸爸，已經商量過了，」她說：「正如你昨晚所說，現在，我們一樣的，沒有考慮的餘地，也只好同意了！」

葉婷興奮地抬起頭。

「謝謝妳，伯母！」約希真摯地說。

「慢一點！」葉太太舉起手。「你要先回答我幾個問題。」

他怔了怔，答道：「伯母請問！」

「你是真心愛小婷的？」

約希並沒有立即回答。因為他感到這句問話含有懷疑的成分，而且他也沒有向別人表白自己的習慣——尤其是掛在嘴上的所謂「愛」。

「不管你願不願意，」葉太太固執地說：「我希望你回答。」

「五哥！」葉婷懇求道。

「……」約希頓了頓，生硬地望著葉太太說：「妳不需要懷疑這一點！」

「永遠？」

「到大家不得不離開的那一天！」約希故意說。

「你指什麼？」

約希露出他那特有的微笑。

「妳應該比我更清楚，我指的是什麼！」

葉太太更加肯定自己昨天晚上沒看錯，華約希是一個什麼樣的人了。因此，她也跟著笑了。

「為了葉婷的幸福，」她接著說：「你願意犧牲自己？」

「願意！」

「為了她的名譽呢？」

「當然也願意！」

「那很好！」葉太太笑著點點頭。

但，在對方還沒繼續開口之前，華約希搶著問：

「伯母的意思，是不是要我離開葉婷？」

「媽！」葉婷驚慌起來。

葉太太笑得更自然了，然後搖了搖頭，柔和地說：「剛好相反！」

他們等待著對方把話說下去，但表現在臉上的，不是信任，而是很深的疑慮。

「你們不要想到別的地方去，」葉太太用慰解的口吻向他們分析：「你們想，現在都已經生米煮成熟飯，孩子都快生下來了，我們還會反對嗎？」

「伯母還是直截點把心裏的話說出來吧，」約希有點不耐煩地說：「我聽得出來，伯母希望我為了小婷的幸福和名譽，應該怎麼做？」

葉太太不作正面的回答，她略為沉下臉色，但神態仍然是很安詳的。

「你今年多大了！」

「二十，」約希回答：「前幾天才過二十。」

「你怎麼不告訴我！」葉婷嚷起來。

約希向坐在他對面的葉婷笑笑，用眼色暗示她不要打斷她母親的話。

葉太太望著葉婷說：

「她只有十七。」

「這個我知道，」約希索性替她說下去：「在法律上說，她還未成年。」

對於約希這種帶有點挑釁意味的口吻，葉太太極力抑制著。她毫不退縮地諦視著這個倔強的年輕人，用同樣的聲調說。

「所以，在法律上說，你們這種行為，是違法的！」

「為什麼？我們不是——」

「我替你說！」葉太太有條不紊地說：「你們已經正式登過報，那個啟事我看見過；阿銀姐告訴我，你們還請過客，證婚人介紹人還在結婚證書上蓋了章。」

「不錯。」

「但仍然是不合法！」

「哦……」

「你們忽略了一點——女方的家長，未成年少女的法定監護人並不在場，因為他們根本就不在臺灣，不知道這件事！」

約希緩緩的低下頭來，望著自己的手。他的拇指在扭動著。葉婷知道這是他受到困擾時的習慣反應。

「現在，你可以相信我沒有什麼惡意了！」葉太太笑著說，聲音裏充滿了同情和諒解。

華約希再抬起頭。

「如果換了別的不明事理的父母，」她說：「只要一張狀紙遞進法院——你，就犯了誘拐，和誘姦未成年少女的罪。」

自始至終，除了責怪約希不事先將生日告訴她，就沒開過口的葉婷突然激動地尖聲叫起來：

「媽！妳說夠了吧！」

葉太太和華約希吃驚地望著她。

她的臉被痛苦扭曲了，她悲不可抑地顫聲喊道：

「妳根本就不知道這件事是怎麼發生的！」

「小婷！」約希急忙低促地制止。

葉婷駭然瞠視著她的母親，她渾身戰慄著，像是在努力要掙脫內心的束縛，因而喉管裏所發出的聲音，類乎一種野獸垂死的咆哮和呻吟：

「妳不知道！妳不知道！」她絕望地緊扯著胸前的衣服。「妳根本什麼都不知道……」

葉太太被女兒這個樣子嚇呆了。華約希慌忙過去用手環抱住葉婷，使她被保護在自己那闊大而溫暖的胸膛前面。

「不要緊張！」他低聲安慰她：「不要緊張！不會有什麼事的！不要怕……」

直至葉婷的情緒逐漸平復下來，葉太太才茫然地問：「她怎麼啦？」

「她沒事！」

「什麼不知道？她說什麼——我不知道？」

「——愛！」華約希衝口而出。他被自己的聲音，和這個他平常害怕提及的字眼嚇了一跳。

他很清楚的看見這位美麗的高貴夫人臉上所發生的變化，她的眼睛驟然灰暗下來，像是被蒙著一層化不開的愁意。

沉默蔓延開來……

很久很久，葉太太深長的舒了口氣。

「這是我的錯！」她慚恧地說：「我們在一起的時間太少了，而且，我一直以為她還是——玩洋娃娃的小女孩！」

葉婷仍然緊偎著華約希，低著頭，咬著手指輕輕的在抽咽。華約希撫著她的頭髮，在老榕樹下面的那個印象又回來了。那只是去年的事……

「她並沒有妳想像中長得那麼大！」他自語道。

葉太太那雙因過分修飾的眼睛隨即瞇了起來，她一時分辨不出約希這句話，是對葉婷的憐惜？還是對她責備？

約希仰起頭，傲慢地說：

「妳還沒有把話說完呢！」

「啊……」葉太太醒覺過來。她困難地解釋道：「我剛才，要說出那番話的原因——我希望你不要以為我在替自己辯護！」

「我知道，妳說過妳是沒有惡意的。」

「真的！」她說：「也許我不該說出來，我只是想向你強調，見到你之後，我改變了主意！」她認真地問：「你不覺得，我今天的態度跟昨晚完全不同嗎？」

「為什麼？」

「……」她笑笑。「你是一個很倔強的男孩子。我喜歡你這樣的性格。」

「我們還是回到那個老問題上面吧——妳打算要我怎麼做？」約希抓緊葉婷的手臂：「只要你的提議對葉婷好，我一定答應的！」

葉婷機警地抬起頭。

「我知道你會答應的。」葉太太說。

「怎麼做？」

於是，葉太太很詳細的將她的「計劃」說出來：為了葉婷——以及葉家的「面子」，她希望能夠將他們私自結婚和生養孩子的事隱瞞下去，連葉婷的父親都不能讓他知道；等到孩子出世以後，再正正式式，盛盛大大的為他們舉行婚禮。

「到底，這還是一個半農業社會，」她說：「我們是中國人，就算思想再新，這種舊傳統恐怕還擺脫不掉吧！」

顯然，這種要求出乎約希和葉婷的意料之外。他們互相望望，放下心。

「那怎麼隱瞞法呢？」約希問。

「只要小婷不要露面，」這位母親說：「你不要緊，反正認識我們的人，都不認識你。」

「那麼爸爸問起我呢？」葉婷插嘴道。

「我也設計好了，我會讓他相信，妳已經去了香港——孩子不是還有兩個多月就生了嗎？然後，妳就當作從香港回來了。就那麼簡單！」

葉婷興奮地抓緊約希的手，她忽然又想到什麼。

「孩子怎麼辦？」她問。

「你們結婚之後，過一陣再抱回來，誰會知道？」

這兩個年輕人隨即陷入一種幸福的酩酊中，尤其是葉婷，她幾乎抑制不住要想去吻母親的臉，同時想向母親道歉。但，她忽然沒有勇氣——踮起腳跟，仰起頭去和母親親吻；或者故意用勁抱緊母親的脖子、撒嬌地閉著眼睛索吻……那些日子，已經離開她很遙遠很遙遠了！她忽然想到，她是陡然間長大起來的；從抱著大洋娃娃睡覺，到她渾渾噩噩地變成了小婦人之間，除了那棵樹，那張吊在樹幹上的搖椅，約希，和初吻的甜蜜記憶，其餘一無所有——不是失落；因為她從未得到過。只是一片空白。

母親開始說話了。

「你們認為怎麼樣？」

約希又望了葉婷一眼。

「怎麼樣？」他笑著問。

「我沒有意見。」葉婷回答。

「那就好了！」葉太太如釋重負地站起來，再慎重其事地向女兒叮囑：「千萬要記住，不要出去，不要打電話到家裏；我會叫阿銀姐跟你們連絡的。在孩子生下來之前，我不會離開臺灣。」

走出小街，葉夫人心中有一種奇妙的，勝利的感覺。這種事情就是一種挑戰。她曾經處於劣勢，但現在終於讓她將危局扭轉過來了！

在整個計劃裏，她已經非常順利的完成了第一部份。

第二部份是：她得馬上用一份與東京安排好的電報將丈夫調離臺灣幾天，配合外婆召葉婷去香港的時間；至於孫家那邊，只要葉婷依計行事，打個電話去給孫太太，就解決了。

但，計劃的第三部份——最後的一部份，只有她自己知道。而且她有絕對的把握，一定會成功的！

第三十三章

華約雯收到約翰從東部寄回來的信，距離這年的耶誕節，只有短短的五天了。寒流剛過，天色灰濛濛的，很冷。華約翰除了寫情書，通常寄回來的信，總是寥寥數字，間或會多加幾筆，那也只是強調他所需要的錢作何用途而已。但，這次竟然寫滿了整張信紙；在結尾的「ＰＳ」上，就一項一項的從信尾再沿著旁邊的空位一直倒寫上去，還是寫不下，於是又順著再寫下來。老處女花了好大的勁，才讀完他的信。

「這個鬼！」她習慣地詛咒道。

「信上說些什麼？」約倫問。當他發現約雯橫過來倒過去看信的時候，他就忍不住想問。不過，他沒開口。他肯定又是要錢。一定不會是小數目，否則他不會浪費時間去寫那麼多字。約雯隔著餐桌，將信遞過去給他。

「你放心，」她說：「這次不是要錢！」

「哦？太陽西邊出來了！」華約姿咽下嘴裏的東西，怪聲嚷起來。

「他們要來北部參加什麼演習，」約雯向父親解釋：「完了有三天慰勞假，說不定會回家來過耶誕節呢！」

「那熱鬧了？」

華約謀抬起頭望說話的人，其實，他根本沒留意到他們的談話，他心裏在盤算公司年終結算的事，如果不在會計主任——或者在那份即將呈遞到老太爺手上的文件上動手腳，他就得把自己名下虧空的「暫付款」彌補回來。

大少奶奶按例坐在他右邊。為了減肥，她只喝了半杯桂姐單獨為她擠的橘子汁和幾口麥片，現在她的目光又落到華老太爺的臉上。因為華之藩先生的眼睛，一直停留在報紙下角的版面上。

約姿開始自說自話的計劃順便為歡迎約翰舉行一個耶誕舞會，沒有人附議，也沒有人提出反對。但她的提議，卻讓老處女勾起了那個歡送舞會的回憶，因而又想起即使在也不會在餐桌上的老五來。

星期天的早上，一家大小利用吃早餐的時間聚在一起談談話，是華家多年來的習慣；自從老太太過世之後——尤其是這幾個月，氣氛已大不如前了，乖女兒何小薏雖然時常來，但已變成一個無足輕重的人物；胡步雲偶爾也會參加，不過參加的意義，也僅僅是列席而已。

最後，約謀又看了看手錶，放下餐巾站起來。

「我約了個朋友。」

程曼君跟著離開餐桌。

「我搭你的便車！」她說。

華約謀不響，等到出了客廳，他才用一種沉悶的聲音說：「妳不可以另外叫輛車嗎？」

「我有話要跟你說！」

「又要錢？」

程曼君冷冷地笑笑。

「不是！不過跟錢有關。」

華約謀頓了頓，終於改變了主意。他說：

「好吧，我在車上等妳！」

程曼君回到房裏，她先撥個電話到臺北去告訴朱青，然後才穿了件毛領的短外套，下樓去。

約謀將車子駛上北新公路，發覺坐在他旁邊的程曼君沒開口，於是冷冷地問：

「妳不是說有事嗎？」

程曼君瞟他一眼。

「我不能再等了！」她快快地說。

大少爺知道她所指的，就是「分家」的事。這件事後來突然沉寂了下來，約謀雖然頗為失望，但現在看見程曼君這副樣子，心裏卻有一種幸災樂禍的感覺。

「那有什麼辦法！」

程曼君咬著嘴唇。約謀故意將望後鏡調整一下，然後問道：

「現在這個樣子，妳還有什麼好急的？」

「我們要離開臺灣！」她生硬地說。

「哦？」

「已經辦好手續了。」

「……」他低促地問：「去哪裏？」

「南美！」

「他的主意？」

她輕輕的吁了口氣，帶有點點煩亂地回答：「他以前是做珠寶生意的，那邊比較有發展！」

華約謀抿著嘴，哼了一下。

「所以我想跟你打個商量！」

這次他回頭望望她。坦率地說：「告訴妳吧，我正在擔心怎麼捱過年底這一關呢——妳總應該知道我虧空了多少的！」

「……」

「妳想怎麼樣？」

程曼君想了想，半自語道：

「如果你現在能夠給我一筆錢……」

華大少爺乖戾地笑起來。

「你笑什麼？」她說：「我又沒有叫你按照以前我們談好的條件……」

「哦，條件？」

「打個最低最低的折扣！」

「再少我也拿不出！」

「她拿得出！」程曼君有意味地說。

「誰？」

「王美寶！」

「她？妳真是太孤陋寡聞了！」

「你們仍然有往來的！」

他瞟她一眼。

「妳以為，王美寶真的想嫁給我？」

「這個我懂！」她說：「不過，我知道她一定肯借給妳，她相信你！」

這倒是華約謀從來沒想到過的。他一頓，隨即判斷出這件事情的可能性。但，並不是為了程曼君，而是為了自己。

「我從來沒向她開過口，」他說：「人家也不見得有那麼多閒錢，擱在銀行裏！」

「她沒有，她別的『戶頭』有！」

華約謀現在開始相信，這件事是他們早已替他計算好的，因此，他極力抑制住內心的不快，裝作冷漠地問：

「你們總不見得急著要在年前走吧？」

「越快越好！」

「……」約謀笑笑。「然後，我就告訴別人，我的太太跟男人跑掉了！」

程曼君索性將身體側靠著車門，面對著自己的丈夫，用一種充滿挑釁意味的神態和聲調說：

「但是要比起我一個錢也不要，把你的事情整個向老太爺兜出來，要好過多了！」

華約謀不甘示弱地望她一眼，笑著問：

「妳真的以為我就沒有一點點防備嗎？」

「那，我們就賭一場吧！」

他震顫了一下，因為這完全不是程曼君的口吻；儘管他們二人處於長期的冷戰狀態之下，而像現在這樣尖銳的針鋒相對，還是第一次。

「敢嗎？」她緊迫地說：「我真正的底牌，可能是個小二子呢！」

「妳幾時學會賭『沙蟹』的？」

「我還學會很多連你都不一定懂的呢！」

華約謀乾脆將車子駛離柏油路面，滑向路邊突然把車子剎住。

然後，他抓緊方向盤，望著前面說。

「你們是有計劃的——乘人之危！」

「這是你這些年來教會我的，」她笑著回答：「什麼事情都要把握住機會——現在是最好的機會！」

華大少爺剛才那一點點自信失去了，他緩緩的回過頭來，定定的望著自己的妻子。很明顯的，無論從任何一方面看，她跟以前改變了很多，尤其是眼睛裏面發散出來那種攙有點殘酷意味的光澤；她眼睛下面可能由於睡眠不足而浮起的青痕，那帶有嘲弄的嘴角……他吸了一口氣，再回復原先的姿態。

「妳說吧，你們想要多少？」

「別那麼不情願！解決了對大家都好！」

「多少？」

「兩個齊頭。」

「什麼？」他叫起來：「兩百萬？」

「你想想，」程曼君說：「將來少說一點，你大少爺份下，至少也分得到三兩千萬塊錢吧！」

「那是以後的事，誰知道——也許我華約謀沒這個命呢？」

「那你是嫌我開得太多了？」

「妳以為兩百萬只是幾個圈圈啊！」

「九折——一百八！」

「這不是九折八折的問題……」

「好，就八折！」

華約謀嘆了口氣，很認真地向她解釋：

「妳知道今天是幾號了？就如妳所說，王美寶肯幫我這個忙，也不見得馬上能調得出那麼多現款來！」

「支票也可以，你背書。」大少奶奶坐坐好，同時伸手去按住車門的開關，要挾道：「不過，三天之內你要答覆我——我走不成，你的日子也不會好過的！」

說完，她下車走了。

華大少爺仍然呆呆的坐在車上，看著程曼君跳上一輛路過的三輪車，直至三輪車在遠處消失，他才困乏地將身體靠在座椅的椅背上，閉起眼睛，深長的吁了口氣。他感到一片混亂，原先打算約會計室馬主任出來先探探對方的反應的，現在倒覺得多此一舉了；因為這兩件事情在緩急輕重方面，似乎程曼君的破壞性比較嚴重，萬一處理上稍有不當，後果將不堪設想。

雖說剛才程曼君提起王美寶，華約謀也直覺的認為這未嘗不是一條解決之道，可是當他將車開入中山北路的巷子，快要駛近那幢淺灰色圍牆上爬滿蔦蘿的樓房時，他又失去了勇氣。到底，他從來沒向別人開過口借錢；他並不是害怕對方拒絕，而是顧慮到自己的面子問題。

他開著車子，漫無目的地在市內兜圈，也在懷寧街停下來過，但最後仍然回到王美寶那裏，時間已經接近中午了。

那個面目清秀的下女阿蓮看見進來的是華少爺，便笑著用生硬的上海話說：

「小姐那拉呵唷！」

華約謀怔了一下，明白了。

「哦，謥浴！」他接著問：「要出去呀？」

「還沒有睏覺呢，牌局才散。」

華約謀正在考慮是不是留下來等，樓上已經傳出王美寶的聲音。

「阿蓮，誰來啦？」

「哦先生！」阿蓮大聲應著。

因為聽不清楚阿蓮永遠唸不準的「華」字上海讀音，王美寶跑出梯口向下望。

「我還以為是那個老柯呢！」她一邊撩著頭髮，向華約謀招呼：「上來吧！在房裏坐——裏頭暖和點，我先洗個澡！」

等到王美寶洗完澡，罩著一件綠色的睡袍縮著肩膀出來時，華約謀已經連著抽了幾枝香烟，使這溫暖的臥室裏的空氣有點混濁。

看見對方皺起眉頭，華約謀撳熄手上的香烟。

「我去開開窗！」他說。

王美寶急忙上床，鑽進被窩裏。

「你最近很忙啊！」她說，然後讓出一些位置。「來，陪我躺一下！」

他在床邊坐下來，側著身體望她。

「你有事？」

他苦澀地笑笑。

「有什麼事？」他掩飾說：「星期天嘛，也好久沒來看看妳了！」

「你呀，騙不了我！」她說。

華約謀索性反過身來背靠著床頭，避開她的目光。

「什麼事那麼嚴重？」她關切地問。

他並沒有馬上回答她的問話，他沉吟片刻，終於沉重地說：

「這應該怎麼說呢？照目前的情況看，應該是……」他選擇一個恰當的字眼，「我，被人勒索！」

王美寶似乎一時沒聽懂他的話，但隨即緊張地坐起來，低聲反問：

「勒索？」

他聳聳肩膀。

「給誰？」

「我太太！」

「你在開玩笑！」

「真的。」

她忽然忍不住大聲笑起來。

「妳不相信？」

她止住笑，望著他說：

「記得嗎，我也勒索過你！」

「那不同！」他說：「至少，那個時候，我們還是清清白白的——不像他們！」

「他們？」

華大少爺嘟著嘴，忸怩地說：

「她在外頭，搞了個男人！」

王美寶楞了好一陣，直至從對方的神情中得到證實，她才接著問：

「你是剛剛發現的？」

「不！我早就知道了！」

「你沒告訴過我。」

「面子問題。」

她有點激動地靠緊他，歉疚地說：

「是我害了你！」

「別傻！」他摟住她的肩膀。「這是兩回事！」

於是，華約謀索性將整件事情的真相告訴了王美寶，唯一保留的，就是關於自己虧空公款的事。等到他結束了他的話，王美寶有意味地笑笑。

「你還說不關我的事？」她正色地說。

他不響。

「不過，」她試探地說：「我認為你一定還有什麼把柄，落在她的手上，不然，你沒有什麼好擔心的——面子，難道只有你要，她就不要了嗎？」

「話是不錯……」他黯然點點頭。

「什麼把柄？」

華約謀摸摸眼鏡，靦腆地回答：

「其實，也算不了什麼——只是在公司的賬目上，我不願意讓老太爺發現而已！」

「數目很大嗎？」

「不算多，也不少！」

「究竟多少？」

「本來這不是問題，」他急急地解釋：「我有把握應付得過去的……」

「多少？」

「大約，一百幾十萬吧。」

「你是說，只是用在賬面上。」

「嗯。」

「要用多久？」她阻止他說話：「你先回答我的話——半個月夠了吧？」

「夠了！」他問：「妳從哪裏……」

「你不用管！你打出支票，分開幾張，日期多寫兩三天。我替你換別家大公司的票子。過了關，再互相交換回來，不就沒事了。」

「啊……」

「賬目擺平了，」王美寶接著說：「他們的問題，就看你想怎麼解決法——文的解決？還是武的？」

華約謀頓了頓，問：

「什麼文的武的？」

「我先問你。」她認真地說：「如果你太太再回頭，你還會要嗎？」

「我沒這個度量！」

「那麼，我們說『文』的！」她說：「你要在她之前，把她跟那姓朱的事一五一十先捅出來，事情弄穿了，她說翻了天，她的話鬼才相信！到時候，錯在她，她除了走路，還有什麼好還價的？」

華約謀面有難色。

「這種事要是公開了，」他說：「我不要緊，我是怕！我那兩個孩子……」

「誰叫你登報紙呀！只要讓老太爺一個人知道就行了！」

華約謀又沉默下來。

「你要不要聽『武』的？」她問。

他緩緩抬起頭來，注視著她。她那世故而帶有冷酷意味的眼神使他起了一陣寒慄，他驟然記起她打陸雲妮那回事。

她大概也意會到他怎麼想了，於是笑著解釋：

「不是動刀動槍！你怕什麼？」

「妳說——」

「很簡單，」她說：「先調查清楚那姓朱的住在哪裏，準備好了，就去捉姦！」

「那不行！」華約謀馬上反對：「這樣一鬧，報紙雜誌不連我的照片都登出來才怪！」

王美寶露出一種狡黠的笑意。

「這就是手法的問題了！」她說：「你交給我，我擔保誰也不會知道！最後，說不定還讓那姓朱的偷雞不著蝕把米，再吐幾個出來！」

他想了想，小心地問：

「妳說誰也不會知道？」

「你知我知，」她很有把握的回答：「他們心裏知！還有，就是去找他們的人知！」

「誰去？」

「這個人你可以放心！」

「誰？我要知道！」

王美寶玄惑地笑笑，然後用手指指自己。

「——我！」

「妳？」華約謀失聲叫起來。

「不合適嗎？」她沉肅地說：「我認識你太太，而且這件事情是由我起的，也等於是我自己的事！」

「……」華約謀精明地問：「但是，妳去捉姦，有什麼立場？」

「黑吃黑！他們身上有屎。而且，你太太知道我不好惹，什麼事都做得出來！」

華約謀蹙著眉頭，拿不定主意。

「你是擔心那姓朱的？」她低聲問，然後自己把話接下去：「你放心！這種吃軟飯男人我見得多了。都是些膿包，出了事跑得比誰都快！」

「……」

「怎麼樣？」

華約謀仍在猶豫。

「你已經沒有時間了。」她提醒他：「她不是要你三天之內答覆她嗎？她不仁，你不義，天公地道！千千萬萬不要讓他們比你走先一步——先下手，到那個時候就太遲了！」

華約謀也感覺到沒有再考慮的餘地，只好勉強含糊地應允了。但，既作決定，又有點婦人之仁起來，他再三向王美寶叮囑，一定要小心從事，見好就收，千萬不要趕盡殺絕。

然後，華約謀馬上趕回碧潭去，因為他要盡快找到一些線索，好去追查出那姓朱的地址。

他一走，王美寶馬上從抽屜裏拿出她的那本小電話簿，找出不久之前她抄上去的一個電話號碼。現在，阿拉伯號碼已經會寫了，雖然寫得歪歪曲曲的，不過她已經不用像剛開始學的時候那樣，總要把前後兩字連上去，才能認出那個號碼，至於名字，除了筆劃簡單的姓——如姓王、姓丁、姓白……等，她一律用只有她自己才看得懂的「字」和符號。最後，她找到了：徐子斌。她是間接從張丹妮那兒認識他的，第三天這個小四川佬就登門拜訪，請她幫忙銷過十張紅票。

她撥電話去，徐子斌正好在劇場。一刻鐘之後，他已經挾著一隻硬面的紙皮夾子，趕到中山北路去。見了面，徐子斌受寵若驚地坐在樓下小廳的沙發上，阿蓮送上茶，他多謝了好幾次。

「徐先生最近忙嗎？」王美寶笑著說：「請用茶！」

「自己人，不用客氣——以後就叫我小徐好了，」徐子斌用四川話回答：「上次王小姐幫忙，我還沒說多謝呢！」

「那算什麼！」

「多不好意思，銷了票，妳又不來看，跟柯秋風一樣！」

「票子我都送給朋友了！」

「妳來，還怕我們招待不起啊？」

「好，我下次一定來！」

「不要推下次！」這位舞台監督熱情地說：「今天晚上就來，我給妳留最好的位子——現在上這個戲不錯！」

「是不是張丹妮主演的？」

「是個大堆頭的群戲。賣個面子嘛！」

「改天好了，我說來一定來！」王美寶把話拉入正題：「——我現在請你來，有件事要拜託你！」

「妳吩咐！妳吩咐！」

「不是什麼大不了的事。」她說：「你可不可以幫我找個會照相的人——你們作戲的時候，不是有這種專門替演員拍……」

「有！當然有！」徐子斌急忙回答：「妳要多少個都有！」

「要跟你熟一點的，靠得住的！」

徐子斌滿臉困惑。

「不怕對你說，」她認真地解釋：「我那個男人在外頭不規矩，我要抓點證據！」

「哦……」

「這不是什麼犯法的事情！」

「我知道我知道！」他連聲說：「那太簡單了嘛——在哪裏？」

「現在還不知道。總之，人先準備好，我隨時用電話跟你連絡！」

「好的，我正好有個很要好的朋友，對這一門是個專家！我可以請他幫忙。這個人妳可以放一百二十萬個心！」

「那太好了！費用方面……」

他馬上截住她的話。

「王小姐妳太見外了，這點點小事還講什麼費用！」

「好吧，」王美寶先依了他，「我領情，以後再好好的謝你！」

「什麼時候？」

「快的話，在今天晚上，也許是明天！」

繼續聊了一陣，徐子斌趕回紅樓劇場。他挾著那股無法抑制的激動穿過那因緊挨著廁所而充滿著難聞氣味的側門，跨上幾級木梯級，跑入後臺右側那間簡陋不堪的「化粧間」去。

由於午間那場戲是一點半鐘開鑼，所以化粧間裏已經相當熱鬧。看見他走進來，正在穿上戲服的譚小生用他那種總是帶有點輕蔑意味的聲調問道：

「有幾成座了？」

「一半，差不多一半吧！」徐子斌向裏面望望。「華約希來了沒有？」

「剛才在這兒晃了一下。」

徐子斌終於在幕布那頭找到了他。他正在幫著弄燈光的老顏在拌和那一缸製造閃電用的鹽水。

「你還不快去化粧？」徐子斌問。

「已經有人替我了。」約希回答。

「誰？」

「他們說的！」約希站起來，靦腆地摸摸鼻子。「反正也只是個小龍套罷了！而且摸良心講，在臺上我倒不緊張，可把他們嚇死了！」

他指的就是他第一次上場，因為忘了臺詞而幾乎弄得爆場的哪回事。

「我還是幫忙搞燈光吧！」他說。

徐子斌沒表示什麼，他用目光暗示約希跟他到那堆放道具的角落去。

「搞燈光有什麼大出息？」舞臺監督說。

「我是演戲的料嗎？」約希反問。

「誰一出來就是大明星？」

「我從來沒想過，」約希真摯地說：「其實，我只是好奇，也許再過幾天，我對燈光也會膩的！」

「你不知道！」

「不知道什麼？」

「你的外型不錯！」

「哈！難道你還打算捧我當主角不成？」

「我本來就有這個計劃！」

「怕是張丹妮的計劃吧！」

徐子斌笑笑，有意味地說：

「你那麼認真幹什麼？那又不是什麼懷事！」

「……」約希皺起眉頭。「我應該像臺上作戲那樣？」

「如果你問我，我就告訴你：是的！」

「我試過，」約希誠實地說：「但是我辦不到！你知道那天我為什麼會忘了臺詞嗎？」

舞臺監督不響。

「其實我記得清清楚楚！」

「你覺得他不應該說出那種話？」

「可能是這樣吧，」他解釋：「排戲的時候，大家都吊而郎當的，並不覺得——但是那天，我覺得整個戲院裏面，只有我和她兩個人……」

「這就叫『入戲』呀！」

「那是在舞臺上！但是在臺下面……」

「慢慢你會習慣的，」徐子斌親熱地將手搭到約希的肩頭上，說：「我相信你會喜歡這種環境的——你不是喜歡有變化的生活嗎？這個圈子就是。去化粧吧，下戲的時候，我有件事要跟你商量！」

「什麼事？」

「當然是好事！」舞臺監督興奮起來：「我要介紹一個人給你認識！」

「女的？」

「你又擔心什麼？」

「我碰到的女人，都很麻煩！」

「這個不會！」徐子斌說：「她不是一個普普通通的女人！人長得漂亮，手面闊，爽氣……」

「你發掘的新人？」

徐子斌得意地笑了。

「對對對，新人——新的，投資的人！」他說：「這件事只要幫她辦好了，別說搞話劇，拍套電影，也算不了什麼呢！」

華約希忽然想到壞的一面。他一本正經地問。

「你不是介紹我去陪她睡覺吧？」

舞臺監督怔住了。他偏著頭瞪著約希，霎霎眼睛，忽然露出一種會心的笑意。

「你倒提醒了我！」

「什麼？」

「你先上戲，散場我再詳細告訴你！」

華之藩先生在西門町兜了一大圈，找到這家隱藏在西門市場裏面的「紅樓劇場」時，第一幕已經快演完了。

售票處的票窗裏面沒有人，他在那兒徘徊了一陣，才向劇場的入口——跟市場的入口混在一起的——那個翹著腿坐在一張破籐椅上看晚報的男人問：

「請問，」他指指票窗，「現在還買得到票嗎？」

那傢伙打量了一下華老太爺。

「已經開場好久囉！」他大聲說。

「我知道！」

那傢伙反身向後面指示道：

「喏，打這兒上去！票不用買了，反正也沒人看！」然後，繼續看自己的報紙。

華老先生踟躕了一下，終於依從對方的指示，順著市場入口右側那座黑暗的樓梯上了樓。

在劇場的入口，他站了好一會兒，才隱約看見裏面那一排排空著的座位；全場只有二三成座，舞臺上，已進行到第二幕的結尾。一聲鑼響，那塊破舊的厚羢幕布一顫一顫的向下降落，右角在離開臺面五六尺處被掛住。燈光亮了，只聽到臺上發出雜亂的響音：在改景。一個小瘦子從幕邊鑽出來，將那被掛住的幕布用力向下扯……

賣零食的趁著這幾分鐘時間又開始叫賣了。華之藩先生在後面選擇了一個座位坐下來。他忽然想起家鄉的廟會，在祠堂外面場子上搭的戲臺，當時他（以及那些孩子們）所感到有興趣的，並不是臺上的戲，而是「後臺」的形形色色……

後來，都是些片斷的記憶：忘了是天蟾還是黃金大舞臺，在上海吧？那次在醉中聽梅蘭芳的貴妃醉酒；在大後方，也記不得是在昆明還是貴陽了，厲家班，那班十幾歲的孩子；以後，言慧珠、麒麟童；接下來是顧正秋了——也不過是絕無僅有的，在太平町那家毫無氣派的戲院子裏，連那齣是什麼戲碼都想不起來了……

但，看話劇，倒是破題兒第一遭！

早上在餐桌上發現華約希這三個字——雖然只是比報紙上的字體大不了一點點，而且是跟別的一大串名字排在一起的，但，卻使他讀之再三，正如他自己的名字，第一次被刊登在公會的刊物上一樣，賦有一種說不出的特殊意義。

鑼響，幕布又升起來了……

他蹙著眉頭，微嘟著嘴，凝神注視著那小小的舞臺；他根本沒留意哪些角色在演什麼，甚至連他們的對白，都沒聽進去；他只是挾著一種興奮——有點點緊張的心情，期待著，他不知道這個孽子是不是正在串演：一個眉心塗得白白的小丑！

華約希終於出場了。他在舞臺上走動著，說了些話，然後，又消失在舞臺上。

在這整個過程中，華之藩先生始終僵硬地靠坐在黑暗的座位上，他屏息著，似乎希望能夠從華約希的神情中窺察出一些什麼，可是，他一無所獲，唯一使他感受到的，不是發自舞臺上的約希，而是從自己心靈的深處——就如同在一個清醒的夢境中一樣：一個絕對陌生的、不真實的環境；他被自己所熟識的世界所隔絕、遺棄……那是一種絕望的孤獨，一種只有衰老的人垂死時才感受到的感覺。

忽然，他打了一個冷顫。因為他驟然接觸到約希冷漠的目光，他了解到他的孤獨——比自己更孤獨。

他的眼睛變得模糊起來，內心充滿了悽酸。

事實上，華約希並沒有這種感覺。現在他站在左邊的臺前，離腳前不遠的排燈有點耀眼，使臺下的觀眾隱沒在一層朦朧的光暈裏。

剛才，徐子斌這傢伙還說他的表演很入戲呢！老天！他想：這是一件多麼荒謬的事情，他只是機械地重複著相同的動作，就如同那些在背後上發條的活動玩偶一樣——臺下竟然有人鼓掌了。他知道，與他無關！他有點後悔，不該離開韓師傅的車廠；還有，房錢，葉婷的預產期，蔡文輝的覆信……最後，他決心要向徐子斌開口，向他借一點錢。

散場了。華之藩先生本來想順便到後臺去看看，但最後仍然隨著觀眾下了樓。那個剛才放他進去的傢伙仍然坐在破籐椅上。當他聽到問起華約希的名字，他已經舉起手來。

「剛剛才走……」他熱心的指示道：「你走得快一點，可能還追得到他！」

「啊……」

「如果一定要找他，他晚場還要來的！」

華之藩先生向他道謝，然後走出來。他不想等下去，他本來就沒預期要看見約希的；沒見到他，他那沉重的心情反而輕鬆下來；因為假使在這種情況之下見了面，一定會使雙方都感到尷尬的。

他把手上的那份從座位旁撿起的印刷簡陋的說明書拿起來看看，再小心的將它摺疊起來，放進衣袋裏。然後，他離開哪兒，沿著中華路向小南門這方向走去。

他一邊走，一邊在計算：約希離開家快五個月了。他似乎比以前更加成熟了；即使沾有一點點的世故，但依然掩蓋不住他那股執拗的、坦蕩而永遠擺脫不了的稚氣。

第三十四章

華約謀要查出朱青的住所，可以說是一件輕而易舉的事。第二天上午，王美寶已經電話裏將地址告訴了徐子斌，同時要求他儘可能在一兩天之內拿到確實的證據。

徐子斌花了整整一個晚上的時間，把幾度胎死腹中的「光武中興」演出計劃詳詳細細的列出來：演出的地點，當然要在中山堂，像「紅樓」、「南陽」這種場地，怕連人都站不下；另外，就是戲院座位的問題，這類古裝大戲，前後臺加起來少說也有六七十人，三四百個座位的小劇場即使場場爆滿，也是白幹。至於另外一個更重要的原因：小戲也好，反正不可能有第二次的機會；以王美寶在外面玩玩的一貫作風，場面不怕大，只怕不夠風光，沒有「罩勢」！因此，當他在一張原稿紙的背後，把票價乘以六成座，再乘演出一週十四場的收入，減去另一張紙列出的支出之後，他興奮地搓著手叫起來。

他的母親拉開那扇不用一點小技巧便拉不開的破紙門，從隔壁探頭進這間四蓆半大的房間裏來。

「半夜三更，你發什麼神經呀！」

「發神經？」他彈彈眼睛：「發財是真的！」

紙門又發出一種顫動的怪聲拉起來了。接下來，是一連串含糊的詛咒……

徐子斌對於這種聲音已經習以為常了。他躺了下來，把那張收支對照表舉在臉前看了又看，找到了一點點小破綻，改了，然後反手枕在腦後，盯著天花板中間那盞四十支火的電燈，繼續推想這個戲演出之後的情形：如果真的賺到錢？如果他想釣更大的魚？如果自己有膽量再……

他霍然坐起來，做了一個理智的決定，他到底是窮怕了；事情替王美寶辦妥之後，他便向她開口，最後她有名，他有利，算數！以後的事，以後再說。

所以當王美寶打電話來，將朱青在寧夏路的地址告訴他的時候，他在電話裏問她一些有關朱青，以及朱青和貴夫人委託行老闆娘趙小姐的資料等等。然後，馬上坐車趕到約希那兒去。

葉婷最初以為是吃壞了肚子，天快亮的時候。腹部愈來愈劇烈的陣痛使她忍不住呻吟起來。華約希被鬧醒了，經過片刻的忙亂，他硬著頭皮下樓去找阿吉嬸。

老闆娘自己雖沒有生養過，但肯定時間已經到了。

「醫院說，要到下個月五號左右呢！」約希說。他還記得那位滿臉青春痘的護士小姐向他解釋「預產期」時的那種冷漠的神態。

阿吉嬸用華約希聽不懂的臺灣話咕嚕著。然後將約希和阿吉伯趕下樓，但，不到一分鐘，她就在樓梯口大聲叫嚷起來。

「快打電話叫車！」她說：「沒錯，快要生了！」

華約希手忙腳亂的打電話去通知葉家，一刻鐘之後，葉太太和阿銀姐趕來了。他們合力將痛得直叫的葉婷抬下樓，上了車。趕到仁愛路的一家私立醫院。

前後不到半個鐘頭，葉婷很順利的生下一個七磅多重的兒子。

當他們一同進入恢復室去探望葉婷時，這位小母親竟然毫無倦容，臉上紅紅的。

「是個男孩子！」她興奮地說。

「是的，我們看見了。」葉太太瞟了身邊的約希和阿銀姐一眼。阿銀姐眼睛紅紅的，嘴唇在微微的顫動。

「是不是長得很醜？」她又問。

「嗯，」母親笑笑，「像個小老頭！」

葉婷滿足地吁了口氣，她揑緊約希的手。約希沉默著，沒說過話。

「媽，」葉婷要求道：「你跟阿銀姐先出去一下！」

葉太太遲疑一下，跟老娘姨出去了。

葉婷回過頭來定定的望著約希，半晌，才露出一種淒涼的笑意。

「對不起你！」

「為什麼要這樣說？」約希皺起眉頭。

「我想過了……」

「……」

「我要把他送到別的地方託養！」她冷靜地說。

「別傻！」他強笑著，「妳以為——」

「那是沒有辦法的！」她苦惱地說：「他到底不是你的！我沒有理由，要你對他……我不知道該怎麼說！」她又抓緊他的手，「五哥！」

「妳要休息，不要多說話！」

「我要說！」她注視著他。「現在，他離開了我的身體，我的身體完全是你的了！」

華約希想了想，問：

「妳不愛他？」

「我更愛你！」

「他是妳的兒子呀？」

「我知道，但是他不是你的！」她真摯地說：「五哥，我要為你生一個兒子——或者女兒！」

他不響。

「對你來說，我還是一個處女呢！」葉婷深情地說。

華約希驟然被一種溫暖的柔情包裹住，使他不克自持地低下頭去輕吻著葉婷的手。這是真的，葉婷在他的心靈中，永遠是神聖而純潔的；他從來沒有將她在外面鬼混和懷孕視為一種不道德的事，好像那些事情，是跟她本身毫不相關的；而葉婷對於約希，也懷著相同的情愫；她執著於自己那份真實的愛——正如她堅信對約希而言，她仍然是個處女一樣。

「你是愛我的！」她說了又說。

「是的！」

「我好高興！」她霎動著瑩亮的眼眸，喋喋地說：「現在，我們可以從頭再開始了！我要真正的做你的太太，我不需要再怕你不回來，我不用再每天猜你在想些什麼？」

「小婷！」

「讓我說！」

「妳要休息了！」他慰解地笑著撫摸她那由於興奮而緋紅的臉，溫柔地說：「我不走開，我就在外面！」

「你不騙我？」

他摸摸她的嘴唇，然後離開。

葉夫人在醫院的休息室等候約希出來。天已經亮了。約希這時才發現自己只套著一件毛衣，感到有點冷。

「你可以回去了！」葉夫人淡漠地說：「這裏沒有什麼事。」

約希回頭望望。

「不要緊的，我叫娘姨留下來照顧她！」

「我答應過她，我不走開的。」

這位母親笑笑，說：「你下午不可以再來嗎？」

「好吧！」

他們走出醫院的前院。葉夫人告訴約希不要為醫院的費用擔心，同時暗示他盡量少到醫院來，怕萬一碰到熟人，會破壞了原來的計劃。

「多忍耐幾天吧，」她說：「等到她出了院，就沒事了。」

約希目送葉夫人上車走後，他在醫院門口呆站了一會兒，終於決定到母親的墓地去。

在墓園中，一邊拔除雜生的野草，一邊跟死去的母親說話，是華約希的一種習慣。華老太太的墓建在一座丘陵上，可以望見清澈的新店溪，和遠遠的觀音山，更遠的地方，是陽光下閃爍的淡海，由於老太太生前怕見形狀恐怖的老式棺木，因此下葬時的外國銅棺是華之藩先生特意從香港運來的，墓地也經過設計，含有點西洋墳場的意味。碑石和長方形的墓臺，全用灰白色的大理石砌成，地面鋪著不規則的青石片，被左右兩面矮石牆圍著，遍植大朵而茂密的臺灣杜鵑；現在，雖然還未到盛開的花期，但已經有幾朵早綻的粉紅色花朵點綴在綠葉間，在薄霧的早上，別有一種悽惻的意趣。

每次華約希到墓地來小坐，總是極力避免面向右側那塊父親預留的地方；他反身坐在墓臺上，背向著它。這種忌諱的心理，是他從小養成的；他不信神佛，但他尊敬祂們——因為母親信仰祂們。

但，今天他一踏入墓園，卻發覺平常茁長在石縫間的草莖和那種爬在石上，類乎葛藟的絳色不知名植物，已經被人清除過了。

「是誰呢？」他問母親。

華老太太當然不可能回答。

但，華約希卻聽見母親的聲音：

「當然是愛我的人！」

是誰？他不相信還會有一個比他更愛母親的人——即使是父親；或者是三舅舅。

「啊，」他望著墓碑說：「我好久沒寫信給三舅舅了！是誰來過了？」

他回身四望，然後不自覺的向右邊那空的墓槨瞟了一眼。

「不會是爸爸吧？」他坐了下來。「可能是他！我相信他也會時常來的——他的身體好了一點了吧？」

顯然母親沒有回答。

他回過頭望望母親，愧疚地說：

「我好久沒回家了——妳知道的！」頓了頓，他接著說：「就算我說了，誰會相信？」

「你爸爸會相信！」

「……」他笑了，「他跟我一樣，不會說出來的！上次我回去——妳知道，是他叫我回去的！但是他還是沒有說。我知道他心裏在想什麼！」

「不要亂想，他是愛你的！」

「我知道！」

「那你還抱怨什麼？」

「誰說我抱怨？」他又問：「是不是他真的來過了？」

他聽見母親有意味地問：

「你想告訴他什麼？」

「我要告訴他，」他認真地說：「我馬上就要真正的結婚了！葉婷天亮的時候生了一個男孩子！」

「她打算把這個孩子給別人託養？」

「妳怎麼知道——哦，妳應該知道的！」

「你同意嗎？」

「我不在乎！真的，她說她要為我生一個兒子，或者生一個女兒！」

「你真的不在乎嗎？」

他摸摸鼻子，煩亂地站起來。

「他們不同意！」他生硬地說：「但是我不會讓她那樣做！真的！我連名字都早就替他取好了——天仇！華天仇！」

母親沒有聲音。

他陰鬱地回轉身來面對著墓碑。

「我早知道你們不會同意的！」他忿懑地說：「讓你們恨我吧！我已經決定這樣做了——我不會後悔！我要葉婷快樂，因為我愛她！」

他終於把「愛」字說出了口。

陽光穿越過因逐漸溶化而變得稀薄的晨霧，驟然射進華約希那幽閉的心靈，使他清清楚楚的窺見以往的自私、偏狹與愚昧；他注視著璀璨的陽光，感動欲泣；他有一種無法抑制的激動，急於要向葉婷傾訴。於是，他返身向母親擺了擺手，急遽地奔回市區去。

這一整天，他留在醫院裏，直至傍晚葉婷在酣暢的睡眠中醒過來，值勤的護士小姐才允許他進去看她。

他在門口佇立一會兒，才移動沉滯的腳步走近葉婷，他發覺她臉色蒼白，有點虛弱。

「噓——」他微笑著，阻止她開口說話。

她接住他的手。她的手冰冷。

「小婷！」

「你沒有走開？」

他搖搖頭，然後低聲說：

「我剛才去看過他。」

「誰？」

「天仇！」

她困惑地望著約希。

「華天仇！」約希深情地說：「那小傢伙——他好像妳！」

「噢……」葉婷的嘴角突然扭曲了，她偏過頭去哭泣起來。

華約希捧住她的臉，勸說了半天，才使她破涕為笑。他從她那雙孕滿晶瑩淚水的眸子裏窺見她的幸福和喜悅。他驀然記起三舅舅寄給他的那本「拜倫傳」裏的詩句——那是拜倫在探訪他那已婚的愛人，抱著她的女兒坐在樹下說的，當時他也是注視著她那天使般的眸子。

「只要妳快樂，我便沒有悲哀。」

但，華約希說：

「第二個，我們叫他天恩！」

「那他一定會像你，我希望他像你。」

結果，華約希在醫院裏陪葉婷到夜飯過後，葉夫人又到醫院來，他才回到自己住的地方去。

一進店裏，便發現徐子斌橫坐在對著門口的那張板桌前，喝得滿臉通紅。

「格老子！」他粗著舌頭對約希叫道：「你哥子總算曉得回來——來，坐下坐下！」

華好希還沒坐下，阿吉嬸已經急不及待地迎上去問：

「生查波還是查某？」

「有鷄鷄的啦！」約希打趣地說。

「唷——你卡傲啊！」老闆娘笑得連眼睛都不見了，於是忙著進去告訴阿吉伯。

「生男的？」舞臺監督問，一邊替約希斟酒。

約希這才想起演戲和對方昨晚拜託他的事。因此有點愧疚地抓抓頭。

「嗯……」

「來，先恭喜你——乾掉啊！」

約希把酒杯的酒喝乾了。徐子斌放下杯子，沉重地吁了口氣。

「你倒好！」他怏怏地說：「可把我害慘了！」

「真對不起！」

徐子斌擺了擺手。

「上不了戲，我才不急！反正禮拜一，小貓三隻四隻嘛！」說著，他湊到約希的面前。「你記不記得昨晚我說的那件事？」

「我已經說對不起了嘛！」

「我又沒怪你！而且，我們已經把事情辦完了！」

華約希不大相信地睨著這位舞臺監督，因為據他所知，這件事似乎並不那麼容易解決的。

「你不相信？」徐子斌帶點酒意地大聲說：「我早上來，不是找你哥子不到嗎？怎麼辦？我硬挺吧，臨時去美倫照相館抓我們老宗龜兒子徐三來幫忙——結果他真的幫了忙了，拍到了照片還有膽冒充刑警，兇巴巴的要抓人呢！」

「不是說只要照片的嗎？」

「就是這樣說嘛！不過運氣還真不錯，那姓朱的心虛，沒敢鬧起來！」

「那不解決了？」

「解是解決了，」徐子斌無精打采地說：「可是這種事情本身有問題！」

「什麼問題？」

「原來那姓朱的跟兩個女人搞在一起，一個是他的老情人，在中山堂對面開委託行的；另外一個你猜是誰？」他把一隻小牛皮紙套丟給約希。「照片在裏面，你自己看！」

華約希遲疑了一下，才將紙套內的幾張四寸大小的照片拿出來。

「啊……」他再仔細看清楚，失聲驚叫起來：「——是大嫂！」

徐子斌苦著臉點點頭。

「幸虧我沒在場！」他說。

約希將照片再看一遍，喃喃地自語道：

「怎麼可能呢！」

「就是這句話了！」徐子斌說：「照這種情形看，姓朱這傢伙不用審，絕對是個拆白黨！你大嫂說不定上了當還糊裏糊塗呢！徐老三說：她們是一個前腳走，一個後腳進來的！」

華約希望著照片，想了想，然後困惑地問：「那位王小姐要想調查的，恐怕不是這個男人吧？」

「我也這樣想，」徐子斌附議道：「這裏頭一定有什麼古怪！」

「你打算怎麼辦？」

「我就是為了這才等你到現在！」

約希拿定了主意，於是問：

「你原來的目的，只是希望搞成一個戲？」

「不要把我看扁了好不好！」

「那你將這些照片先交給我！」

「你拿去嘛！」徐子斌說：「那王小姐問起來，我就跟她打馬虎眼——你想怎麼樣？」

「還不知道！」約希說：「我先要把整個事情弄弄清楚，再決定怎麼辦。不過，我有一個預感，你的戲還是搞得成的，但是可能要換一個贊助演出的人！」

這個時候，程曼君坐立不安地在房間裏走來走去。約謀照例還沒有回來。她曾經連續的打過七八次電話到朱青那兒去，但沒有人接。她儘往壞的方面想，然後又找理由來安慰自己。

最後，她再撥一次電話，仍然沒有人接。她便肯定朱青準是被那個乾乾瘦瘦，穿著一件風衣的刑警抓去了。她後悔自己當時不該把名字說出來——她忘了在刑警詢問他們的時候，自己還說過些什麼，事情發生得太突然了……

驀然，她驚覺地屏住呼吸。

「會不會是約謀耍的花頭呢？」她問自己。

於是她再坐下來，注視著梳妝臺鏡中的自己。她愈想愈覺得這件事情有蹊蹺，最後，她開始有點相信，事情多多少少跟約謀有點關連了。

為了要證實自己的猜想，她故意等到丈夫回來。

華約謀放輕腳步，摸入房間，當他正要把衣服掛進衣廚裏時，床頭燈突然亮了，他扭轉身，發現太太交抱著雙手，靠坐在她那邊床上。

「啊……」他冷漠地清清喉嚨，「還沒睡？」

「怎麼樣啦？」她試探地問。

華約謀不響。他換過睡衣，拿著一杯冷開水到自己那邊的單人床邊坐下時，才開口回答：「正在籌嘛！又不是三萬兩萬！」

「我是問你公司的賬！」

華約謀露出狡黠的笑意。

「妳真的關心？」

「我關心我的錢！」

他瞟了她一眼，躺下來。

「大概不會有什麼問題吧！」

之後，他們沒再說話。

熄了燈，大少奶奶在黑暗中不斷反覆地研究剛才自己丈夫的反應，但並沒有發現什麼可疑之處；不過，她知道他平常總是喜怒不形於色的。她向對床望去，似乎隱約看見他正在張著眼睛，盯著她微笑。

結果，她失眠竟夜。

第二天一大早，她在朦朧中被外面園子裏發出的急促腳步聲驚醒，她霍然坐起來，約謀的床是空的，她驚惶失措地下了床，撲向窗子，拉開窗帷向下面望——園子裏沒有人，樓下卻亂起來了……

然後，她聽見家瑜和家琨的笑聲……

直至房門開了，桂姐探頭進來望，她才清醒過來。

「啥個事體？」她低促地問。

「三少爺回來了！」

她鬆下一口氣，在梳粧檯的矮凳上坐下來。

「大少爺呢？」

「在老太爺書房裏。」桂姐回答。

她扭過頭去望著桂姐。

「是老太爺叫他下去的？」

「我不曉得。」

程曼君藉故打發開桂姐，先關上房門，馬上打電話給朱青。這次，鈴聲只響了兩下，她便聽到熟悉的低沉的聲音。

「你昨晚到什麼地方去了？」她急急地問，同時不自覺地回頭望著房門。

「妳可以馬上出來嗎？」朱青說，聲調有些緊張。

「什麼事？」

「……」他頓了頓，「不要到這兒來，講好時間我在西門町巴黎咖啡室等妳！」

程曼君想了想，下意識地用手掌蒙著話筒低聲說：

「你先別走開，等一下我再給你電話。」

放下話筒，她隨即梳洗打扮，下樓去。

在樓下的大客廳裏，華約翰穿著筆挺的呢軍服，臉被曬得黑黑的，但精神飽滿；他站在客廳中間，正在指手劃腳地敘述著什麼趣事，引得大家狂笑。跟他一起回來的，還有四個跟他打扮得一模一樣的小伙子，他們並排坐在長沙發上，傻笑著，手上抓著軍帽。老太爺和約謀約倫也在座，另一邊擠著約姿和家瑜家琨；約姿一邊除下頭上的圓髮捲，一邊插嘴打岔。

現在，看見程曼君走過來，三少爺放下手，很禮貌地替她向同學們介紹：

「這位是我大嫂，」他點著這幾個馬上端端正正地站起來的小軍官說：「張浩，周琪昌，莫國源，易曉東——請坐，不要客氣！」

「有好幾天假吧？」大嫂問。

「可以一直瘋到二十七號晚上七點五十九分五十九秒正——遲了要禁足兩個禮拜！」約翰說。

華約姿繼續被大嫂進來而打斷的話題：

「喏，客房，可以睡兩個，五哥的房間可以睡兩個。」

「對了！」約翰想起來，問道：「約希為什麼要休學？」

「管他！」華約姿說：「他的房間也是空的，不是正好！」

「你們不用擔這個心，我怕連睡的時間都沒有呢！」說著，他從襟袋裏掏出一本小記事簿，晃了晃。「我算過了，這黑名單裏面一共有三十七個妞兒，有十一個是沒有電話號碼的，最保守最保守的估計，我們至少約到十個——咱們每個人分到兩個！」

華之藩先生抿著嘴笑了。

「哦，原來你已經安排好了，」華約姿拖著腔調嚷起來：「我還馬不知臉長，幫你們猛約呢！」

「妞兒還怕多的嗎？」

像個管家婆似的華約雯從甬道那邊走出來了。

「來，早餐擺好了！約翰！」她望著那幾個小伙子。「你不招呼人家——你們可以一邊吃一邊商量！」

早餐桌上，約翰繼續和約姿策劃聖誕舞會的事，就像部像裏面的「參謀作業」那樣，慎重其事的一項一項記錄下來。最後，他歪著嘴，瞪著手上那張寫滿了一大串的單子。忽然想起他以前的「狗頭軍師」徐子斌，和那次惜別舞會。

「還漏了什麼？」約姿問。

「忘了一個人——徐子斌。」

「哦，『沙豆』啊！」

約翰幾乎把當時他們為了徐子斌成天跟著他而替徐子斌起的綽號「影子」都忘了。他打算去找找他，不為什麼。有時他想起那次絕食就覺得好笑，尤其是當他們打完野外或急行軍回來餓得發昏等開飯的時候，竟然是抵受飢餓最有效的方法。

約姿一直懷疑這幾個小軍官在注意她，因此聲音不自覺的「磁性」起來。

「忘掉的人還多呢！」她笑著說：「何小薏，薇薇……」

「對了！小薏——我現在就去打電話！」

「不必了，」始終在忙進忙出的老處女親自端著一大盤甜點心進來，一邊說：「老許已經開車去接了。你們儘量吃，老太爺他們的早餐開在小廳裏。」

然後，何小薏接來了。她先到約翰那邊招呼一下，很大方的讓約翰摟了摟，親了親面孔，再到小廳老太爺那邊去。

剛才老太爺叫老大下來的原因，是商量年底公司按例請客聚餐的事，凑巧約翰放假回來了，索性就提早幾天，跟他們的什麼聖誕舞會一起合併舉行。

「會不會太亂了點？」約謀表示意見。

「讓大家熱鬧熱鬧也好！」父親有點感慨地說：「這裏太冷清了！」

華約雯了解父親的心情，於是附議道：

「爸說得對，一年也難得熱鬧一次嘛！」

「那就這樣好了！」約謀矯飾地笑笑。

「還要不要另外請什麼人？」約雯接著問。

「嗯，陳伯伯，還有郭會計師。」

由於上次「分家」的消息突然沉寂了下來。所以現在老太爺提起陳彥和，華約謀一怔；再加上會計師郭通，他愈覺事不尋常了。他瞟了始終靜坐一側的程曼君一眼，跟著站起來。

「要不要發張帖子？」

「都是自己人，」父親說：「用電話通知就行了。」

約謀向約雯說：

「我正好中午約了郭會計師，我順便告訴他；陳伯伯的電話，也讓我來打好了。」

「幫我叫胡步雲放車回來。」

程曼君隨即跟著約謀離開小廳，當約雯正要招呼阿蘭進來收拾餐桌時，父親叫住她：「別忙，妳先坐下！」

「我已經吃過了。」

「我有事。」

「哦……」

等到她坐定之後，父親低聲問道：「妳多久沒見到老五了？」

「好幾個月了。路上碰到過一次！」她回答：「聽老許說：他在一家汽車修理廠做工，還叫老許去他那裏修過車子。」

父親冷冷地笑笑。

約雯接著說：

「真不知道他是怎麼想的！書不去唸，去做這種見不得人的工。要是……」

「妳也覺得很丟臉？」

約雯頓住了，她困惑地望著父親，她不知道父親這句話的含意是同情約希？還是責備自己？

父親又露出那種笑意了。

「他現在還去唱戲呢！」他馬上更正自己的話：「我是說——他上臺演話劇！」

「您也知道？」

「我還去看過呢！」華之藩先生沒說出來，正如他不願意把昨天早上他在妻子的墓園見到約希而不願意讓他知道一樣，他探藏著這個秘密，使他感到不可言狀的快慰和溫暖。那張說明書，他已經收藏在那隻他習慣隨身帶，但不再放錢的皮夾子裏。

「反正他專挑這些事去做！」

「他要活呀，」父親平靜地說：「他不是一直沒向家裏要過錢嗎？」

老處女不響了，望著父親。

「而且，他還要養老婆——那次他來，不是說有孩子了嗎？怕已經生下來了！」

「啊……」約雯驟然醒起，她忘了這一點。

「這兩天有空，妳去看看他吧，」父親繼續說：「請客那一天，如果他喜歡，就叫他回來！」

華約雯來不及等胡步雲，馬上坐了老許的大房車趕到臺北去。但，她撲了個空，華約希一早就出去了。阿吉嬸知道約雯聽不懂臺灣話，困難地彆著國語告訴她約希昨天生了個兒子，可能到醫院去了。哪家醫院？不「租」到！

其實約希並不是到醫院去。大嫂牽涉到這件桃色事件上，他苦思一夜，最後決定先從那個男人——朱青的身上著手；不管事實的真相如何，他認為他有責任要挽救這個悲劇，或者盡全力去掩飾。

他在寧夏路找到了那幢小樓房，然後耐心的在附近較為隱秘的地方守候。十點鐘光景，他看見照片裏的那個男人出來了，於是他跟蹤對方。

朱青先坐車到中山堂對面的委託行，但很快的便跟照片中另外的那個女人走出來，他們在門口發生一點爭論，然後朱青跳上街口車班的三輪車，到西門町峨嵋街西寧南路口的巴黎咖啡室去。約莫又過了一刻鐘，正如華約希所料，程曼君坐車趕來了。

華約希考慮是不是應該跟上去？但，最後他決定暫時採取守勢，按兵不動，免致打草驚蛇，等到完全摸清了底細，再作道理。

在這個時間，咖啡室通常還沒有正式開市。程曼君以前曾經跟朱青在這兒約會過幾次，現在她上了樓，發現只有朱青一個客人；他坐在左角靠花屏的座位上，那兩位女侍應生正在做清掃工作。

她人還沒坐下，已經問：

「怎麼樣？」

「可能是妳先生的人！」朱青沉肅地說：「我剛才託個朋友到管區去查，昨晚根本就沒有查過什麼戶口！」

「哦……」

「妳有沒有覺得他有什麼不大對？」

「……」程曼君想了想，「沒有！他平常就是那樣死樣怪氣的！」

「那還會是誰？」

「她呢？」

「小趙？」他哼了一下，「她還有什麼資格！而且她也沒這個能耐——有答覆了沒有？要算，今天已經是第三天了！」

「年前我怕解決不了！」

「為什麼？」

「聖誕節家裏請客！」

「那跟這件事又有什麼關係呢？」

程曼君嘆了口氣。

「剛才出來的時候，他求過我……」

「——那是他的緩兵之計！」朱青有點著急。

「事實上也是這樣，」她緩和地說：「好好歹歹，只演那麼一場戲！而且，萬一大家把事情鬧僵了，他橫豎橫，把事情攤開，我們也不見得能討到什麼便宜吧！」

朱青沒說話。他摸出香煙，但並沒有將煙點燃，又煩亂地放了下來，昨晚發生的哪件事，使他心裏有個不祥的預感。程曼君似乎也覺察到這一點，因此跟著也沉默了下來。最後，他憂怯地說：

「我是怕，夜長夢多啊！」程曼君知道他所擔心的，是昨晚所發生的哪件事。他接著說下去：「這件事，我們可不能太大意！」

「你還是認為是他幹的？」

他抓住她的手，說：

「不管是誰幹的，反正來者不善！為了安全起見，我們原來的計劃，要略為改變一下！」

「改變？」

「嗯。」

「你想放棄？」

「不！先試探一下他的虛實。」

「……」

「今兒晚上，妳再向他提出：如果他肯答應年前解決，條件可以再低一點——一個數！」

「一百萬？」

「對！現款的話，八十萬也行！」

程曼君不知道朱青的葫蘆裏賣的什麼藥，她頓了頓，用一種冷靜的聲音反問道：

「萬一他真的答應了呢？」

他的嘴角泛出一層狡獪的微笑。

「那就證明出，昨晚的事情跟他沒關係，可能是咱們神經過敏！」他精明地解釋道：「如果這樣，妳不是照樣可以不讓步，只當是開開玩笑！我們甚至還可以『雷司』過去，再多加他幾成呢！」

「要是他不答應，就表示這裏面有問題了？」

「對！」

「然後呢……」她盯著他，讓他把話接下去。

朱青沉重的吐了口氣。

「只有兩條路，」他正色道：「一條是妳剛才說的：放棄！另外一條，就是跟到底——大家翻底牌，誰大誰贏！」

「那，你想走哪一條？」

他撫著她的手，聲音裏充滿了溫情：

「總之，哪一條不影響到妳，我就走哪一條。」他說：「我的目的，只是衛護妳！」

程曼君大為感動，把身體靠到朱青的胸前。朱青繼續用低沉的聲音說：

「所以，在這件事情還沒有完全弄清楚之前，妳暫時不要再到我那兒去！知道嗎？」

她點點頭。

「有事，我們可以用電話連絡。」

商量好，他們還閒談了一會兒，才分別離開咖啡室。

華約希站在對街走廊下的書報攤旁，窺見他們先後離去，他曾經打算在他們沒有下樓來之前，故意闖上去，索性把這件事戳穿的，但臨了又改變了主意，他認為自己應該單獨的和大嫂見一次面，或者在暗中幫助她。因此，他不再跟蹤，在書攤買本雜誌，然後到醫院去。

但，當華約希懷著一種愉悅的心情跨過醫院的前院，向這幢典型的舊式西歐建築走去時，正好遇見昨天曾經向他道賀的那位身材嬌小的護士小姐。

「嗨！」他笑著向對方招呼。

她應著，同時停下腳步，叫住他。

「你又來看誰呀？」她問。

約希蹙起眉頭，有點困惑。

「你好像還不知道？」她笑了。

「什麼事？」

「你們家裏的人已經接她出院了。」

「幾時？」約希緊張起來，強笑道：「妳，可能弄錯了吧！」

這位護士小姐霎霎眼睛，緩緩放下交抱在胸前拿著一隻黃紙夾的雙手，樣子很悠閒地說：「你太太姓葉，你姓華，沒錯吧？」

「啊……」

現在，是這位護士小姐感到困惑了。華約希為了要證實這件事，他返身奔進醫院。果然，那間房間是空空的，一個女工正在替換床單。

「他們什麼時候走的？」他急急地問。

那女工用臺灣話回答，表示她不知道。

約希錯愕了一陣，馬上趕到入口左邊的櫃檯前，去詢問裏面的人。其中一個戴著眼鏡的女職員手上緊緊的捧著瓷質的茶盅，告訴約希：「早上八點多鐘，就已經出院了。」

「你等一下，」她接著說：「順便拿孩子出生證明書，將來辦戶口的時候要用的！」

約希呆呆的站在櫃檯前，腦子裏空空洞洞的，直至他看清楚站在面前的那個人，就是那位滿臉狐疑的護士小姐時，他才驟然想起，應該打個電話到葉家去。

葉家電話的鈴聲一直在響，沒有人接。約希再重新撥一次，還是一樣。他困惑地放下話筒，愈覺得事情有蹊蹺。

「究竟是怎麼回事？」女護士問。

他不響，奪門而出。

再趕到金華街葉家，情形完全一樣，顯然屋裏並沒有人。約希突然醒起，於是又奔回住所去。

阿吉嬸沒理會約希問的話，她用兩隻肥膩的手指將一隻小信封從圍裙的大口袋裏拈出來，遞給他。

「喏，那個，梳辮子的『阿巴桑』拿來的！」

約希急忙拆開信，是葉太太寫的，只有聊聊兩行字，開頭沒有稱謂，結尾沒有具名，內容是叫他放心，葉婷只是換一個較為舒適的地方，過幾天她會再跟他連絡的。

看見他在發楞，老闆娘關切地問：

「什麼代志啦？」

約希搖搖頭，沒回答。他上樓，站在梯口，望著這間冷清而空虛的房間，一種寂寞和孤獨的感覺漸漸的在心中伸延開來。他過去拾起一枚遺留在蓆地上的髮夾，靠坐在窗臺葉婷慣常坐的位置上；對面屋頂那個孩子又在搖晃著那根頂端繫有紅帶的竹竿在吆喝那群盤旋在空中的鴿群，他奇怪為什麼會突然想起唐琪？是的，唐琪，那被他遺忘了的唐琪——那天，他從會見室的木窗望上去，那片廣場，襯托著長廊上唐琪孤獨的背影，她的心中，也有相同的況味吧？

他閉起眼睛，把頭仰起來。他第一次發覺——不論是對葉婷、唐琪，甚至圖書館裏那個臉色蒼白的女孩子，他是冷酷而絕情的。但，他並不是自疚，也不後悔，而是對這種發現有點驚訝；因為他始終以為，他自己會是一個對感情放縱而不知反省的人。

樓梯響起來了……

約希警覺地回頭望。

上樓來的是老處女。她扶著梯口的扶手，深深的喘著氣。約希看得出來，她只是在掩飾自己的不安而已。

「她呢？」她問。

他不響，定定的望著這個有很長一段時間跟他沒連絡的大姐。

她避開他的目光，一邊脫鞋一邊說：

「老四今天早上回來了，他有幾天大假——葉婷出去啦？」

約希冷冷地笑笑。

「妳不會又是順路經過這裏吧？」

她走過來，對著他側身在窗臺上坐下，想了想，索性坦率地說：

「爸叫我來看看你。」

「謝謝！」

「你這種口氣是什麼意思嘛！」她不以為然地喊道。

「好，那我不說謝謝。」

「……」頓了頓，她問：「你是不是不相信？」

「我相信。」

「家裏後天晚上請客，你最好回去！」

「也是他說的？」

「你愛信不信，反正我把話帶到了！」她站起來，伸頭出去向兩邊望望，發現約希沒表示，於是又問：

「怎麼說嘛？」

「看吧，」約希沉靜地回答：「也許我會回去的——你們真的不在乎我帶她一起去嗎？」

約希想：如果葉婷真的能去，他會再跟她坐在那棵老榕樹下面，他會吻她，同時會告訴她：他愛她。

「現在她人呢？」約雯忍不住問。

約希心中掠過一個怪誕的念頭。

「突然不見了！」

「你說什麼？」

「失蹤了。」

大姐再摸著窗臺坐下來，訥訥地說：

「你在開玩笑吧！」

「是真的！」約希神秘的壓低聲調：「我真的不知道她現在在什麼地方——發誓！」

「發生了什麼事？」

「不知道！我知道的，就是她替我生了個兒子！」

老處女半張著嘴，半晌才叫出聲音來。

「真的？」她激動的喊道：「你嚇了我一跳！在哪家醫院？」

「她家裏的人把她接走了！」

「連孩子一起？」

「當然，昨天才生的呢。」

看見大姐沉默下來，約希終於笑了，他移近她，把自己和葉夫人那個計劃告訴她，最後說：「這一次這頓喜酒，妳會吃得到的。」

華約雯興奮起來。

「我現在就回去告訴爸爸！」

「別那麼急！」約希隨即制止。

「為什麼？還會有什麼問題嗎？」

「我不知道！」約希有點憂疑地回答：「不過我覺得奇怪，她們為什麼要那麼急把她接出去——我剛從醫院回來！」

「別胡思亂想，」大姐慰解道：「你不是說，孩子的事先要保密的嗎？」

「希望是為了這個原因吧！」

約雯再站起來。

「大姐，」約希懇切地向她說：「這件事，暫時不要讓別人知道！」

第三十五章

華約希焦躁地在小樓上等了整個上午，葉家仍然沒有來電話，昨夜那個怪異的，不斷地重複著的惡夢使他醒後極為不安，他夢見葉婷死了——那是他目擊事故的發生而在無從救援的情況之下死去的；他絕望地呼喊著，但發不出聲音，而那條路卻是永遠走不完的……然後，他又發現葉婷從懸崖上跌下去！不，是飄浮著落下去，她的衣裙在空氣中盪漾，像一隻彩蝶。

他發覺那是窗臺上那株伸向矮簷的杜鵑。

母親的墓地也有早開的杜鵑。

他霍然站起來，要摒開這個該死的思想。他從來沒有那麼迫切時要見到一個人——那就是愛了！他想。於是他後悔在葉婷生活在小樓上的那些日子裏，自己從來沒有珍惜過；沉默、逃避、憂慮，沒來由的怨妒，他開始憎恨起自己來；同時，一種神奇的，因被壓抑而變得更加強烈的慾望撼動著他的心靈，使他迷亂而驚懼。

最後，他終於決心打個電話到葉家去。就在這個時候，徐子斌緊緊張張地來了。

「我擔心你不在呢，走吧！」

「去哪兒？」約希問。

「你不是答應過你大姐，晚上要回去的嗎？」徐子斌解釋：「約翰一大早就到我家裏來抓我，現在他在車上等我們呢——走！」

約希頓了頓，說：「我還有點事！」

「什麼屁的事！」徐子斌忽然想起來：「哦，你是說那些照片呀？我正要告訴你，你知道真正的幕後人是誰？」

「什麼意思？」

「要得到這些照片的人！」

「你不是說，是那個——」

「你作夢也想不到，是你大哥！」

「他？」

「那王小姐昨晚打電話來追我，讓我套出來的，」徐子斌得意地說：「你知道為了什麼？」

「要太太偷人的證據嘛，還有什麼！」

「不那麼簡單，好像你大哥反過來被人勒索呢！」

「啊？」約希蹙起眉頭。

「你有沒有在進行？」徐子斌問。

約希沒回答他的話，想了想，他反問：「你沒把照片的事說出來吧？」

徐子斌搖搖頭，狡獪地說：

「怎麼會——是不是已經想到什麼大計劃？」

「大計劃？」

「你答應過我替我另外找一個好戶頭的！」

「你放心，」他有意味地說：「我不會忘記的！」

「走吧！」徐子斌看了看錶：「我還有幾百樣事情要做呢！」

「你們先走，我還有點事。」

「你不會黃牛吧？」

約希舉了舉手，作為回答。

這天晚上，華家洋溢著一片熱鬧的氣氛。

以前在杭州南路住的時候，由於老太太怕吵鬧，加上日式房子也不適宜於舉行舞會，因此像今天晚上這種場面，算是頭一次。同時，跟以往有所不同，就是全部籌備工作，並不需要華家大小姐煩心，由徐子斌和約翰他們統籌辦理。

為了配合這個洋節日的氣氛，大廳經過一番佈置，張燈結綵，自然不在話下；晚餐也決定改為自助餐，菜色中西各半，足足擺滿一張由四張方桌拼起來的長桌，還特意調製了兩大缸飲料，大廳的隔屏旁邊，豎了一棵幾乎碰到天花板的大聖誕樹，綴滿了閃亮的彩色燈泡和大大小小的小飾物，頗有情調。

天黑下來之前，客人都到齊了；大人們都揀在小客廳那邊，圍在老太爺四周閒談，年紀輕的；佔滿了整個大客廳，高聲笑鬧，顯然在人數方面——尤其是女孩子，遠遠超過華約翰所預料的，最後他有點擔憂起來，因為他認為可能約到的男孩子，幾乎完全到齊了。

計算過人數之後，他忽然想起約倫。

「二哥呢？」他問始終出現在他身邊的何小薏。

「可能在房間裏吧！」她回答：「不要去叫他，他不會下來的！」

「妳去叫他。」

何小薏走到梯口的甬道上，臨時改變了主意，因為她看見大小姐正從後面走出來。

「大姐，」她迎上去，說：「四哥在找二哥呢！」

約雯早就想到樓上去了，剛才在後屋看見薇薇的時候，她就想找機會跟最近很少回碧潭來的薇薇說幾句話；原因當然就是為了自從黃薇搬到婦女會宿舍去住以後，脾氣變得愈來愈古怪的約倫。但，由於一直沒見約希回來，分了心，現在被小薏提起，她便決心先到樓上去。

約倫在他目己的房間裏，門窗關得嚴嚴的，空氣中有點藥油的氣味。看見進來的是約雯，他已經猜到可能是什麼事，不免感到有點不安。

他放下手上捻著舊郵票的夾子。

「要吃飯啦！」她說。

「哦……」他含糊的應道：「我，我在房裏吃。」

「老四在找你呢！」

「他？有什麼事？」

老處女溫暖地笑笑。

「要給你介紹女朋友吧！」

「我才不要他介紹！」他紅著臉咕嚕起來。

「隨你吧。」約雯故意說：「你如果不想下去，我叫宋媽給你拿上來好了——哦，忘了告訴你，薇薇也回來了。」

果然，不出約雯所料，一刻鐘之後，約倫悄悄的下樓來了。最先發現他的，就是黃薇，因為在約倫下來之前，約雯曾經把她拖到園子外面。

「薇薇，」大小姐以不亢不卑的聲調說：「我要妳幫我做一件事。」

黃薇不假思索地問：

「是不是為了二少爺？」

她的率直使約雯一時接不上話。半晌，約雯才懇切地回答：

「他最近變得好怪！」

「我爺爺告訴過我。」

「薇薇！」

「大姐，」薇薇截住她的話，平靜地說：「我也正要找他！」

「哦……」

「我說的是真心話，」她解釋：「他越這個樣子，我心裏越不安！」

「所以妳才要搬出去？」

「也可以這樣說吧。不過，我遲早總要出去的。」

約雯輕輕的吁了口氣。

「我了解！」

「妳希望我怎麼做呢？」

「我也不知道！」約雯真摯地說：「不過，現在能夠幫助他的，只有妳！」

聽了這句話，薇薇的反應使約雯感到有點意外；今天表現得相當鎮定，沒有絲毫忸怩之態。

「今天晚上，我就是為了他才回來的。」

「啊……」約雯有點驚訝。

「我收到他的聖誕卡。不是寄，是他親自送到婦女會來的。」

約雯鬆弛下來，於是接著問：「他告訴妳今天晚上家裏開舞會？」

「他沒寫明是舞會。」

「那很好，」大小姐興奮地說：「大家談談天——不要誤會，真的，薇薇，我真希望能夠像妳這樣，我很羨慕妳！」

黃薇覺察到對方的聲音裏含有一種近乎無奈的感傷。

「我有什麼？」她笑笑。

「有我所沒有的！自信！」

「才不是呢！而且女孩子性格太強，並不是什麼好事！」

「至少比沒有性格好。像我就是！」她阻止對方說話，「我很清楚自己，頂多只算是個濫好人，真是毫無道理——妳信不信，我不知道自己為什麼會訂了婚呢！」

「……」

「別學我！好了！我出去招呼他們，這件事我就交給妳！」

現在，華家這位極端內向的二少爺已經竦然僵立在她的前面。他們互相凝望著，他的目光很快的便避開，顯得有點慌亂。

薇薇索性走近他，把已經揑在手上的信封遞給他。

「我也來不及寄了，這是我給你的。」

他生怯地接過她回給他的聖誕卡，低聲說：「謝謝妳！」

他們沉默了一陣。

「外面好多人，」他先開口。

「嗯。如果你不喜歡，先等約希回來，我想見見他，然後我帶你到一個地方。」她提議。

「他會回來嗎？」

「大姐說他會回來的。」

「哦……」他熱切地問：「妳說，要到哪裏？」

「教堂。」

「妳信教了？」

她搖搖頭，說：

「去年我去過，一直坐到天亮。我喜歡那種氣氛！說不出來的，我相信你一定也喜歡的！」

華約倫的情緒逐漸平復下來了，他很有興趣地問：「我們也坐到天亮嗎？」

「隨你，」她笑道：「如果你怕熬夜，我們可以早點走——我順便介紹你認識一個朋友！」

約倫一怔。

「我也約了她。」她說。

「……」他支吾了半天，才說出口：「是——妳的，男朋友？」

黃薇忍不住笑起來。

「不！」她喊道：「我哪兒來的男朋友？是女的，好久以前，我就想介紹你們認識的——怎麼啦？」

約倫摸摸眼鏡，笨拙地笑了。他心中驟然充滿了一種舒暢的感覺，彷彿那層灰濛濛的陰霾忽然奇蹟地消散了似的，他望著她，變得快活起來？

「妳還沒見到約翰吧？」他問。

「沒有。」

「妳要不要出去看看他，」他用愉快的聲調說：「反正我們也要等到約希回來才出去的。」

他們走出客廳，人太多，站了一會兒才找到約翰，他正在摟著一個頭髮長長的女孩子在跳舞，因為是貼著臉，而且男孩子幾乎都是穿著軍服的。所以直到他們跳近他們的前面時，才認出是他。

「是薇薇啊！」他並沒有停下來，仍然摟著她的舞伴。

「四哥！」

「跳啊，」約翰打著手勢，「妳帶帶二哥，下個舞我過來請妳！」

說著，約翰熟練地轉著花步，沿著旁邊跳過去了。約倫和黃薇同時回過頭。

「他們跳的是三步。」黃薇向約倫說。

「我，不知道。」約倫回答。他奇怪為什麼自己現在一點也不緊張。他望望跳舞的人。跟著拍子點點頭，

「一二三，一二三，可能是吧——妳會跳的？」

「蕭小姐教過我，亂跳的，只會跳慢的三步，三步比較容易。」

約倫想問她誰是蕭小姐，她已經把手伸出來。

「不會有人注意我們的！」她說。

他終於又把手縮回去，老實地說：「算了，我有手汗！」

就在約倫要去掏出手絹來的時候，薇薇已經主動的拉起他的手。

這件大新聞很快的便傳進後屋。宋媽和桂姐、鮑師傅幾個人一起跑到甬道口。現在約姿和小薏她們也擠在約倫和薇薇的旁邊了，約倫的動作雖然生硬，但可以看出他很有興趣地低著頭望著自己的腳步跳著，不時抬起頭來望著薇薇笑。

宋媽的眼睛潤濕了，她用手絹搗著鼻子。

桂姐不知打哪兒湧起一股酸勁兒，冷冷的瞟了宋媽一眼，半帶譏誚地說：

「真的給妳等到了！」

鮑師傅用笑否定了這句話。

「沒有那麼簡單！」他壓下聲調：「你們不看看大小姐，胡步雲不是也等到了嗎——還定了婚呢！」

宋媽才想起，今天自己沒見到過胡步雲。這一陣，她從約倫的嘴裏，約略知道一點他與大小姐的事，尤其是一些有關胡步雲的傳說，有好多次當她單獨跟約雯在一起時，她想問個究竟，但終於開不了口。因此，當她再回到後屋，看見約雯又匆匆忙忙地走進來，她忍不住低聲問：

「怎麼沒看見胡先生？」

「他晚一點才能來！」大小姐若無其事地說：「今天是什麼日子?人家在外頭忙得很呢——鮑師傅，老太爺的東西好了沒有？」

「現在就要嗎？」

「好了，我就替他端出去！」

鮑師傅將一盅早已準備好沒擱鹽的燉品小心的放在托盤上，約雯端起，打趣地湊近宋媽說：「前天我到龍山寺求了一支籤，問婚姻的！」

「……」

「妳信不信，我將來要嫁三個丈夫呢！」

沒有人笑，約雯端著托盤走出廚房，不斷的在心中詛咒自己。對於胡步雲，她開始發覺那並不是真正的怨懟和怨恨，因為她也並沒有真真正正的愛過他；現在唯一使她不能忍受的，不是別人的同情，也不是別人提起這件事，而是當她單獨跟胡步雲在一起的時候，往往使她產生一種污穢不潔的感覺——包括他頭上髮蠟的氣味，以及被他呼吸過的空氣，別說一切被他的手觸摸過的東西了！

她心不在焉地將小瓷盅放到父親的面前。

「趁熱把它喝下去吧！」她說。父親望著她，她知道他想問她：「老五為什麼還沒回來？」

華約希在金華街葉家的門外整整徘徊了一個下午，天色逐漸暗下來了，屋內仍然毫無動靜。他跑到巷口那個公用電話亭去再撥一個電話，鈴聲響夠二十下，他用力掛上話筒。想了想，決定回去再等一個鐘頭——最後一個鐘頭。他們再不回來，他不打算再等下去。現在，他不像剛剛開始等時那麼焦急了，他是想念葉停的。他只想見見她。即使見到了，也不可能帶她回碧潭去的；據他所知，女人生產之後，通常會躺在床上很長的時間。大嫂就是哪樣。早上自己竟然想到要跟她在老榕樹的吊椅上再坐一個通宵，覺得自己很幼稚。

天完全黑下來。

他到街燈下面看看錶，已經超過了原來預定要等的時間。然後，他下意識地望著那座黑暗的院宅，終於決心步行回碧潭去。

轉出新生南路的大水溝，他向臺灣大學那個方向走去。黑暗，有風，他外面只穿著一件薄薄的夾克，但並不覺得冷；將接近羅斯福路，他忽然沒來由的煩躁起來。水溝對面臺灣大學校園內的那幾幢黑暗的建築物含有某一種意義，使他不快，他極力避免去望它們，最後，前面的光線亮起來，街燈和店鋪內的燈光耀眼，他隨意跳上一輛空空的公共汽車，走了一程，才發覺是向反方向行駛的。他發現車窗上的自己在笑，反而心安理得起來。

他忘了吃夜飯，回到住所，連衣服也沒脫便蒙頭大睡。

他也許是太疲乏了，沒有夢。

再醒過來的時候，天已經亮了。他發現一個陌生的男人直挺挺的——像一座石碑一樣站在面，阿吉伯在旁邊。他楞了一下陡地坐起來。

「這位先生要找你！」阿吉伯小心地說。

「他們只留下你的電話……」

「他先打電話來問，」瘦小的阿吉伯搶著解釋……「我告訴他們地址的——你自己說！」

那個男人臉上毫無表情，他謹慎地問：

「你就是華約希先生？」

「我是。什麼事？」約希站起來，有點急。

那個男人又望了望手上的卡片。

「林美珍是你太太吧？」

「誰是林美珍？」約希大聲反問。

「你不認識？」

「我太太姓葉——怎麼回事兒！」

那個男人怔了一下，地解釋：

「我們是徐婦產科醫院的，」他將手上那張背後寫有字的名片遞給滿臉狐疑的華約希，「敝姓黃，呃，我們是為了一個小孩子的事！」他苦澀地笑笑，「這種事，我們以前也發生過。我想，她登記的名字說不定是假的，她本人你可能認識，不然，沒理由要留下你的名字和電話。」

約希略為找到一點頭緒。問道：

「你是說，一個剛剛生下來的小孩子？」

「是呀！」

「是個男孩子？」

「那你知道了？」那姓黃的男人露出一絲生硬的笑意，急急地問：「對不起，我冒昧的問一句，現在你太太呢？」

華約希遲疑了一下，才說：「不在你們醫院裏？」

那個男人鬆下一口氣。

「那可能就是了！」他說：「孩子還在，他媽媽昨天下午就離開了，到現在還沒回來！可不可以麻煩你到我們醫院去一下？」

華約希毫不猶豫的跟他去了。

在中山北路那家頗為貴族化的私人醫院裏，並沒有發生什麼麻煩，便弄明白了這件事，因為他們到達的時候，醫院剛收到一封限時的掛號信件，是由醫院轉交給華約希的。正如上一封信一樣，只有寥寥幾行字，是同一個人的筆跡。信的內容，只是直截了當的說明他們要用這種方式去結束這件「錯誤的」事情的原因——葉婷年紀太小了，這種結合將來不可能得到幸福的；同時，告訴約希，他們已經舉家搬回香港去了。

「至於這個孩子，」最後這樣寫著：「他姓華，我們不能那麼自私將他帶走。祝你幸福。醫院費用已預付至本月十五日，請釋念，又及。」

看見約希讀完信，那位戴著一副近視眼鏡的中年女職員用期待的目光向他詢問。

約希自嘲地笑笑，仰起頭。

「不會有什麼問題吧？」她試探地問。

「沒有！」約希堅定地回答。

「你想看看孩子嗎？」

「我已經見過了！」約希站起來，向那姓黃的男子望了一眼，說：「你們已經有我的地址和電話了。我安排好了，再把孩子接回去。」

走出醫院，約希仰頭望望行人道上那排光禿的法國梧桐，有一絲絲淒涼的況味滲進他那落寞的心靈裏，他想哭，直至他又感覺到那晚上在椅上吻葉婷時唇上那帶點苦澀的鹹味，才知道自己真的哭了。

他再回頭望望這家醫院，一對路過的情侶用一種奇怪的目光盯著他，他皺起眉頭，樣子可能很可怕，他們匆匆的走開了。入車市囂的嘈雜聲音驀然從四周向他滙聚和擠壓過來，使他產生一種無法抑制的衝動——又是那種帶著疑問的眼色。

「看什麼？」他兇惡地叫道：「沒見過男人哭呀？」

那些人退開了。突然他的手臂被一隻有力的手捏住，他扭轉頭，是那個帶他到醫院來的男人。

「你沒事兒吧？」那個人關切地問。

他用力摔開他的手，退身急步走了。越過馬路的時候，一陣尖銳的剎車聲，那計程車司機將半個身體衝出車窗用惡毒的粗話向他咒罵，他裂開嘴笑。踏上人行道，他茫然地走了很長一段路，才捕捉到一個較為明確的思想：他應該先證實葉婷——他們葉家是否真的已離開了臺灣？而不是一個詭計。

再趕到金華街。這一次，葉家的大門敞開著，一個中年的工人正在打掃著因搬家而堆滿廢棄雜物的院子。年初為了找尋葉婷，約希曾經到這兒來過，只是現在由於搬走了所有的家具，而且屋內已經清理過，光潔的地板撒發出有點刺鼻的地板臘氣味，比印象中更為寬大。

華約希呆呆的站在門口，內心和這間屋子一樣空虛。

「看房子嗎？」那工人把手上的東西塞進一隻牛皮紙盒裏，隨口問。

約希沒聽見。

「已經租掉了！」

「原來，住的那家人，是什麼時候搬的？」

「不知道！好像是剛搬吧！」他撿起一小幅花桌布或者窗帘之類的東西，前後翻動著。「他們真是糟蹋東西，好好的一塊布啊！」

那掃在一堆的廢物有一隻彩色的什麼吸引了約希，他走過去，將它拾起來。那是一隻用絲線纏成的小香囊，除了兩邊垂吊著的流蘇有點髒，上面打著花結的帶子還是好好的，約希拈著帶子搖晃著它。

「可以給我嗎？」

那個人瞟了這隻小香囊一眼。

「本來就不要的嘛！」

約希下意識地將它送到鼻子上，還聞到淡淡的檀香味。他相信這一定是葉婷的，不知道是哪一年端午節買的，也可能是誰送的，它曾經在她的襟上掛過，或者是放在書包和小手袋裏，後來也可能掛在書桌和床頭上，女孩子總是這樣，約姿的抽屜裏可以找到一百樣小東西……

「認識搬走的那家人？」

約希看見對方盯著他。

「嗯。」他應著。

「那這本東西還是給你吧！」說著，那個人從牛皮紙箱裏將一本小小的紀念冊拿出來，遞給他。

約希接過來翻開，上面貼有幾張切有花邊，而且已經泛黃的舊照片，果然是葉婷的，其中一張是和她母親一起拍的，葉婷只有六七歲，胖胖的，穿著一套裙服，那雙大眼睛和嘴上的笑意跟長大後的她一模一樣。

「是你的什麼？」

約希遲疑片刻，才含糊地回答：

「親戚——謝謝你！」

那中年人似乎覺察到什麼。約希沒讓他再發問，匆匆地離開了那個地方。

約希慶幸自己再回到葉家來，否則，對於葉婷，除了她留下的那兩隻小瓷玩偶，一隻蔴質揹袋，只剩下一片雖然目前那麼清晰，而終會逐漸模糊下來的記憶而已。但現在，這本小紀念冊和這幾張舊照片，卻使這份攙著濃郁淒酸而又那麼甜蜜的記憶，變得更加美麗、真實、永恆。

但，一切都已過去了！

他現在才感覺到：愛，來得太遲，失去得太快。

將來呢？

他停步在一條馬路前面，他意味到橫在生命中的一條界；至少，在這一個階段，應該是一個盡頭了。他能夠放棄這個孩子嗎？雖然不是他的，但卻是葉婷的親骨肉；他有責任將他扶養大！同時，也因為這樣，才使他感覺到，他和葉婷並沒有分離——是一種接近宗教的、神聖的結合。

那只是精神上的！至於如何面對殘酷的現實生活，他決心徹底的改變自己，向已往告別！

下了這個決心，那種詭譎而充滿邪惡的笑意，又從華約希那雙烏黑而深邃的眼睛和寬闊柔軟的唇角流露出來，顯示著一種執拗的，不屈服的，嘲弄的意味。

第三十六章

三天之後，華約希以一般黑社會的「黑吃黑」手法，非常技巧地分別從朱青、程曼君，和他的大哥的身上，弄到一筆數目相當可觀的金錢，然後，再將他們出賣。

按照朱青原來的計劃：他利用趙若莊貴夫人委託行在西門町武昌街成立分店作幌子，花了一大筆錢去裝修，從那些曾經嚐過一點甜頭的太太們和放貸者身上吸收游資，而在分店於新年開幕的前夕，連同程曼君在丈夫那兒弄到的那筆錢，撇下程曼君和他的「合夥人」趙小姐一走了之的。華約希對於這種內情雖然並不完全了解，但是他抓到朱青的弱點；再說，朱青亦生怕程曼君的事會影響大局，加上做賊心虛，因此約希並不費什麼唇舌，便與朱青完成了「交易」；條件是朱青以十萬塊錢，買回那幾張照片。

「那些底片呢？」忍痛付了錢之後，朱青精明地笑著問。

「你真幼稚！」約希譏誚道：「如果不講道義，我把底片還了給你，就表示不會發生事情了嗎？」

「對，」朱青陪著笑臉，「我真是太小人之心了！」

「還有一點！」

「還有？」

「那位華太太。」

「……」朱青沉下臉色問：「不是已經包括在我們談的條件之內的嗎？」

「那是兩碼事！」

「這未免，有點……」

「得寸進尺？」約希笑了。「老兄，如果你認為太吃虧，沒關係——喏，錢你收回去，大家拉倒！」

朱青緊張起來，他馬上將那包鈔票塞回約希的手上，急急地為自己表白。

「不還價了？」約希冷冷地問。

「您說！」

「你要知道，所謂盜亦有道，我們也不是不講理的！」

「這，我還會不知道！」

「那麼好！」約希正色道：「這筆錢，是替你保密的酬勞——你跟那位開委託行的小姐的事，能讓那位華太太知道嗎？」

朱青抿著嘴，不響。

「所以，華太太向她丈夫弄到的那筆錢，我們分點紅，也應該吧！」

「……多少？」

「也是十萬。」

「十萬！」朱青緩緩的重複著這句話。

「你要我告訴你，她向他丈夫要的數字嗎？」約希笑著問。

「你們怎麼知道的？」

「沒有兩下子，你閣下會那麼大方？」

朱青猶豫了一陣，吁了口氣。

「好吧——但是，你們不會……」

「什麼話！」約希矯飾地打個手勢，「光棍不斷人財路，你吃肉，我們喝湯！華太太那邊，你可以放一百二十個心！」

話是這樣說，兩個鐘頭之後，約希已經用電話把大嫂約到外面來。

當程曼君從電話中聽到是約希時，她還以為並不是找她的。

「不，我就是要找妳！」約希認真地說：「現在妳可以出來嗎？」

「有什麼事？」大嫂冷漠地問。

「當然是要緊的事——妳跟那姓朱的事！」

程曼君怔住了。

「你馬上出來。」約希以要挾的聲調命令道：「我在巴黎咖啡室二樓等妳！」

這次會面的結果，約希以對付朱青相同的手法，讓程曼君不得不就範，也拿出一筆錢來。

「這是勒索！」程曼君終於用迸裂的聲音嚷道。

「那也是跟著妳學的！」約希顯得更加平靜：「妳不是也這樣對付大哥嗎？」

大嫂語塞了。她臉色蒼白，悻悻地瞪著約希。約希將身體靠前，懇切地望著她的眼睛說：

「大嫂，你跟大哥的事，誰是誰非，誰也管不著！但是，妳知道妳自己，現在正踩在那姓朱的圈套上嗎？」

「不需要找這些理由，你的目的只是要敲詐我的錢而已！不是嗎？」

「不是，」約希說：「是替妳省回更多的錢！」

「謝謝你！」

「妳最後會真心真意謝謝我的。」

程曼君用一種恚恨的目光注視著約希，略一沉吟，強作鎮定地說：

「要是我根本就不在乎呢？」

「我知道妳最後會說這句話的。」約希很有自信地笑笑，解釋道：「我發現妳還沒有明白我的意思！而且問題不在你們那些污七八糟的事情上——難道說，大哥是因為『在乎』，所以才拿錢出來嗎？」

「他當然在乎！」

「因為面子問題？」

「我當然還有別的王牌！」

約希很有興趣地嘟起嘴，偏著頭說：

「妳可能有一張，或者兩張！但是妳有沒有估計過，他也有呢？」

「他有什麼？」

「跟妳一樣——他也不在乎！妳怎麼辦？」程曼君有點做作地笑起來。

「我比你了解他，他才沒有這個種！他向來是贏得起輸不起的！」她收斂了笑，「你不信？」

「我當然信！」約希把雙手的手指交叉著，將身體靠到沙發座椅的椅背上。「所以說，真正的王牌，是在我的手上。」

大嫂一頓。約希接著坦率地說下去：「如果我得不到好處，我會替他做！」

「啊……」

約希用剛才她那種輕蔑的口吻問道：

「妳不信？」

程曼君現在才發現事態比原先更加嚴重了，因為操縱大局的權力實際上是在華約希的手上。

「妳不用擔心，」約希說：「損人不利己的事情，我不會做的——我的目的，也是錢！」

最後，程曼君終於軟化了。她答應了約希，只是在她沒有拿到錢之前，只是口頭上的一種承諾而已。

約希搖搖頭。

「不行！」他連忙表示：「我是小人！而且我急於需要錢！萬一你們離不成婚，我豈不是落了空？」

「不可能！我們大家都同意了，我拿到錢就走！」

「跟那姓朱的？」

程曼君沒承認，但也沒否認。

「大嫂！」

她決然地脫下手上的鑽戒，擺到約希的面前。

「這顆石頭有三卡四十，」她生硬地說：「VVS，美國車工，五萬隻洋衡陽街隨便哪家金鋪都肯收，剩下的我一兩天補足給你！」

華約希拿起鑽戒，想了想，把它套進自己的小指上。

「好吧！」他說：「不過我也不會平平白白收妳的東西，」他將那幾張在寧夏路偷拍到朱青和趙若莊在一起的照片拿出來，攤到桌子上。「這個情報，是我免費奉送的。據我所知，他要帶走的，是她，不會是妳！」

他留下她，起身到櫃檯上付了帳，走了。

對付約謀，約希可謂駕輕就熟。正如程曼君所說，華約謀並不是一個怎麼有膽識的人，他虛張聲勢，其實內心畏怯。約希是直接到公司的辦公室裏找他的，他幾次從大皮椅上暴怒而起，結果依然頹喪而萎靡地坐下；他壓低了嗓門跟約希爭吵，不斷的偷瞟那扇已經閉上的玻璃門。

「那就奇怪了！」約希理直氣壯地說：「這些照片是你指定要的呀！」

「你嚷嚷什麼？」約謀緊張地警告。

約希學譚小生在作戲的樣子。

「哦，原來你也不想把事情公開的！」

華約謀再翻翻那幾張照片，不是在看，而是在延宕一下時間，然後才緩緩的抬起眼睛；他那銳利而沉鬱的目光透過淺茶色的眼鏡鏡片，在約希的臉上搜索著。

「你幾時認識她的？」他問。

「誰？那姓朱的？」

「請你拍這些照片的人！」

約希沒有馬上回答。他還記得徐子斌對那個女人的評語，而且還打算介紹給他認識。

「你們是很熟的？」約謀接著說：「不然他不會託你去做這件事！」

約希狡猾地笑笑。

「她知道你是我弟弟？」說出了口，約謀有點後悔，因為這句問話是多餘的，而且也顯示出自己的心虛。

「她沒有告訴你嗎？」約希故意在問。

「沒有。」

「哦，也許是認為不大方便吧。」

現在，約謀所擔心的是另外那件事——王美寶替他用支票貼現以彌補公款的那件事。由於想到王美寶從來沒有讓他知道她認識約希，他不自覺的震顫了一下，這裏面會不會藏有什麼陰謀？王美寶的作風，他在「日月潭事件」中已經領教過，目前他們之間所維持的關係，是相當微妙的；他自己也很明白，充其量，也只是那一堆比較親密的「朋友」（就算是「恩客」吧）之中的一個而已，還算不上是情人，王美寶並不需要情人。

在這段沉默的時間裏，約希對大哥這種曖昧的意態感到困惑。

「她真的沒有告訴你別的什麼？」約謀用不信任的口氣重複著已經說過的話。

「你指哪一方面的？」

「呃……」

約希找到了破綻，他肯定事情的背景絕對不僅僅是要得到「證據」那麼單純，於是，他有意味地扮了個鬼臉，俯身過去低聲說：

「你就先假定她什麼都沒跟我說好了！」他故意強調「什麼」兩個字，暗示他什麼都知道了。

約謀瞇起眼睛，在考慮是不是值得冒一次險。

「怎麼啦？」約希指指那些照片，「究竟要不要——要，就付錢！」

「我當然要付的，」約謀決定先試探一下對方的虛實，於是鎮定地問：「不過，我覺得在手續上，是不是要經過她，比較好一點？」

「當然可以！」約希爽快的回答，順勢伸手去撿起那幾張照片。

約謀急忙按住他的手。

「為什麼？」約希說：「在手續上，我也應該把照片交給她，才比較合理吧！」

「不用那麼麻煩了！」

約希緩緩的收回手，冷冷地問：「你知道什麼價錢嗎？」

「她沒跟你講？」

「……」約希頓了頓，索性更深入哪個疑團一點，他很技巧地反問道：「單單照片？還是，呃……」他打著手勢，「包括另外——你不想讓別人知道的那件事？」

約謀放棄剛才那個想法，露出一絲自嘲的笑意。

「其實——」

「大家心照不宣算了！」約希打斷了他的話：「我們又不是外人，扯破臉了多傷感情！」

大哥深深的吁了口氣，點了點頭。

總之，約希離開辦公室的時候，整個事情都已經全部圓滿解決了。

當天下午，約希便到孩子出生的那家醫院去，拿到出生證明書，然後在博愛路一家專門售賣兒童衣物的商店裏購備一切嬰兒的用物，第二天一早便向北一車行雇了一輛出差汽車，先到徐婦產科醫院接了孩子出院，隨即直放臺中，到舊社找蔡文輝去。

蔡家的人一邊忙著照顧那被汽車顛簸了四個鐘頭而且餓壞了的小嬰兒，一邊派人到鎮上去把蔡文輝找回來。約希再見到「土豆兒」的時候，幾乎認不出來了。

那典型的表示親熱的儀式是免不了的。蔡文輝曬得黑黑的，完全一副莊稼人打扮。

「他們說你帶了什麼孩『主』來？」他困惑地問。

「葉婷生的孩子呀？」

「啊……」

約希拉他進屋裏去。蔡文輝的媽媽已經為嬰兒餵過奶，正在有點忙亂地替他換尿片。

「囝仔足像伊呢！」蔡文輝的媽媽笑著說。

土豆兒瞟約希一眼，他聳聳肩膀。

「是男孩主？」

「鷄鷄你沒看見？」

「有多大？」

「沒幾天。」

「你帶他來幹什麼——她呢？」

他們走出來。屋後的養菇場曾經改建過，好像被包在一層薄薄的透明塑膠布裏。

「是不是因為寒流？」約希問。

蔡文輝沉肅地盯著這位老同學。

「葉婷在哪裏？」

「走掉了！」

「你們吵架？」

約希用最簡略的語句，把事情的經過向蔡文輝解釋一遍。

「他們做得太絕了！」蔡文輝操著因為最近不常用而變得生硬的臺灣國語說：「但是這個孩主根本就不『素』你的呀！」

「可是他是我太太生的！」

「太太個屁！」土豆兒不以為然地詛咒道：「你呵——你就是沒有聽我的話！」

「我相信不是她的意思，」約希懇切地解釋：「她一定是被她爸爸媽媽逼走的！」

蔡文輝頓了頓，試探地問：

「你以為她還會回來？」

華約希發現自己忽略這一點。這是極有可能的，正如她突然挺著肚子在前面這間小屋子裏出現一樣。但，他瞬即擺脫開這個玄想——誰又能確定她會回來呢？什麼時候？明天？五年還是十年之後？

他冷酷地笑著說：「我不再是浪漫的理想主義者了！」

小佃農向來不喜歡聽什麼主義主義的，但是現在他從約希的眉宇間，很清楚的窺見這半年來的改變，他變得有點世故，至少，也是他有意做作出來的世故。

「你看不出？」約希問。

蔡文輝把正想說的話收回來，又回復到原來的話題：

「你現在有什麼打算？」

「你問我，還是這個孩子？」

「我先問這個孩子。」

華約希堅決而慎重地宣示，因為對方已經表明過對這個孩子所持的態度。

「我當然要將他養大！」他接著再強調：「我一開始就答應過葉婷的！」

蔡文輝所問的不是這一點。

「我是問你，要怎麼樣將他養大！」他懊惱地叫道：「不是像你呵，用嘴黑白說說，那麼簡單——養大！」

「他不是什麼怪物吧！」

「什麼意識？」

「反共義士！」約希笑著用時下流行的那句俏皮話回答，隨即又變得莊重起來，「你真的以為我連一個孩子怎麼養大都不知道麼！」

「那就好了。」

「我想將他擱在你們家寄養。」

「哦……」

「不是永遠的。」約希解釋：「你知道我絕對沒有能力照顧他——不過你放心，我已經替他準備了一筆生活費，就像送進託兒所那樣吧！」

「不是錢的問題！」

「有困難嗎？」

蔡文輝搖搖頭，熱切地說：

「是我，我就將他送給別人！你知道我們臺灣人家……」

「我知道我知道！」約希提高了聲調：「可惜他是個男的，要是個女的，養大了你們可以送她進酒家去賺錢！」

「不是家家人都這樣對待養女的啊，我媽媽就是養女。」

「怎麼樣？只要寄養到他可以進學校，我再接他回去。」

「你真的不願意送給別人？」

「去跟你家裏的人商量商量吧，只是寄養。」

晚飯的時候，事情已經決定了，這孩子變成了蔡家的寵物。蔡文輝的母親對他關懷備至，愛不釋手；整個下午，這位背部有點風濕而又閒不住的鄉下婦人總算讓她找到了一件可以解悶的工作；她不知從大木櫃的什麼地方找出來一些有點霉味的嬰兒揹帶和被包之類的舊衣物，連那張掛在閣樓牆上的竹製車椅，都搬了下來，叫老頭子幫她清理上面的灰塵污漬，開始著手準備起來。

為了接待這位貴客，晚餐的菜餚相當豐盛，大碗大碗的白切鷄和白切肉，還特地買了兩瓶紅露酒。老兩口輪流不斷的將菜挾到約希那堆得滿滿的碗上。

「有跟他起了名字了嗎？」蔡文輝的母親用臺灣話問約希。

這句臺灣話約希沒聽懂，也許是因為她突然問的，一時前後連不起來。他困惑地望望他的同學。

「伊聽嘸啦！」老頭子說。

於是蔡文輝用國語向約希解釋。

「天仇。」約希回答。

「愁？哪一個愁？」

「仇恨的仇。」

「哦，仇。」蔡文輝不解的瞪著約希。約希再重複一次。他頓了頓，才告訴他們。

「這怎麼行呀！」老頭子不以為然的喊道：「跟什麼有仇都行——跟天？啊……文輝，告訴他，這個仇字一定要改！」

「已經定了，」約希說：「出生證明書上已經註明了。」

就為了這個「仇」字。蔡老頭子一直在咕噥著「這些外省人」沒有道理。最後，約希只好同意，在這個家裏，他們要叫他「天恩」——蔡文輝三舅公的名字，就叫做天恩，大舅公叫天賜；「文輝」這個名字，就是三舅公起的，本來他們想叫他「武雄」。

最後，老太太要兒子問約希。

「如果將來帶大了，他萬一不肯跟你走呢？」

「我會時常來看他，」約希說：「我想不會的。」

飯後，約希提議步行到霧峰去。其實，這也正是蔡文輝想說的，因為直至現在，他們還沒有單獨說話的機會。

「還記得那一次嗎？」蔡文輝問。

「哦……」約希知道對方所指的，就是那次打長途電話回臺北找唐琪母親那回事。

啊，唐琪，約希望望天上的繁星——那些星星多麼遙遠……

「騎腳踏車去吧，」蔡文輝說：「我們一個人騎一輛，要不然回來的時候可累慘了！」

約希並不反對。

開始的時候，他們只談些身邊瑣事，頂著風，有點吃力，當他們經過前村一條岔道口旁的小店時，約希索性停了下來。

「我們去霧峰幹什麼！」他煩惱地說。

「你自己提議的，」蔡文輝笑了，然後藉著小店照射過來的燈光，望著他的臉，問道：「還有別的事？」

約希用微笑安慰他的同學。

「我只是想跟你談談天，」他望望小店，「乾脆就在這兒坐坐怎麼樣？」

「我沒意見。」

這類鄉村小店通常在伸出門外的竹棚下，會放有一張板桌，讓過路的人歇腳，現在也許由於天氣寒冷，桌子已經搬進屋內去。

看見他們推著腳踏車過來，揹著一個小孩在晃來晃去踏步的女人親切地向他們招呼著：

「進來坐啦！」

屋子裏只有一個乾癟的老頭兒，蹲在長板凳上抽烟袋。那架擱在高高的神龕架子下面的收音機正在播放著聲音嘈吵的歌仔戲。

猶豫了一下，他們坐了下來。

「兩罐汽水！」蔡文輝說。

汽水送來了，看見客人的反應不佳，那女人識趣地過去把收音機的聲音放低，一邊解釋：

「這死囝仔呵，嘸聽鑼聲嘸愛睏咧！」

蔡文輝望著約希，會心地笑了。

約希用手旋著杯子，終於抬起頭。

「你為什麼要休學？」他問。

「你自己呢？」

「我問你！在信上你一直沒回答我。」

「你已經看見了，我怎麼可以半途而廢！」

約希下午曾經在養菇場裏面待了個把鐘頭，約略知道他在某一方面遭遇到困難，因此，現在頓了頓，他摯切地問道：

「你真的認為它會有前途嗎？」

「它非要有前途不可，我已經花了大半年時間在它上面，臺北也不知道跑了幾十趟！」

「你幾時到過臺北？」

「早上去下午回；有時是晚上去，第二天一早回，」這位休學的農科學生歉疚地說：「實在沒時間來看你！」

「技術上的問題？」

「攏總都是問題，我去農業實驗所找胡技正。」

「問題解決了？」

「沒有，不過一定會解決的！」

接著，這位小佃農開始向對方解釋菇床的消毒、化肥、草菇在生長中所發生的病態和變異等等有關學理上的事，約希雖然並不十分了解，但是他仍然很有興趣的聽下去，不時還提出一些問題，要求解答，最後，小佃農結束了他的話。

「所以現在的問題，」他肯定地說：「已經不是學理上的——而是錢！」

華約希的嘴角流露出一層溫暖的笑意。

「你笑什麼？」蔡文輝推了推眼鏡，問：

「你不是說，問題只是錢嗎？」他真誠地回答。

小佃農定定的望著他的朋友，忖測著對方的心意。約希的經濟情況，他是很清楚的，而且始終不會相信他能夠從家中弄到很多的錢。

「可不是一點點！」他正色道。

「多少？」

「你問目前這個階段？還是以後？」

「你再說說清楚！」

「現在嗬，」蔡文輝比著手勢，「先要把菇場重新改搭過，而且我們的人手也不夠，我老頭子支持我，答應幫我借，拼拼湊湊，大概撐到真正的有生產，還沒有問題！」

「那麼問題在哪裏？」

「問題是這個菇場仍然賺不到錢。」

「有生產之後仍然賺不到錢？」約希不解地問。

「對！」蔡文輝回答，「這就是經濟學上的問題了——我們的菇場太小！生產的成本太高！」

現在，華約希相信自己已經將問題的關鍵抓到了，他非常認真地將身體靠前一點，說：

「你是說，如果擴充菇場，就可以賺得到錢——目前這種規模，是註定要失敗的？」

「要說，在研究工作上是成功的！」小佃農更正約希說的話。

約希笑笑，低聲問：

「如果有人肯投資，你願意接受嗎？」

「那要看投資的人是誰？」

「我！」

蔡文輝想大聲笑，但又忍住，因為他從來沒有看見過華約希的神情那麼嚴肅過。於是，他又推了推眼鏡乾咳了一下。

「你有多少錢？」

「足夠你搞一個很大很大的養菇場！」

「你從什麼地方弄到那麼多錢？」

「這你別管，」約希說：「總之每一分錢都是真的，不是偽幣——怎麼樣？」

「還有怎麼樣！」

「我的條件是：我一切不管，將來賺到錢，我一定要佔一半！」

第二天一早，蔡家父子陪著他們的「合作人」坐公路車到霧峰。華約希在彰化銀行用蔡文輝父親名義開了一個乙種存戶，存入兩萬塊錢，作為華天仇日後的生活費用；然後，他將一張十萬元的銀行本票交給蔡文輝。

「這就是我的投資。」他慎重地說。

「啊……」小佃農嚇呆了，他沒敢伸手去接。

「怎麼啦，」約希解釋：「這是銀行的本票，你隨時可以拿去兌現的。」

剛才約希為孩子的生活費用存入兩萬塊錢的時候，蔡文輝和他的父親已經大為驚異，因為孩子每個月的開支，充其量只不過三四百塊錢而已。十萬塊錢，對他們來說，簡直就是不可思議的天文數字。

「拿著！」投資人催促道。

蔡文輝和他的父親互相望望。

「我們要那麼多錢幹什麼？」他訥訥的喊道。

「做事業，還怕錢太多麼？」約希勸慰道：「總之我們可以多買一點地……」

「你知道土地的價錢嗎？」小佃農說：「一甲地，兩千九百多坪，只不過是八九千塊錢呀！」

「那是你的事！」華約希說：「一切由你做主。不過，我有一點要求。」

「什麼？」

「別忘了『蔡華菇』這個名字！」

等到他們在銀行裏把開立戶頭的手續辦妥出來，約希計算時間，正好可以趕上臺中北上的一班柴油快車，蔡文輝了解他的脾氣，並沒有強留他。只是送他上一輛去臺中的公路快車時，他隔著車窗，要求約希隨時跟他保持聯絡，即使不時常來，至少也要覆他的信。

「現在你放心，」約希打趣道：「我才不會拿我的錢去開玩笑的——你得好好幹，否則我會開除你！」

公路快車開動了，約希伸頭出車窗向後望，看見蔡家父子二人一直站在那兒招手，然後逐漸隱沒在那灰黃色的塵土後面……

這一次旅程，對約希來說，是極其愉快的。昨天他笨拙而又提心吊膽地抱著那嬰兒坐車來中部時，他注視著孩子摺皺得像個小老頭兒的小臉，心裏直發愁；他擔心蔡家的人不肯接受這種委託；現在，他相信他在蔡家一定會得到最好的照料，雖然是很「鄉下式」的，但鄉下的孩子不是都生得比城市裏的孩子更壯健？他想像到他曬得紅通通的，穿著粗布縫製的開襠褲，光著腳丫，像隻鴨子似的在泥地上搖晃著走的樣子。他望著車窗玻璃反映中的自己笑了，因為他想到他學會說話的時候——不用問，一定是標準的臺灣話；即使將來學會國語了，也會像蔡溫灰一樣，永遠抓不準齒音和捲舌的字音。最後，他對這個「小老頭兒」長大的樣子是否會像葉婷有點懷疑起來。他曾經仔細的端詳過：他沒有眉毛，臉上有毛茸茸的感覺，尤其是那緊瞇著的眼睛，皺縮在一起的鼻子，小嘴和小手不停的蠕動著；杭州南路舊房子的天花板上面，他就曾經找過一窩和他極為相似的小東西，他還拈起來嚇過老處女哩！

在臺中轉車返臺北的時候，他特意寄出一張明信片給蔡文輝，說他已經為小傢伙取了一個綽號，叫「小老頭」。

回到臺北，他找到韓師傅新搬的那家車廠，才發現並不比原來的地方好，而且很小。

「我還以為你賺了錢開大廠呢！」他打量著四周，向蹶著腿迎出來的韓師傅說。

「我才不願意搬呢，」韓師傅無精打采地說：「這裏擺兩部車，就擠得連人都進不去了。」

「是怎麼回事？」

「地主要在上面蓋房子……熟客差不多全跑光了，誰願意再到這種地方來！」

「這裏是租的？」

「租金不貴，湊合湊合吧，」這位老技工苦澀地笑笑，「你今天為什麼會想到來找我？這條路，不會是路過吧？」

「我是專程來的！」

「有事？」

約希向這狹小的車間望望。

「我們去找一個大一點的地方——新生南路那一帶，不是有很多空地嗎？」

老技工困惑地盯著他望。

「你有什麼計劃？」

「不是我，」約希懇切地解釋：「我是替你想：我主張你搬去一個大一點的地方，廠房設計一切都弄得像像樣樣的。這是一般人的心理，總認為大車廠靠得住一點，反而不會在修理費用上斤斤計較，而且，還可以增加板金和噴漆的部門……」

「我知道！」韓師傅笑笑，「錢呢？」

「你不用擔心，我有。」

這件事情，就這樣解決了。不過，這門生意華約希雖然拿出五萬塊錢來，但不算投資，而是低利貸款。韓師傅最初有點猶豫不決，原因倒不是由於懷疑約希這筆錢的來歷，而是擔心萬一有所虧損，如何歸還這筆欠款。

「那就等於我輸掉好了！」約希很輕鬆的說。

「哦，」韓師傅問：「你是贏來的？」

「可以說是贏來的。」

老技工想了想，又問：

「你為什麼不留給自己……」

「還有吶！」約希截住對方的話，坦誠地說：「弄這筆錢的時候，我就曾經計算過它的用途——我絕對不可以為自己，否則，我一輩子不會原諒自己的！」

結果，華約希遵守對自己的諾言，他再找到徐子斌，將餘剩下的錢拿出一大半來給他。

「不要多問。」他宣示道：「你就當作是那些照片的代價好了！」

徐子斌平日雖然無孔不入，挖空心思拚命去弄錢，但現在面對著約希剛從銀行裏提出來的那一大捆鈔票，反而變得有點膽怯起來了，他扭動著嘴唇，瞪著那捆鈔票，再望望約希的臉。半晌，才結結巴巴的說：

「這些錢，不會是你哥子，郎個——『汚』來的吧？」

約希很久沒聽人說過那個『汚』字了，他聽起來感到特別親切。

「你哥子放心。」他笑著回答：「汚是汚，不過是他們心甘情願拿出來的，絕對不會粘手！」

「……」

「究竟要不要？」

「用不著那麼多，」這位舞臺監督連忙表示：「大家一半一半！」

「都拿去吧。」約希摯切地說：「你不是一直想在中山堂搞一個大戲嗎？」

徐子斌正在想的，卻是廈門街菜市場附近的一間日本式小房子。是那種有八蓆、六蓆和四蓆半三間房間的那種格局，前後都有個小小的院子。他每次跟母親到菜場經過那兒，母親總是向他指指點點，叫他爭點氣，將來掙錢買一間這樣的房子；那天當他向母親透露，王小姐已經答應投資幫他弄一臺戲，翻著眼珠，扳著手指頭，用心算如果在中山堂連滿半個月，會賺到多少錢時，母親就曾經暗示過：聽說那間房子只要三四萬塊錢就買得到了。

「還不夠嗎？」約希看見他不響，於是問。

怎麼不夠？買了房子，還多出兩萬多塊錢呢，徐子斌打定了主意，開始變得活潑起來。

「夠了！」他說：「不過我，先聲明，賺到錢還是我們大家的！」

接著，這位演出人開始向約希擺他的大計劃，主角當然是請張丹妮和譚小生，最近譚小生又在鬧桃色事件，正好利用作宣傳。劇本舒宇拿過一半劇本費，只要收足另一半，保證兩三天之內可以趕出來。至於其他，只要現錢在手，根本就不用考慮。

「你呢？」然後他望著約希說：「你做演出人，我還是掛我的舞臺監督。」

約希笑著搖搖頭。

「不！你還是替我安排一個小角色──或者叫舒『伯納』多加一個，把他寫成小丑！」

「你渢什麼鑺子啊！我還想叫你頂第二男主角呢！」

「我？」

「假的！」舞臺監督做作地伸出手，說：「完全一表人材──」

「那是手錶的錶！」

「那麼謙虛幹啥子哎，」徐子斌滿臉真誠地接著說：「龜兒子騙你，張丹妮跟我提過十幾二十次，要我弄個什麼戲要跟你演對手呢！」

華約希想起有天譚小生在沙茶店裏，三杯五加皮之後便跟他引為知己，大談追妞兒的訣竅：不要「動」的，絕對要做君子，想「動」的，一開始就要做色狼。

「要不然，」譚小生習慣地瞇著他那副因睡眠不足而佈著紅絲的眼睛解釋道：「要想從君子這種形象轉變成色狼，是很尷尬的——我有過好多次這種經驗，結果只好跟她泡蘑菇，君子下去。」然後，他深深的吁了口氣，變得有點沮喪。「當然，那也不是絕對靠得住的——張丹妮就是例外，如果不是她，就是我，其中一定有一個人心理變態。」

約希記得張丹妮第一次望著他的樣子。

「我發覺自己很適合演反派。」

「你演反派？」徐子斌困惑地問。

「我剛剛演過好幾場！」約希自嘲地笑笑，「還相當成功呢！」

從約希到紅樓來找他開始，徐子斌就認定華約希的目的只是玩玩，並不是真的熱衷於戲劇工作；雖然張丹妮的確曾經這樣跟他說過，他只當做這是她對華約希發生興趣，要想去接近他的一種藉口。原因是華約希對她的反應總是曖昧不明，像是膽怯，又彷彿故意逃避，這對於驕傲好勝的張丹妮來說，就等於是一種侮蔑。

「什麼時候我們找老舒聊聊！」舞臺監督說：「讓他想個以反派為主的故事！」

「我是說著玩的！我要走了。」

其實徐子斌一心想早點趕到廈門街菜市場去，但仍然極有耐心地留住約希，談談這次約翰放假回來的事。至於戲的問題，既然約希再三推辭，他暫時不去勉強他，大不了將來給他個演出顧問之類的名義，或者乾脆就讓他做「贊助人」之一，反正贊助人的人數習慣上並無規定，只要在前頭用括弧註明是以姓名筆劃為序，便天下太平了。他提醒自己，別忘了加上王美寶的名字。

「我現在就去找老舒弄劇本，」他跟著站起來，「馬上就著手進行，明天早上我再去向你報告！」

約希馬上伸手制止。

「你籌備你的，別算上我！」

「真真假假，你哥子總得——」

「我反對，」約希正色道：「而且千萬不要告訴別人關於我的事！」

「你怕什麼！」

約希所怕的，是他可以預見，這個圈子裏——尤其是他四周跟他接近的人，會因而突然變得虛偽起來，這是他絕對不能忍受的，現在，他不想向徐子斌解釋。

「反正我不喜歡就是！」

他離開徐子斌，馬上到北門臺北郵局去，用郵滙寄了兩萬塊錢去給三舅舅；唯恐顧夢初發生誤會，他買了張郵簡，伏在櫃檯角寫了封信去說明這筆錢的來源：是「心安理得賺到的——雖然並不一定合情合理合法」，然後他草草地這樣寫：

「我提議你託人到鄉下去物色一個老婆，或者到新町（臺南的風化區）去花掉！哦，對了，索性再去環島雲遊一次如何——當然，你有權拒絕接受！退回來，或代我用相同方式花掉，完全悉聽尊便！」

跟著，他回到住所，將剩餘下來的錢，只留下幾百元壓口袋，全部交給阿吉伯夫婦當作預付房租和伙食的費用。阿吉伯認真的計算了一下，低喊起來：

「阿呢呵，你有租道已經交到民國幾年呀？」

「你們給我放心吧，」約希怪聲說：「我至少也會活到民國兩百年——哇呵，歹郎啦！」

阿吉嬸激動地笑著，一邊抓起圍裙來抹眼淚，一邊用臺灣話責怪約希做人沒打算：『賺溜溜，用溜溜』，結果連『牽手都走走去呀』！」

「我跟你存起來，」最後她說：「錢還是你的，要用向我拿！」

約希歪著嘴笑笑。好了，錢花光了——他非要快點將它花個精光不可，否則總覺得渾身沾滿了罪惡。走出巷子，他將雙手插進空空的褲袋裏，感到無比的輕鬆。

在路口，他忽然醒悟到：他並沒有打算到哪兒去，任何一個方向都是一樣的，他自由了！

第三十七章

那群鴿子在天空中旋飛……

華約希想：飛，就是鴿子的自由嗎？父親養的那對白燕在籠子裏，白燕沒有自由，牠們可能並不知道牠們失去了自由；他曾經仔細的觀察過，牠們叫著，跳躍著，還故意跳進那隻盛水的小瓷杯裏嬉戲，還親暱地互相輕喙著牠的伴侶，相偎在一起，牠們快樂嗎？

那在天空中旋飛的鴿子快樂嗎？華約希一點也不快樂。他不知道自己為什麼會那麼不快樂。

對面屋頂那個孩子仍然拿著那根竹竿在搖晃，那群鴿子拍打著翅膀，突然向反方向急轉，嘩的一聲從這邊的簷頂掠過……

不久之前報紙上登過一段新聞，說一隻從澎湖放出在風雨中迷途飛失的賽鴿，竟然在一個月後再飛回來……

這跟自由有什麼關係呢？跟飛，和快樂，又有什麼關係呢？

當天晚上，華約希便乘搭南下的夜班車。他並不是故意要去坐三等平快，只是那班車是他到車站時最快開出的一班車而已。

這班火車幾乎每個站都停下來，他曾經以為自己想去臺中的，臺中過了，他沒下。查票的時候，那位列車長機械地問他。

「補到哪裏？」

他聽出這列車長的口音和巷子口賣葱油餅火燒的那個老鄉很像——老黃也是這種腔調。

「山東人！」

「補到哪裏？」

約希想了想，決定去臺南。補了票，他把座位讓給一個鄉下老太婆，到車廂的另一頭去，和幾個山地人擠在一起。那兩個年紀比較大的山地人是紋臉的，身上發出一種混合著酒、烟草和類似魚腥的氣味，發現約希在注意他們，那年輕的憨直地裂開闊大的嘴笑笑，然後又開始咀嚼起來；他們嚼的不是檳榔，因為他們始終沒有將紅色的汁液吐出來過。

過了嘉義，約希和他們——尤其是那個眼睛大而淡陷，頭髮粗糙捲曲的小伙子——混得很熟了。約希向他學山地話，還抄在小記事本上。

這小伙子唸過四年小學，國語並不流利，而且有很濃重的山地音調，把臺東說成「代涷」。

「你有去過？」他問約希。

「沒有，」約希回答：「我南部只去過高雄！」

「現在，你去高雄？」

約希驟然被一種複雜的情緒所困擾，他下意識地向左邊靠窗的座位望望，那年老的山胞的頭垂在胸前，身體隨著車廂左右擺動，那是唐琪坐的位置。

華約希扭開頭，想擺脫這個思想。

「代涷很標亮！」

這山地青年的眸子和唐琪一樣，也是褐黃色的。

「我們住在鹿野。」

鹿野。那是一個很美的名字，相信也是一個很美的地方吧——唐琪有一股狂野而不馴的，帶點狡黠，帶點玩世的勁兒……

這山地青年困惑地停止咀嚼，望著他。

他永遠記得唐琪裸裎在他面前的樣子，自然得就像她本來就不該穿衣服的，沒有絲毫猥褻的感覺……

「什麼事情？」山地青年問。

約希自嘲地笑笑。他想，他可能在潛意識裏就打算到高雄去的；為了什麼？由於他失去了葉婷？不，他從未企圖在她身上得到什麼！也從未對她產生過任何慾念；他想念她，他享受這種痛苦的快樂。

因此，他感到寬慰，因為即使現在他是為了唐琪而到高雄去，亦或想念唐琪，也算不上是什麼不忠的行為，但他極力避免將她們兩個人去做比較，他認為這樣並非對她們不公平，而是對自己——他從來不會掩飾和克制自己的感情的；要愛，便坦然而盡情去愛；要恨，便毫不保留的徹底地恨。對他來說，唐琪與葉婷唯一不同的地方，就是前者會非常強烈地不斷地使他陷身於一種激情之中……。

他開始感到有點灼熱……

過了一個小站，天不知在什麼時候已經亮了，火車在瀰漫著晨霧的嘉南平原上逐漸加速……

窗內，是一張張困倦而陌生的面孔。

他忽然問自己，這次南下旅行，究竟跟那群在天空中旋飛的鴿子——跟那隻在澎湖風雨中迷失的鴿子，又有什麼關連呢？

到了臺南，他走出車站，三舅舅就在車站廣場對面那座古老的建築物裏。他肯定自己不是為了要見顧夢初而來的。去高雄嗎？去找尋唐琪和葉婷在哪兒留下的一點記憶嗎？

「我要去臺東！」

票窗裏的那位售票小姐打量了他一下。

「這裏沒有去臺東的班車。你要先到高雄，再轉車。」

這天中午，約希已經在開往臺東的公路車上。最初那段的路程，崎嶇而多塵土，景色荒涼，然後沿著美麗的海岸線向東北前進，經過一些與西岸迥異的小鎮，和山地村落；經過鹿野，他才想到自己是為了那幾個山地人才到東部來的。公路車站的旁邊，總有間鐵皮屋頂的小店，門口堆放著山地出產的冬菇和金針菜；掛滿了蘭花；屋椽上有兩隻飛鼠的標本，被小鐵鍊鎖著的小猴子不安地爬上爬下，幾個紋臉的老人蹲在屋腳吸著烟桿。陽光炙熱。鹿野跟東部其他名字古怪的地方完全一樣，給約希一種說不出的寂寞的感覺。

鹿野被拋在後面了，整個臺灣東部都被拋在後面了。第三天，他經過花蓮，再由蘇澳宜蘭繞回臺北。他是為了要「找尋」什麼而將臺灣繞了一圈，當他再回到小樓，發覺自己非但沒有找到——其實，他並不知道自己要找的是什麼？相反的，他卻非常確切的發現自己已經失去了一些什麼！那搖晃著竹竿的孩子並不在對面的平臺上，鴿子靜息在屋頂，天空上一片陰霾；臺北的早春總是這樣。

一種落寞而孤獨的感覺漸漸向他圍攏過來，最後終於將他緊緊的包裹住……

於是，那種要伸展，要掙脫，要飛揚的衝動瞬即又在他的生命中浮升起來了。不過，他覺得自己太疲乏了，他渴望有一次冗長而酣暢的睡眠，使他醒後能夠有充足的力量去蛻離過去的那隻「束縛」著他的「繭」。

飛，對於剛剛踏入二十一歲的華約希，純然是一個抽象的觀念，正如「自由」，他形容為「根，離開了土地，被吸進一個巨大的空虛裏去」一樣，有點近乎荒謬！

他再醒過來，張開眼睛，天藍得亮得好像一束束向四周發射開的虹彩，使他充滿了飛的慾望。他幼小的時候曾經幻想過自己的手臂會長出羽毛，不只一次的作過飛翔的夢，也曾經舉著老黃的油紙傘，從車房的頂上「飛」下來……。華家的人，對於這位五少爺能夠「飛」，從來沒有懷疑過，這是事實。而華約希現在，卻自覺像隻具有健全的翅膀而又飛翔不起來的家禽一樣！

風，使蒲公英在飛……

被人的手操縱的風箏，在飛……

氫氣球在飛……

不是這種「飛」！但，也不是蝴蝶、海鷗、老鷹的飛，因為那只是牠們基於生存上的一種本能而已！華約希的飛是不需要翅膀的飛——真正的飛！飛，就是飛！並無任何特殊的意義。

為了要越過內心這種無形的界限，他決心考驗一下自己；兩個鐘頭之後，他在朝風咖啡室的樓上見到徐子斌。

這位這兩天在臺北的晚報上出盡鋒頭的演出人穿著一套縫製得很合身的新西服，結著紅色大花闊領帶，神情非常愉快的坐在靠窗的位子上。

「你到哪裏去啦！」他熱情地站起來：「我到處打鑼來找你！坐下坐下！」然後舉起手，向那頭的女服務生招呼著：「小姐，再加一杯咖啡——咖啡好嗎？」

「熱的！」約希向那服務生說。

「對不起，因為我約了朋友在這裏！」

「談籌備新戲的事？」

「你沒有看報紙？」

「沒有！」

演出人有點失望。他隨即打開身邊一隻嶄新的咖啡色公事包，將幾隻顏色不同的紙皮夾子拿出來，隨手翻開其中的一隻，反過來攤到約希的面前。

「請你過過目！」他阿諛地說：「完全照你的吩咐，後臺老闆是誰，一個字都不提！」

約希翻了翻那些剪報的標題。

「這不算什麼，」徐子斌淡淡地說：「宣傳的高潮還在後面，再過幾天你就看到了！」

約希的目光停留在最後的一頁上，隨口問：

「就是宣佈女主角人選？」

「對！」

「你不是說要請張丹妮的嗎？」

徐子斌一邊收起紙夾，一邊解釋：

「本來是這樣決定的，不過，現在情勢有點變化！」

「她不答應？」

「不！」演出人抬起頭，「他們在擔心，怕她不適合演古裝，會把整個戲砸掉！」

咖啡送來了，徐子斌又看了看錶。

「你說他們，是指什麼人？」約希問。

「嗯……」徐子斌沉吟片刻，然後說：「當然是，這個戲的重要關係人——晚上我再慢慢告訴你！」

說著，他又瞟向梯口。上來的是一對情侶，他們選擇了另一個角落坐下。

「她沒有一次是準時的！」

「你約了誰？」約希問。

「張丹妮！是她約我的！」徐子斌忽然想起什麼，他定定的注視著約希，露出狡詐的笑意。「對了，這樣正好，等一下由你來應付她。我找個理由先走！」

「為什麼？」

「你先別管！這是政治作用！你隨便跟她扯。」

「那怎麼行！」約希叫起來。

「怕啥子？」徐子斌說：「反正她對你的印象很不錯——哦，來了！」

張丹妮站在梯口。她穿著一件白色的短大衣，黑絲絨的祺袍長長的，配上她那典型的遮掉半張臉的長髮，和那線條充滿挑逗性的紅嘴唇，表現出一種相當惹眼的、神秘的風味。

「嗨！丹妮！」演出人連忙站起來，熱烈地向她迎上去。

「哦，華約希也在！」他領著她回到桌邊，將自己那杯咖啡移到約希這邊，一邊說：

「妳坐這邊！」

張丹妮坐下來之後，向約希笑笑。

「好久不見！」然後向徐子斌問：「你們有事情要談嗎？」

「不，」約希連忙表示：「我沒事！」

「是我約他來的，」演出人說：「電話裏我告訴過妳，我怕萬一趕不回來，有人陪妳聊聊。」

「你真周到！」

「妳要喝點什麼？」

「你走你的吧，」她有意味地瞟了神情有點尷尬的華約希一眼，膩膩地說：「我們也許要換個地方！」

徐子斌矯飾地偏著頭問道：「怎麼，不等我回來？」

「不要裝模作樣了，滾吧！」

徐子斌陪著笑臉，站起來。

「丹妮，」他說：「妳相信我，我一定會盡量——盡我的能力……」

「不要顧慮我，」她搶著打斷了他的話：「我約你見面，就是要告訴你這句話——真的，我自己也覺得，我並不適合！」

徐子斌再度表明自己絕對支持張丹妮的立場，然後走了。離開之前，他慎重其事地向約希暗示道：

「約希，你陪陪張小姐，我儘快的趕回來！」

他下樓之後，張丹妮回過頭來望著約希。

「你真的沒事兒？」她問。

約希搖搖頭。她不響，打開皮包，拿出兩張鈔票丟在桌子上，隨即站起來。

「走，到我那兒坐！」

約希在遲疑，她接著半認真地說：

「你還以為他真的會趕回來嗎——去不去？」

張丹妮的家在牯嶺街的一條巷口，是一幢改建過的日本小木屋，玄關左邊的客廳和前廊打通，鋪上地板，而其他的地方仍保持原狀。從陳設上，可以看出它的主人是有點藝術修養的。

「隨便坐，」她將鑰匙放在門邊一隻長形的矮櫃上，一邊脫下身上的短大衣，「只有我一個人住，沒請傭人——你要喝什麼？」

「開水，茶也行。」約希說。

「酒呢？」

「那就要兒一點的——」

她從矮櫃的玻璃廚裏取出一瓶威士忌洋酒和兩隻杯子，對著約希在沙發旁的一隻矮凳上坐下來。因為旗袍的下擺太緊，她側屈著腳，替約希斟了大半杯，而替自己只斟上一點點。

「我不會喝酒的，」她說：「只可以意思意思——來，大家隨意！」

約希跟她舉了舉杯，她已經一口將杯子裏的酒乾掉。

約希笑起來。

「妳還說妳不會喝呢！」

「我就是這樣，」她真誠地解釋：「反正要喝的，就是毒藥，我寧可一口喝掉——現在沒我的事兒了！你自己喝，我進去一下。」

張丹妮再出來時，已換上一套棉質的便服，嘴上的口紅也擦掉了，樣子顯得很文靜。

「你看什麼？」她笑著問帶著輕笑的約希：「不同了？那是因為我把頭髮梳到後面去了！」

「妳應該這樣打扮！」

她笑著在約希旁邊的單人沙發上坐下來。

「我那樣打扮，不是給你這種年紀的男人欣賞的！」

「我二十一啦！」約希憨直地說。

「哦……」她笑得比先前更愉快，問道：「那你猜猜我有多大？」

「五十！」

「打個對折，」她坦率地說：「二十五！我比你大四歲。但是圈裏的人只知道我二十一，已經二十一好幾年了！」

「妳並不把我當做圈內人？」

「你是嗎？」她反問。

約希想起在臺上忘了臺詞那回事。

「小徐說，你還在唸臺大呢！」

「他還告訴妳什麼？」

「你的家，你的哥哥，你的私生活——跟女孩子同居的事！」

約希緩緩展露出他那特有的微笑。

「那麼，他把他所知道的都告訴妳了！」他說。

張丹妮蹙起眉頭，低聲問：

「這樣說，是真的了？」

「妳不相信他的話？」

「他十句裏也沒一句真話！」她說：「剛才我就知道他在撒謊——那女孩子真的只有十五六歲嗎？」

「是的！」

「還替你生了一個兒子？」

「對！」

「她把孩子丟給你，走掉了？」

約希本來想更正她這句話，但又改變了主意。他用平靜的聲音回答：

「差不多就是這種情形吧！」

張丹妮默默的注視著約希。半晌，才低下頭；突然伸手去拿起酒瓶，在自己的空杯上斟了半杯酒。然後，拿起酒杯，嘴角浮現出一層嘲弄的輕笑。

「那就是我！」她說。

「……」

她仍然注視著手上的酒杯。

「那時我只有十七歲！」她近乎自語地說。

「在大陸？」

「西安——你到過西安嗎？」

「最北，只到過上海！」頓了頓。他向她提議：「如果妳想喝，可以喝一點！」

她想了想，反而將那半杯酒放下來。

「現在那孩子呢？」她再度抬起頭來，問。

「在一個同學的家裏寄養。」

「男孩子，一定像你吧？」

「他不可能像我！」

「什麼意思？」

「他不是我的！」他強笑著說：「我跟她本就沒發生過關係呢！」

「啊……」她低促地問：「因為，你愛她！」

「除了這樣說，」約希回答：「還有什麼更好的解釋呢！」

張丹妮沒再說話，她拿起那杯酒，一飲而盡。因為喝得太快，她嗆咳起來。直至她的呼吸再順暢下來之後，她非常認真地說：

「我一直想找個機會問你——你不會知道，這件事對我很重要，謝謝你告訴我。」

「……」

「真的，我聽到你說——雖然你沒有說出口，但是我知道你愛她，我好高興！」

約希伸手去阻止她拿酒瓶。

「讓我再喝一點！」她懇求道：「我要敬你！」

「你不是說妳不能喝酒的嗎？」

「再喝一點點，半杯。反正我總是要醉的！」她開始有點昏亂，「即使你恨我——不！我是說：她！我也要讓自己醉的！你再看看清楚我！」她湊近他，黯弱地說：「我是一個沒有愛，虛偽、自私、毫無價值的女人！求求你，再給我喝一杯！最後一杯！」

華約希抓著酒瓶，憐惜地望著這個在另一面生活中顯得高傲而堅強的女人，想了想，他終於替她將杯子斟滿，然後看著她將這杯酒喝了下去。

「你自己呢？」她重重的放下酒杯，像是發現了一件什麼可怕的事情似的，指著他的杯子。

「你不能讓我一個人醉——華約希！」

約希陪著笑，把酒杯拿起來。但她卻伸手去按住他的杯子。

「慢著！」她不順嘴地說：「趁我還有點清醒，我要讓你知道！華約希！」

「是，妳說，我在聽！」

「你知不知道，你認識——不是認識！是你突然鼓掌的那一天！你忘了？」

「我記得，妳說！」

她深長的舒了口氣，自嘲地笑笑。

「從那一天，我就喜歡你！我只能說喜歡！我的愛都是假的！」她揮動著手，「是拿來換錢的！騙人用的——但是我真的喜歡你！你不相信？」

「誰說我不相信？」

「抓住我的手！」

「好，抓住妳的手。」

她的嘴角驟然因痙攣而扭曲起來。她哽咽道：

「我對不起你！」

「我是華約希啊！」他說：「妳真的醉了！」

「沒有，還沒有，」她重新振作起來，帶點羞慚地抽回她的手，訥訥地解釋：「你會成為一個好演員的，你可能自己不知道！真的，連這一次，我都想幫你，但是我的能力不夠！現在好了，」她苦澀地笑笑。「泥馬過河，連自己都給擠掉了！」

「沒那回事！」約希認真地說：「妳相信我——不是妳主演，這個戲徐子斌玩不成！」

「你說徐子斌聽誰的？」

「……」

「這小王八蛋有奶便是娘！」她詛咒道：「今天的徐子斌，可不是求爺告奶的，混個小場務幹的小徐了！他走狗運——碰到一個大戶頭支持他！」

華約希忍住笑，假裝驚訝。

「還替他在廈門街買了幢房子哩！」她繼續說。

「哦……」他真的有點驚訝了。

「你知道那老傢伙為什麼會支持他？」

「……」

「是為了要捧他的乾女兒做主角！」

華約希想起剛才在朝風徐子斌所說的話，把幾件事情連接起來，有了一點頭緒。於是說：「這樣說，他們早就已經決定了。報上的消息，只是一種手法。」

「這就叫做宣傳！」

「妳說的那個老傢伙，妳也認識的？」

「臺北的老色狼，我都認識！」她嘲弄地怪聲笑起來，然後，止住笑，變得有點心灰意冷，「藍琪我也見過，很年輕，長得相當漂亮——也許她真的比我更合適！」

「藍琪！」約希重複地唸著這個名字。

「有人說，她是唱歌的，我不知道！」

看見她在望，約希索性拿起空酒瓶來晃了晃。

「還有，我去拿！」說著，她用力撐著沙發扶手想站起來，但又頹然倒靠在沙發上。

「我真的醉了！」她喘息著說。

「讓我去弄塊濕毛巾！」

張丹妮連忙睜開眼睛，伸手去阻止他。

「不用了！」她笑著說：「你有事，可以走！我一醉就滿嘴廢話，讓我自己一個人唸個夠吧！」

約希溫暖地按住她搭在沙發扶手上的右手，深摯地低聲說：

「我想做一個聽眾。」

「傻孩子！」她扭過頭來盯著他望。然後，緩緩的將右手舉起來，溫柔的撫摸著約希的臉頰和嘴唇，從回憶中再喚回一點歡樂的意趣，「你跟他一樣年輕——如果一個人的初戀，在他長大成熟之後才發生多好！」

華約希用微笑安慰她。

「你說呢？」她深情地問。

「我不同意！」

「為什麼？」

「初戀的美，就是因為那個時候的愛，是純純粹粹的愛——透明的！沒有一點點雜質！」

她驟然情不自禁的把頭埋進他那溫暖而粗糙的的手掌裏，激動地飲泣起來。

「你說下去！說下去！」

華約希俯近她，用另一隻手去輕撫著她那沁著淡淡茉莉香味的頭髮。茉莉香味？這種情景？是葉婷還是唐琪？他忽然記憶不起來了。

當她再抬起頭，用焦渴而帶點迷亂的眼色去望著他時，約希剛要表示出內心的一點什麼，她驀然像是受到驚嚇似的向後退縮，掙扎著站起來。

華約希困惑地默默注視著她。

張丹妮用手在沙發背上支撐著自己，樣子十分淒楚。她終於軟弱地懇求道：

「愛我吧！不要像他們那樣——你說的，是純純粹粹的，透明的，沒有雜質的……」

「而且是永遠的！」

「沒有恨？」

「有！」約希肯定地回答：「也是純純粹粹的，透明的，沒有任何雜質的！」

「好吧，那麼也這樣恨我吧！」

華約希真誠地點點頭。

「再見！」他說。

這位美麗而又久歷風塵的名演員現在一如初戀的少女，用一種近乎夢幻的聲音問道：

「只說一聲再見就走了？」

華約希笑了，他走近她，輕輕的在她的唇邊吻了一下，把手伸在臉上，動了動手指。

「再見！」

「明天見！」她說。

徐子斌如約到約希住的地方來的時候，已經是晚上八點多鐘了。一見面，他連鞋子都沒脫，便用一種猥褻的眼色和聲調問正伏在矮几上寫什麼的華約希。

「怎麼樣？有沒有收穫？」

華約希歪著嘴笑笑，沒打算回答。

「不錯吧！」這位演出人彈彈眉毛，一手扶著牆，把腳提起來要解鞋帶。

「新鞋子，就這樣踩進來吧，」約希說：「反正明天要抹榻榻米！」

但徐子斌仍然把皮鞋脫了，然後提起公事皮包走過來，為了怕弄縐褲子前面的摺痕，他坐到窗臺上。

「我打電話到她家，」他繼續剛才的話題：「一聽，就知道你哥子手腳真快！她一喝酒，格老子絕對天下大亂，我領教過好多次！」

約希冷冷地學著他的腔調問：

「怎麼樣，不錯吧？」

徐子斌馬上舉起右手，做發誓狀。

「人格擔保！看都沒有看過！」他接著用慎重的語氣解釋：「我可沒有說她爛啊！她呀，褲帶子不是不可以鬆，要看人！要嘛，這個人她要利用；要嘛，她看了喜歡——像你哥子！我不是跟你說過好多次，一開始我就看出來，她對你有胃口！」

「那你現在機會可來了！」

徐子斌像是沒聽懂約希的話，約希補充道：

「她正要利用你！」

演出人矜持地摸摸領帶的結，做出一副嚴肅時神態。

「我就是為了這件事，」他小心地說：「晚飯只吃了一半，先趕來跟你打個商量！」

「跟『他們』一起吃飯？」約希有意味地問。

「嗯，好多人！還有幾個記者，幫忙搞宣傳的。」

「他們，已經決定了？」

演出人微微一怔，因為他已經敏感地覺察到約希——這位真真正正的「後臺老闆」，這句問話中所包含的某種特殊意義，於是隨即，過去拉過一隻墊子，對著約希坐下來，非常慎重地說：

「所以早上我在咖啡館，我就說一定要好好的向你解釋。張丹妮跟你說些什麼？」

「她什麼都沒說。」

「多多少少總提過幾句吧？」約希想了想，說：

「我只知道，她今天約你見面，是要告訴你她不想演這個戲。」

徐子斌很明顯的鬆下一口氣。

「你看她多聰明！」他笑著表示。

「她真的不合適演這個戲嗎？」約希認真地用一種帶點質問的口吻問道。

演出人先整理一下思想，然後解釋：

「不合適，只是一個藉口！她又不是沒演過古裝戲！」

「那問題在哪裏？」

「她得罪了新聞界的人！」

「哦……」

「她的作風，你不是不知道——太傲、太僵！該賣賬的時候她小姐不肯賣！」

「我不懂！」

「這個圈子本來就是這樣呀！一個演員，光靠演技，就紅得起來呀？」演出人怏怏地說：「人家捧得妳起來，當然也有本事砸得妳下去！」

約希摸摸鼻子，繼續問：

「這樣說，得罪他們，大概還是最近的事？」

「冰凍三尺，非一日之寒呀！」

「總是由一件什麼事情引起的吧？」

演出人嘆了口氣。

「你認識我們馬老大的？」

華約希在紅樓劇場見過馬克幾次。馬克只有三十上下，個子不大，給約希印象最深的地方，是他那被薰得蠟黃的手指，和那像是被釘在右唇上的笑容——約希後來發現那是由於他老是叨著半截香烟，因而不得不半瞇著一邊眼睛的關係；這跟老是走在他後面的小方相反，小方成天板著臉，好像誰都欠他的錢，而他也打算故意不去追討似的。每次他們到劇場的時候，無論前臺後臺，哥兒姐兒們總是裝出親熱的樣子向他招呼，很有點電影裏描寫北平天橋那股江湖味兒！直至約希知道他是一家晚報的影劇版編輯，看過幾篇他以「大名」這個筆名寫的影劇評論和特寫，才明白大家對他既畏懼又奉承的原因。總之，馬克就憑著他所把持的「地盤」，利用大部份圈內人自命清高的心理，很技巧的先在同業之間突出自己，再運用一點讓人覺得他「蠻夠義氣」的小手腕，終於把那帶有幾分霸氣的小局面建立起來。不知道是由哪一個戲開始，海報和宣傳品上便特意冠上他的名字，從此，似乎成了種規例，任何一部戲，都得把這位馬老大抬出來，安個名義；大家也見怪不怪，認為是理所當然的事了。

現在經徐子斌這樣一問，華約希馬上醒悟過來。

「你是說張丹妮得罪了馬克？」

「何止得罪，」徐子斌誇張地嚷道：「那簡直是——誰也沒想到！總之呀，馬老大說：你們只要用她，就別掛上我的名字；菩薩太大，他這間小廟，貢不起！」

約希仍然有點困惑。

「你不是說過，張丹妮是他一手捧出來的嗎？」

「所以馬老大才氣呀！」

約希沉吟半晌，認真地問：

「這個戲，你認為非馬克不可？」

「除非你不在乎見不到報！」

「我們一樣可以登廣告，最多登大一點！」

「你就沒想到各報的劇評？一起開罵，到時候免費在門口拉，人家也不見得肯進去看！」

「所以，已經決定換人了？」

「只有這個辦法！」演出人攤開手，笑道：「所以我說張丹妮聰明，自己先表示要退出，留點面子！」

「你早上留下我，就是利用我探探她的口氣？」

「真是好心沒好報——戲賠了也是你的呀！」

約希淡淡的笑笑。

「換誰？」他故意問：「白明夷還是黎虹？」

「你一定會贊成的，新人！」

約希記得張丹妮向他提起過藍琪，那麼與事實多少有點接近了，於是他很有興趣地接著問：

「挑得起來嗎？」

徐子斌露出一種玄惑的笑意，隨即從公事包將發新聞稿剩下來的幾張照片遞給約希，說：

「你看看，隨便照的。」

照片是四乘六寸的那種所謂「明星照」，有全身半身幾種款式，一看就可以猜出是美倫照相館徐三的傑作，不過，照片裏的那個女孩子的確長得很清秀：瓜子臉，眼睛長長的，兩邊眼角斜斜的向上彎，挺直的鼻子下面是一張小巧的嘴，要挑剔的話，只是下巴略為短了一點。但，卻因而添增了幾分嫵媚。

約希翻過照片，每張的後面都寫有「丁夢」兩個字，是徐子斌的斜體筆跡。

「這是她的藝名？」約希問。

「新起的，她原來叫藍琪。」

約希隨手再翻了翻照片。

「藍字筆劃太多，」演出人一邊加以解釋：「在以筆劃為序的排名上比較吃虧！丁字只有兩劃，而且好記，除非碰到姓一的，不然絕對排在別人的前面。」

約希不響，心裏正在盤算著要拿錢出來捧藍琪的那位「乾爹」的問題。

「你覺得怎麼樣？」

「她？看照片還不錯。」

「等一下你見到她本人，」徐子斌一邊收起那些照片，說：「你會覺得她長得比照片更好看——呃，我已經約了，一起宵夜，順便介紹你認識。」

華約希笑著搖搖頭，說：

「沒這個必要吧！」

「就是因為有這個必要，」演出人慎重其事地表示：「我才吃了一半特地趕來的——我想到一個非常棒的計劃！」

「……」

「既然要捧新人，為什麼不索性連男主角也捧個新的？」徐子斌興奮地比著手勢：「其他的配搭找硬裏子！把宣傳的重點整個放在這兩個新人的身上，天天見報，再故意製造點花邊新聞，絕對比用潭小生和張大牌更有吸引力！」

「另外那個新人也找了？」

「現成的——你！」

華約希楞住了。舞臺邊緣那排弧形強光燈泡很耀眼，他可以感受到它們散發出來的熱度，黑越越的白天；

白天只是劇本上的符號，黃豆在簸箕上滾動發出的雨聲；虛假的感情，曖昧而矯飾的言語，誇張的笑，眼淚是被藥油所刺激而流出的——當然也有例外：在死去的愛人的床前，使她悲慟的可能是那隻走失的小花貓。總而言之，一切都是不真實的，荒謬的，而舞臺下面那群隱伏在那悲劇情節後面，在那些事件發生現場冷眼旁觀的傻瓜們，卻在熱烈地鼓掌、叫囂、狂笑……華約希厭惡這種「人生」——因為在真實的人生中，他就曾經串演過這一類「戲劇性」的角色！

演出人的聲音突然滲進來：

「他們都說你有天分！」

第一個賞識他這種天分的人，可能就是張丹妮吧！

「你放心，我對你有信心！」

華約希自嘲地笑了。老天！我一直以為自己不用翅膀也飛得起來呢！

徐子斌已經站起來，他提起那隻公事包。

「就這樣！」他說：「我先去辦點事，準十一點，我們來接你！」

華約希仍然呆呆的坐著。

徐子斌趕回會賓樓，飯局還沒散。馬克已經有很濃的酒意，臉色慘白，額頭眉心上暴著一條粗粗的青筋，使他那雙本來微微凸出的眼睛顯得烱烱有神。侍者在樓梯口就吆喝著，引著徐子斌到小房間門口，撩開布門簾向裏面端正坐在大位上的馬二爺阿諛地報客人到的時候，馬主編正在向坐在他左邊的藍琪和另外幾位客人，眉飛色舞地講那年在北平聽裘盛戎唱那齣什麼戲：

「他老爺子背著臺，」他比劃著用一口道地的京白敘述：「肩膀跟著鑼鼓點子貼貼貼——就那麼一晃動，嘿！甭說別的，就瞧這份帥勁兒……」

這典故徐子斌至少也聽過三幾次，於是他打趣地擺出個工架，用滾動的聲音唸著走進來。

「空七一貼空七一貼——空空一貼空！看到沒有，連屁股都是戲呀！」

馬克樂了，他指著徐子斌。

「好好好，這小兔崽子！又出我的洋相！」

徐子斌打著哈哈在自己原來的位子上坐下來。

「我還以為你們走掉了呢！」

「別逗了！」馬老大粗著舌頭說：「您徐老闆不回來把賬結了，咱們走得成嗎？」

「要我請客啊，簡單簡單！」徐子斌有意味地壓低嗓門，用四川話向馬克說：「不過，等一下那一頓宵夜，我可要開公賬！」

馬克當然明白他這句話的含意，瞟了對座那兩位喝得滿臉通紅的同業一眼，趁著上甜品的機會，跟著徐子斌走出房間。

「人見著啦？」他問。

「嗯。」

「有沒有結果？」

「我約了他一起宵夜，」徐子斌說：「讓他見見小藍。」

馬克緊張起來，嚷道：

「可是我也約了董老頭呀！」

「老頭兒那邊好解決，他一晚上看不見小藍也死不了人的，我這邊比較要緊，等一下我還要先給小藍上一課，絕對不能穿幫！」

「這你倒不必擔心，就算我們想請老頭出面，他還未必肯呢！穿什麼幫？」

「小藍不知道他拿錢出來？」

馬克躊躇滿志地笑笑，狡猾地沉下聲音說：

「我不會幼稚到把底牌都告訴她吧！」

「唔，那我現在就跟她先走！」

「那麼……」

徐子斌沒讓對方先開口，已經將那隻裝著兩千元現鈔的信封拿出來，遞給馬克。

「在他們面前，」他阿諛地說：「等一下還是老大您付賬吧！」

馬老大隨手將信封揣進衣袋裏。作態地問：

「我一共拿過多少？」

「我有賬，」徐子斌拍拍襟，「將來再一起算！」

「今晚我們還要見面嗎？」

「太晚了，我們還是分頭進行，有事明天再說！」

徐子斌找個理由與藍琪先離開會賓樓，時間還早，徐子斌認為必須要事先跟藍琪取得默契，免致在華約希面前發生差錯，因此他們先到附近一家清靜的咖啡室去。

大概離開餐館之前，馬克已經向藍琪提示過，所以他們點了東西，那女服務生剛走開，藍琪便急不及待地問：

「那姓華的到底是什麼人？」

演出人點了點頭。

「馬大哥已經告訴妳了？」

「只說你要帶我去見他，」她接著問：「他真的那麼重要？」

他有意味地笑笑，顯然並不打算正面回答她這句帶有幾分天真的問話。

「小藍！」

「唔？」

「妳不知道，」徐子斌用一種莊重的語氣問：「這個角色本來是張丹妮演的？」

第一次被接去參加董柏基的飯局，在三輪車上小方就暗示過她，只是她證實這件事不是開玩笑，卻是「正正式式」的拜了乾爹，收了一千塊錢見面禮之後。

「我當然知道。」她說。

「那麼，妳又知不知道，為什麼要換掉她？」

「不是說她的古裝扮相不漂亮嗎？」

演出人笑著搖搖頭。

「那麼是為什麼？」藍琪詫異地問。

「……」徐子斌冷冷的哼了一下，一本正經的說：「因為她不肯脫褲子！」

她一怔。他接著用同樣的語氣說下去：

「所以我告訴妳，誰才演得好慈禧太后，誰才像珍妃，都是騙人的！」

「徐大哥！」

「不錯，妳現在正有一個可以竄上去的好機會！」

藍琪警覺地注視著對方，開始懷疑這位油嘴滑舌的演出人說這些話的真正用意，因而把正急於想說出口的話頓住。

演出人露出一種冷漠的神態，生硬地說：

「但是妳只能算是過了第一關！」

她像是受了污辱似的激動起來。

「徐大哥！」她急急地詰問：「你這話是什麼意思？你以為我跟——」

「那不是我的事！」徐子斌有條不紊地解釋：「我的立場是，我要每一個跟我合作的人都成功，我不能讓妳把事情弄砸了！」

「我？會把事情弄砸？」

「我沒有那樣說。我只是提醒妳，好好的應付後面這一關。」

現在，藍琪雖然開始相信徐子斌這番話是出於善意，但仍然未能了解他的真正意圖。

「我懂什麼！」她說：「徐大哥你得教教我！」

「這不是教不教的問題！總之，在他的面前，千萬別提起妳乾爹投資的事！」

「……」

「妳就裝作什麼都不知道好了！」

「那容易！」

「不容易的是，妳一定要讓他喜歡妳，至少也要做到他並不討厭妳才行！」

藍琪頓了頓，憂怯地問：

「他這個人是不是很難弄？」

「唔，看情形！」演出人誠實地回答：「他可能有點怪，但絕對不是個壞人。」

藍琪心裏想，她倒寧可「那姓華的」是個壞人，她覺得壞人比好人容易應付——她有過這種經驗！

第三十八章

華約希對藍琪——應該說對丁夢小姐的印象，比他原來的想像中要好；徐子斌很容易就看出來。而最讓他安心的，是藍琪表現得非常成功；無論舉止應對，都恰到好處，嬌媚動人，而帶有幾分矜持。

他們在圓環一家夜店裏，大家都多喝了幾杯酒。徐子斌的嘴始終沒停過，而藍琪卻很少說話，只是默默的坐在他們之間，偶爾向約希瞟一眼，含著一種會心的微笑，因為約希也是一個沉默的聽眾。

其實，這是徐子斌的一種策略。過了午夜兩點，他突然緊張地低喊起來：

「啊唷，已經那麼晚了！」於是連忙拍拍手掌，用臺灣話叫道：「——算賬算賬！」

「讓你破費了！」藍琪說。

「別這樣說，這是公事！」演出人隨即先發制人地問約希：「如果你閣下不反對，我明天一早就去發稿了？」

「你問我幹什麼？」約希笑笑。

「好，我有數了！」他接過食店伙計遞給他的一張小賬單，付了賬，然後先向藍琪使個眼色，接著說：

「你送丁夢，她家就在你附近——明天中午我們碰頭再決定好了！」

徐子斌走了之後，華約希回過頭來，定定的望著身材較為嬌小的藍琪。藍琪有意味地向他笑笑。

「妳不是住在我附近的？」他半認真地說。

「你住在哪裏？」她反問。

他隨手向右邊指指，說：

「妳呢？」

「剛好相反！」頓了頓，她坦率地說：「我知道徐先生的意思——去哪裏，隨你！」

約希意會到藍琪這句話裏的含意，而且徐子斌也曾經向他暗示過，只是他沒有想到她竟然那麼直截了當的說出口而已。

看見華約希沒說話，藍琪心裏反而踏實了，雖然她仍然摸不透他在想什麼，但，他並不討厭她，那是可以肯定的。於是，她主動的挽住他的手臂，挨近他說：

「如果我做主，你不反對吧！」

約希露出一種虛假的微笑。

「是徐子斌叫妳這樣做的？」

「他只告訴我，要讓你喜歡我——你喜歡我嗎？」

「妳覺得呢？」

她沒回答，急急的伸手招呼一輛經過的計程車。上了車之後，她向司機說：

「中山北路，一直走！」然後她把身體靠在他的身上，撫弄著他的左手。華約希一點也不喜歡自己正在扮演的角色！

「你相信嗎？」她忽然抬起眼睛望著他說。

「……」約希問自己：如果她說，她從來沒有對別的男人這樣過，他會立刻下車？還是馬上伸手到她的胸脯上面去？

「剛見面的詩候，我有點怕你！」

約希笑了，幸虧她沒有說出那句話。

「徐子斌還跟你說了些什麼？」他問。

「他說你有點怪。你是有點怪！」她回答。

「哪一點？」

「嗯，眼睛，不愛說話——我說不出！」

「現在呢？」

「現在是你有點怕我！」她很老練地說：「男人都是這樣！」

「都是這樣？」

「你沒有碰我！」說著，她主動的仰頭去吻他，喃喃地說：「其實，你不用擔心，我不會纏住你的，我不是處女！」

華約希驟然想起那個茶室女郎——就是那次他拖著約倫去見識時用一種職業性的聲音和動作纏住他的那個茶孃。他厭惡地要推開她，但一個怪念頭使他改變了主意。

「妳不是要我在車上跟妳做愛吧！」他低聲問。

她放蕩地尖聲笑起來……

車子到了新北投山腰一家溫泉旅館，進了房間，領他們進來的女侍應生還沒開口，藍琪便向她說：

「我們要住夜！」

「要不要叫點吃的東西？」女侍應生問。

「小的什錦火鍋，啤酒！」

那女侍應生離開房間，藍琪走近站在落地窗前的華約希，將雙手搭在他的脖子上。

「妳想問什麼？」約希平靜地先開口。

頓了頓，藍琪才認真的回答：

「你看我夠不夠條件，主演那個角色？」

「妳穿著衣服，我看不出來！」

她露出一種狡猾的輕笑，半真半假地說：

「我有把握，你不會失望的！」

「這就是妳的條件？」約希仍然非常冷靜的問。

「那你的呢？」

「……」約希笑了，「妳不擔心我會失信？」

「我非要冒這個險不可！」

「值得嗎？」

「那要看，我換到的是什麼！」

「妳就不考慮，妳失去的是什麼？」

藍琪嘆了口氣，自嘲地說：

「我本來就沒有什麼！」然後，她緩緩的把眼睛瞇起來，迷失在一個什麼地方。「就算曾經有——反正現在已經不重要了！」

華約希心中升起一種悲憫之情，同時也對這個女孩子產生難以言喻的憎惡；連在車上曾經被她挑逗起來的一點點情慾，也完全失去了。結果，當女服務生將茶水和兩套藍花紋而漿得挺硬的日式和服睡袍送來時，他趁著藍琪進入浴室的機會，偷偷的溜出旅館，返回臺北。

第二天一大早，徐子斌緊緊張張的趕到小樓上來，把約希搖醒。

「究竟是怎麼回事啊！」

華約希睡眼惺忪地瞪著他。

「我問你昨晚跟藍琪……」演出人故意把話頓住，窺察對方的反應。

「哦……」約希坐起來，打個呵欠，「她告訴你了！」

「昨晚就知道了——怎麼搞的嘛？」

「你以為發生了什麼事？」

「我不知道才來問你呀！」

「她沒跟你說？」

徐子斌吁了口氣。

「她只是哭，說是你丟她一個人在那家旅館裏。」

約希歉疚地低下頭，到底他並不是討厭藍琪這個人，當時心理上的反應，可能是因為被她所說的那些話而引起的；她看經說了些什麼話，他已經記不起來了。

徐子斌低聲試探道：

「你把她玩了？」

華約希淡漠地舉了舉手掌。

「那為了什麼呢？」徐子斌接著問：「你覺得她不行？」

「不！她很好！」華約希認真地回答：「幹這一行，她一定會成功的！」

演出人不敢相信地望著對方，怕他說的是反話。

「真的，」約希說：「而且我們已經講好了條件！」

「你是說，你已經答應了？」

「你們不是希望用她嗎？」

徐子斌鬆弛下來，露出寬慰的笑意。

「那麼下午就可以見報了！」他興奮地說。

約希笑笑，似乎已經看見馬克那份晚報上的大字標題了。他對自己這個決定一點也不覺得驚訝，反而有一種神秘的，類乎惡作劇的愉快感覺——並不單純是對藍琪，甚至是對他自己；或者就是對這件事。預見的悲劇，會承受到加倍的痛苦。但這是個預見的喜劇，不，是個帶點感傷意味的鬧劇。於是，他那特有的邪惡的笑意，又從他那微微撅起的嘴角流露出來。

「你自己呢？」演出人問。

「我當然要做另外一顆彗星！」約希一本正經地回答。

「好極了！藝名呢？」

「我永遠是華約希！」

「就這樣！」演出人站起來，「我現在就去通知馬老大。你別走開，我隨時跟你連絡。」

徐子斌走了，華約希還懶懶的躺在床上，考慮是不是應該先打個電話去告訴張丹妮？

最後，他放棄了這個念頭，他認為目前是一個最尷尬的時候。因為事實擺在眼前，被傷害的是張丹妮，只是在未讀到這天的晚報之前，華約希沒想到會將她傷害得那麼深而已。

徐子斌一直沒來過電話。十點鐘左右，他卻抓著一張油墨還沒有乾透的晚報影劇版大樣回來了。

他將那張只印了一面的稿樣攤到矮几上，得意地說：「你看看標題！」

華約希的目光落在副題上：那一排二號黑體字上赫然有張丹妮的名字。

「另外兩家也是頭條——但是要明天才能見報，」演出人解釋：「副刊娛樂版通常都是早一天發稿的，抽版好麻煩，完全是馬老大的面子！」

等到約希把整篇文字看完，徐子斌補充道：

「所以說，找他老大幫忙，在宣傳上就有這點好處！」

約希淡淡地笑笑，說：「張丹妮實在太傻了！」

「就是這句話，」徐子斌並沒有聽出約希話裏的含意，接著說：「其實，馬老大的作風，她應該比別人更了解的！」

華約希再看看那張大樣，慶幸自己剛才沒有那麼鹵莽的打電話去給張丹妮；但心中仍不免有點戚戚然，說不出是一種什麼況味。

也由於這個原因，他藉故推辭掉和他們去吃午餐，答應下午兩點鐘到約定的地方大家見面。據徐子斌的計劃，這個戲必須馬上推動，否則趕不上三月廿九日青年節的檔期，是很可惜的；所以這個約會，也就是正式的工作會議了。

當約希在樓下面隨便叫點東西當午餐的時候，張丹妮竟然打電話來了。

「恭喜你呀！」她在電話裏用帶有點點沙澀的聲音說，然後清了清喉嚨，抱歉道：「對不起，喉嚨有點不舒服！」

「妳看到報紙了！」

「剛剛看完。」

「……」約希頓了頓，說：「他們不應該這樣寫的！太過分了……」

「不！至少還登出了我的名字，到有一天，連名字都上不了報，那才悲哀呢！」

「……」

「約希？」

「我在聽。」約希應著。

她爽朗地笑了。

「別傻！」她說，「千萬不要為了這件事對我覺得有歉意，那是兩碼子事兒！」

「我知道，不過——」

「你什麼都不要說！對你，這的確是個很好的機會！」

「所以我不願意放過它！」約希故意再強調這句話：「為了妳，我絕對不會放過它！」

「你在說什麼？」

「我說，」他提高聲調：「我一定會成功的！」

張丹妮沉吟半晌，摯切地說：

「我相信！你會成功的。」

「丹妮！」

她緘默著，顯然仍在心中揣摩他那突然變得有點曖昧的語句。

「別忘了，」他認真地說：「公演的那個晚上！」

她不明白他指的是什麼。他接著說下去：

「我會帶酒來，讓我們好好的慶祝慶祝！」

「……」她終於說：「好的，我會等你。」

華約希如釋重負地掛上電話。

在整整兩個星期的排演時間裏，華約希對工作所表現的熱情和專注，使原來對他並不存有任何奢望的徐子斌和那位以詆損別人為樂的楊導演大感意外：才開始排地位，約希自己非但可以「丟劇本」，而且還能替其他的演員背出每一句臺詞。這一點卻是已經正式改名為丁夢的藍琪小姐最感困難的，她總記不住古裝劇那文謅謅而又夾雜著太多成語和虛字的語句；約希的熱心，她並不領情，經過幾次小小的磨擦，約希主動的改變自己的態度，對她保持著一個適度的距離，但絕無敵意。

至於丁夢，她一生一世也不能忘懷華約希那晚上在北投對她所做的那件事——對於她的自尊和信心，簡直是一種打擊和污辱。因此從他們再度見面開始，即使是在排演中，丁夢都極力刻意地顯示出那點冷漠和矜持；相反的，華約希卻表現得自然而友善，對於她這種含有些怨懟意味的反應，完全不以為意；他總是用沉默和微笑結束所發生的不快。

最後，連徐子斌都看不過去了，但華約希卻阻止他洩露自己真正的身分。

「為什麼？」演出人忿懣地說：「現在她連自己姓什麼都忘了呢！」

約希輕快地笑笑，說：

「藍和丁，都不是她原來的姓吧！」

「……」徐子斌困惑地盯著他，「我真的不知道，你要搞什麼鬼！」

「楊導演不是一天到晚要我們入戲不入戲的嗎！所以我學會了一點——觀察人性。」

「你騙不到我！」

「那麼只有一個理由：我喜歡她。」

演出人無可奈何地搖搖頭，真摯地說：

「約希，你相不相信？」

「她喜歡我？」

「你根本早就知道的！」徐子斌嚷道：「我始終懷疑，你們一定曾經發生過什麼事？否則沒有理由——你不覺得。她挺有女人味道的？」

華約希含著笑，摸摸鼻子。

「可能我忽略了這一點吧！」

彩排的那一天，丁夢像往常一樣，比通告的時間遲到了將近一個鐘頭。她是和董柏基一起乘坐他的大轎車來的；一下車，在中山堂側門等得臉色發青的徐子斌隨即掛上笑臉，把他們迎進去。

「快到後臺去化粧吧，」演出人向女主角說：「我陪董事長到前面坐。」

丁夢走進化粧間，所有的演員都已經化好粧，連戲服都穿著整齊了。她剛坐下，大鏡子上就反映出馬克臉色陰沉地走進這間專為主要演員使用的小化粧間裏來。

「馬大哥！」她不自然地笑著招呼。

馬老大沒反應，他生硬地向化粧師老文和那位梳粧師傅命令道：

「你們先出去一下！」

他們出去之後，馬克用力拉上小化粧間的門。然後，他向丁夢走過去，狠狠的摑了她一掌。

「妳這個賤貨！」他壓低著嗓門兒詛咒。

她駭然搗著臉，瞠視著馬克。

「我，我怎麼啦……」她顫聲問。

「妳跟他上哪兒去了？」

「一開始你就是要我陪他去的呀！」

「我叫妳陪他睡覺？他媽的！」

接著，他又動起手來。丁夢用手保護著自己的頭，悶哼著，極力不讓自己喊出聲音。直至他發洩夠了，演出人才匆匆趕進來。

「怎麼啦，老大？」他望望開始低頭啜泣的丁夢，於是阿諛地向馬克打圓場：「已經過鐘了，她還沒化粧呢！有事下了戲回去再說吧！」

小方也趕進化粧間來了，馬老大仍在發脾氣；徐子斌向小方使個眼色，讓他將馬老大拖到外面去。這樣亂了一陣，化粧間才平靜下來。

「好好的化吧，」演出人拍拍丁夢的肩膀，慰解她說：「來了一二十個記者呢——老文，動作快點！」

丁夢緩緩的抬起頭來注視著鏡中的自己。她咬著嘴唇，強自抑制著，然後她用手抹去淚痕，側過臉去看看左邊的臉頰，於是，她堅強地微微仰起頭來，向自己露出一個帶點嘲弄的冷笑，隨手將粉底用力的塗到臉上。

「紅了再說！」她不斷的警惕著自己。

當老文和那位叫做梁嫂的梳頭師傅移開身體，她赫然發現華約希就站在門邊，看樣子他一直都站在那兒，正對著她露出一個玄惑的微笑。

她故作冷漠地偏開頭，望到別的地方去。但華約希仍然在那兒站著。他們進來催過幾次，因為第一幕就有珍妃的戲。最後，她終於把粧化好了，管服裝的人趕著拖她到隔壁去上裝，當她經過約希的身前時，故意停下來，不甘示弱的問：

「華先生有什麼指教？」

「妳很漂亮！」約希說，嘴角帶著一層溫暖的笑意。

她嘟著嘴，沉默著，但目光仍停留在約希的臉上。

約希表現出一片真誠。

「不過，」他說：「還要有漂亮的頭腦，漂亮的手腕……」

「和漂亮的鈔票——對不起，我要去上裝了！」

「聽完這句話！」

她回轉頭。他接著說：

「成功容易！最難的，是失敗得漂亮！」

「神經病！」丁夢頭一甩，走了。

「清宮怨」彩排很成功。

馬克和徐子斌幾次專程趕到新竹去敦請重返藝壇的老牌名演員陸秋霞飾演慈禧太后固然全場觸目，最成功的應該是華約希和丁夢這對「新人」；華約希神態中的那種迷惘和悒鬱，正好幫助他「演活了」那荏弱而矛盾的光緒帝，丁夢則得助於她那楚楚可憐的古裝扮相。總之，他們的演出，的確是一新耳目。

在晚上「中興劇藝社」招待新聞界的宴會上，這對被記者們形容為「金童玉女」的年輕演員成為了被訪問的焦點；攝影記者不斷的要求他們做出較為親熱的姿態，為他們拍照。丁夢表現得非常合作，她主動的偎近華約希，笑得甜蜜而嫵媚。

訪問的過程中約希極力讓丁夢有更多的機會，直至問題開始落到他的身上時，他才輕描淡寫的回答他們的問題。比如對方問他「聽說你在唸臺大？」，他便張大了眼睛回答：「哦，像嗎？我唸『家裏蹬』！」

「聽說你是東亞紡織廠華家……」

華約希得意地笑起來。

「姓華的多得很呢！」他一本正經地說：「貴州銀子最多的華家也在臺灣——我啊，不怕失禮，我是個孤兒！」

大家怔住了。丁夢瞟了很神氣地將雙手插在西裝背心小袋子裏的徐子斌一眼。

「那，你幹戲之前……」

「我什麼都幹過！包括好多壞事！」

大家笑了。

「可不可以舉個例？」其中一位記者說。

約希想了想，把頭抬起來。

演出人急忙擠過來，向他提出警告：

「約希，別打胡亂說，報上要登出來的！」

「這就怪了！」華約希不以為然地問道：「你的目的，不是要做宣傳嗎？」

「是，不錯——」

「但是不要破壞我的形象！是不是這個意思？」

丁夢小姐忽然惡意地笑起來，笑聲裏攙有一點譏誚和輕蔑。

記者們困惑地望望有點尷尬的演出人。

「徐哥子，」其中的一個記者說：「如何？」

徐子斌連忙擠出一臉的假笑。

「你們急啥子！」他說：「我們已經油印了一份詳細的資料，怕還不夠你們寫啊！」

華約希瞟了丁夢一眼，然後以一種帶點調侃意味的口吻向那些記者們說：

「要登宣傳稿，還是聽聽我的，隨你們！」他輕鬆地攤了攤手。「其實也不要緊，你們很快的就會發現我是一個什麼樣的人！」

第三十九章

在華家，最先發現報紙上刊登出華約希的照片和消息的，是睡在門房裏面的小孫，每天清早，他總是習慣地將那一捲被報僮胡亂塞進信箱裏的報紙疊疊好，然後再交給老黃拿進客廳裏去。這天，當他無意間發現，幾乎每一份日報都登出內容大致相同的新聞時，他特意告訴這位老管家。

「五少爺又有大新聞了！」

「什麼新聞？」黃三豐緊張起來。

「喏，你看，還登那麼大的照片！」

華約希的名字出現在報紙上，已經不是第一次，尤其是最近這幾個月，他在廚房裏就聽到過約希在「唱什麼文明戲」的事。桂姐還幸災樂禍地提議過，改天抽空大家一起去看一場午場。這件事他也從薇薇的嘴裏得到證實，知道他只是演一個跑龍套的腳色，名字在那印得花花綠綠的電影廣告版上出現過好幾次。黃三豐雖然沒讀過書，但一二三四之類的數目字和幾個簡單的字卻認得清清楚楚，尤其是華家所有的人的名字，他還能寫出來。

現在，看見照片右邊標題上華約希那三個字登得那麼大，他嚇了一跳。

「他不是又結婚了吧？」他帶點驚慌地問小孫。

「不是！」小孫歪著嘴笑著回答：「這個女的呵，是跟他做戲的新明星——演主角呐！」

黃三豐見過那些戲班子掛頭牌的大角兒！她們穿著水獺大翻領的大衣，腿上蓋著一條紅色的金山毛毯，神氣活現的坐在兩邊黃銅車燈擦得雪亮的私家包車上，過大馬路或是轉角的時候，不停的用腳去踩那隻叮噹。不過，他知道這位五少爺不是什麼科班出身，充其量，最多也是上海大世界裏面的腳色而已。他就瞧不起穿西裝說白話的文明戲，連鑼鼓胡琴都沒有的，實在不成玩意兒。而且，他總覺得，堂堂體面人家的少爺，書不好好唸，去混這種「下三濫」的行當，實在說不過去。因此，當他侍候老太爺喝早茶的時候，華之藩先生剛拿起擱在一邊的報紙，他便用沉悶的聲音咕嚕起來。

「上面有五少爺的消息，還有照片哪！」

華老太爺一怔。

「喏，」老管家把事先摺好的報紙翻開，「您瞧瞧，張張報都有——在這裏，還有花旦……」

華之藩先生一聲不響，然後仔細的將這幾份日報看完，除了偶爾因某些字句而露出一絲幾乎覺察不出來的苦笑，神情上始終保持著他一貫的冷靜——近乎嚴肅的冷靜。最後，他小小心心的將最後一份報紙摺好，將它放到一起，再順手將茶盅拿起來，掀開盅蓋。

老管家實在按捺不住了，他生硬地說：

「您不會讓他幹這一行吧？」

華老太爺喝了口茶，輕輕的放下杯子。

「他不是要幹這一行，」他望了望老管家，沉靜地說：「我知道他想幹什麼。」

老管家沒敢再說下去。從主人的反應中，他再度發現到他們——老太爺和華約希父子之間那種奇妙的默契和關連，他現在這種神態，他就曾經不止一次的在約希的臉上看見過，那帶點倔強的嘴角，和那種深邃沉鬱的眼神。

半響，華之藩先生將視線從園子裏那棵老樹收回來，輕輕的吁了口氣。

「這個年頭，」他用很清晰的聲音說：「已經不作興什麼子承父業。年輕人嘛，讓他們自己去闖闖也好。你記得吧，那年我不是差一點就上洋船？」

老管家幾乎將那件事忘了，他慘澹地笑笑。

「我倒不是擔心這個！」

「我跟你不同。」華之藩先生說：「我擔心的，是我過身之後，東亞廠還能開多久！」

「您說這些話幹什麼！」

主人定定的望著這個跟隨了自己幾十年的老家人，認真地問道：

「他們一個個都是你帶大的，你會不知道嗎？」

老管家含糊地應著，一時不知道該怎麼說才好。

「你不知道，」老主人繼續說：「前一陣，我想把這個家分分掉！」

「啊……」

「既然我已經看出來，遲早也要散掉的……」

「老太爺！」

「我來分，至少他們兄弟姐妹之間還保得住一點點情份，要不然，將來大家全是仇人！」

「……」黃三豐大聲說：「我不相信，哪有這種事兒！」

華老太爺笑了，說：

「你會看得見的！」

一個不幸的預感瞬即在老管家的心中掠過。他忌諱地在心理詛咒起自己來——本來他想吐口唾沫的，但只用手掩了掩嘴角，算是做了這個可以將霉氣和不祥吐掉的迷信動作。

「您啊，不長命百歲就會活九十九！」

「我才不要受這個罪！」

生怕老主人再扯這些問題，老管家藉故向後面望望。

「他們快下來了，我到後邊去……」

「你別走！」老太爺叫住他。

黃三豐回過身來。

「薇薇最近怎麼樣？」老太爺問。

「哦，她呀！」他困難地回答：「還好。聽說下了班，還去學什麼梳記——也不曉得是什麼！」

「速記！」

「是書記！書記。」

「她真是很乖的。」老主人有意無意地問：「她今年幾歲了？」

「二十。屬豬的。」

約倫是屬牛的。做父親的在心裏一計算，才發覺老二今年已經三十歲了。他一直以為約倫只有二十七八呢！這樣一想，眉頭跟著緊緊的皺了起來。

「日子過得真快！」

老管家不明白主人突然問起薇薇的原因，這是從來未有過的事，因此心裏不免有點納罕和不安。記得黃薇搬到婦女會去住以後，有一天不知是為了什麼事，老太爺曾經問起過，但是語氣上不像現在那麼嚴肅——剛才叫住他，怕就是為了有關薇薇的事了。

「她一個人住在外頭，」老主人繼續說：「不太方便吧。」

「聽她說，是跟另外一位小姐住在一起的。」

華之藩先生點點頭，想問什麼，但又改變了主意。

「其實，」他說：「杭州南路老房子也空著，她不是可以住進去……。」

「那太大了！她只有一個人，住進去不嚇死她才怪！」

「如果——」

「用不著，現在她住的地方就很方便，我去看過。」

華之藩先生想到把後面打通的那一間再封起來，讓他們祖孫二人住進去，房子就算是送給他的。雖然這老管家的身體仍然相當健壯，但每當看見他連一些小事都跟傭人們搶著做時，心裏總是有一種說不出的歉疚。不過，他知道要說服這個倔強的老頭子退休，簡直是一件不可能的事；決定新東亞廠的人事時，他就有意安排他到廠裏去幹個閒差，目的就是讓他脫離「下人」的身分。但也為了這件事，黃三豐生了很久的悶氣，總認為主人家嫌他老了，結果他反而表現得更加勤快，最後只好順著他，大家都不再提起這件事，不了了之。

不過杭州南路老宅，倒不是現在才想到要將後座那一幢送給他的，只是擔心再發生類似入廠那種情況而已。就在華老太爺在斟酌用什麼字眼，去勸說對方「退休」，納納清福時，老管家說話了。

「我看，叫五少爺搬進去住，才是真的！」

華之藩先生搖搖頭。

「他才不會進去住呢！」他指指那幾份報紙，「你知道他在外面怎麼向人家說？」

「……」

「他說他是一個無父無母的孤兒。」

老管家驟然激動起來，急急地問：

「真是這樣說？」

華老太爺安詳地笑笑。

「太不像話了！」老管家咕嚕道：「一定要掌他的嘴！」

「不，他說得對！」

「啊……」

「我不怪他。」華之藩先生若無其事地說，「不過他們可有得吵了！」

黃三豐望望樓上。

「是不是把報紙收起來？」他低聲問。

「為什麼？讓他們看——我還想去買張票，看看這小赤佬怎麼作戲呢！」

黃三豐從老太爺的神態中證實他所說的是實話之後，心情鬆弛下來，會心地笑了。

「那我叫大小姐跟您去訂票。」

「不要！」華之藩先生說：「我自己去。我不想讓他們知道。」

家琬和家琨下樓來了，老太爺跟著站起來。

「叫老許準備車子。」

「您要出去？」老管家說：「您早飯還沒吃呢！」

「我只是到前面轉一轉，就回來的。」

華之藩先生有一個預感，以為在墳場會碰見華約希的。但，他在老太太的墓園裏坐了很久，沒有看見約希來。

這月份，正是臺灣的杜鵑花開得最濃郁的時候；墓頭青石牆頂上紫色的九重葛繁茂地散垂下來，有一種淒豔的美；記得上個月來，杜鵑初綻，葛枝上只結著像嫩葉似的花蕾，怪不得老黃時常在整理老宅小院的時候說：臺灣的土裏面一定滲有什麼東西，真是連鐵棒也會長出葉子來。在大陸曇花只作盆栽，院角那一棵，竟然長滿了半幅牆，年年都開花呢。現在，華之藩先生的目光落在老太太旁邊為自己預留的空地上，心中忽然升起一絲絲愁意。曾經有過一段時期——並不是由於中風，他對「死亡」發生過莫名的恐懼，但自從老妻故世之後，死對於他，卻變成一件極其平常的事：只不過眼睛一閉罷了！因此，這兩個月偶然一陣昏眩，他認為跟自己的年紀有點關係，完全不以為意。他瞇著眼睛，想像出以後那棵九重葛會在自己的墓頭長成什麼樣子？是不是要先搭個架子，好讓它纏伸過來。

於是，他特意走向石牆那頭去，站在那方空碑下面，仰起頭去望望天——自己躺在下面……

他馬上改變了主意。因為如果讓它盤過來，就會將頭頂上的天空遮住了。他要看見那些雲，那些星星。想到這裏，他似乎聞到稻稭和乾草的熟悉的氣味，來臺灣只是沒見過雁。也許有，但是沒有見到過。

他一低下頭，竟跌坐在地上。

他失去知覺的時間，只是幾秒鐘的事——甚至他清醒過來之後還有點懷疑，是不是因為自己的頭仰起來太久，腳步沒站穩的緣故；但，他再扶著身旁那塊光滑而沁涼的碑石要想再站起來的時候，卻費了好大的勁，呼吸也跟著緊促起來了。

等到他的呼吸完全平復之後，他凝望著自己扶著石碑的左手，石碑冰冷而堅硬；他意識到——非常明晰的，他已經在觸摸死亡的外殼。

他沒有絲毫驚懼，相反的，當他的目光向右邊移向老妻的墓頭，心中卻升起一種溫暖的慰藉，於是他掀動那略為有點僵硬的嘴角，露出一絲絲笑意。

「差不多了！」他喃喃的唸著，然後深重吁了口氣，真摯的用家鄉話向老妻說：「還是火速去辦辦，事體交交關關！」

回到車上，他吩咐老許把車子開到南陽街陳彥和律師事務所去。

一路上，他緊緊的抿著嘴，心裏一直在盤算遺囑上有關遺產分配的問題。這件事郭會計師曾經提供過如何在「遺產稅法」的條文上「保障」當事人的「權益」；而且還列出幾個不同繁榮方案，這份東西他還擱在櫃子裏，當時也只是約略看過一遍而已。老實說，真正讓他煩心的，倒不是被抽去多少遺產稅？而是究竟應不應該遺留下大量的金錢給兒女們？

上次動念「分家」時，他就私下列出過一張名單，如黃三豐、宋媽、公司裏那幾位重臣「親眷」、那個替他看守了幾十年廠房的老光棍邢福根、顧夢初，以及在事業上曾經幫助過他而目前景況並不很好的朋友；可惜就他記憶所及，有很多羈留在大陸，生死未卜，不過他認為也應當作個適當的安排，盡到自己的一點點心意。

到了事務所，陳彥和去立法院開會去了。聽那位態度拘謹的職員說，陳律師恐怕要到下午才回得來。

「如果事情要緊，」他慇懃地說：「可以叫人去告訴他，反正中山堂很近。」

「不用了，」華之藩先生說：「你只要告訴陳律師，有空給我個電話。」

由於對方提起中山堂，報紙上登的話劇演出地點就在哪兒。雖然他已經知道第一場演出的時間是明天，但仍特意吩咐司機到中山堂前面去彎一彎。在車子要轉出博愛路之前，竟意外的遇見黃薇站在左角那幢樓房的門前，正在低著頭在小手袋裏找什麼。

華之藩先生叫老許將車子停住，正要下車，黃薇已經發現了。由於車窗反光，最初她以為坐在車子裏面的是大小姐，及至看清楚下車的人是誰時，連忙挾著一種困惑而又有點激動的心情向車子走過來。

「老太爺！」她恭敬地招呼著。

華之藩先生將腳步停在那棵法國梧桐樹下，含著笑，定定的注視著容光煥發的黃薇。

「真巧，」他慈祥地說：「我出來的時候，還向妳爺爺問起妳呢？」

「最近忙，有好幾天沒回去了。」

「妳站在這裏幹什麼？」

「我的宿舍就在這裏面，」她回頭向婦女會望望，發現再折回去拿東西的蕭小姐還沒有出來。「上下班很方便，對面就有好幾路公車站。」

「唔……」

「老太爺出來有事？」

「沒什麼——上班的地方在哪裏？」

「中山北路。」

「我可以送妳。」

黃薇驚異地望著老太爺，覺察到對方似乎要想說什麼而又不便啟口，她馬上敏感的聯想到約倫的問題上，否則，他為什麼要問她的爺爺？問什麼？

這個問題，華之藩先生的確也曾經考慮過：約倫喜歡薇薇，從剛來臺灣開始，他就已經看出來了，直至約倫阿里山回來之後「吃錯了東西」，他才發現事情並不如他想像中那麼單純，也從薇薇不願接受公司的工作和堅持要搬出去住這兩件事情上窺出一個梗概。關於約倫的婚姻，華老太太在去世之前，就曾經向他暗示過，她屬意於千依百順的何小薏，而且認為有把握，可以說成功，因為配起相貌蠢鈍的約倫，多少有點「委屈了人家」。

華之藩先生自然沒有意見；但如果將小薏和薇薇比較，他卻寧可選擇後者。這是任何一個人都可以看得出來的，何小薏雖然性情溫馴，但充其量只是個稱職的少奶奶，而薇薇明理務實的優點，正好彌補約倫性格上的不足。他想到讓黃三豐早日退休，住到杭州南路去，跟這件事多少也有點牽連吧。

「來，上車吧！」

黃薇躑躅著。

「我還有一個朋友呢。」她訥訥地回答。

「男朋友？」老先生笑著問。

「不，女的，是同事——她出來了！」

黃薇唯恐華之藩先生發生誤會，連忙替他們介紹，並且解釋她們是合住一間宿舍的，只是沒把她想將蕭小姐介紹給約倫這件事說出來而已。

路上，華之藩先生隨口問她們一些工作和生活的情形，到了目的地，他隔著車窗叫住已經下了車的薇薇。

「明天晚上，妳有空嗎？」他慎重地問。

黃薇頓了頓，半晌才答上話。

「有，有的。」她有點緊張。

「陪我去看一場戲？」

「啊……」

「約希不是在中山堂作話劇嗎？就在妳住的地方對面。」

薇薇快活的笑起來。

「我知道，還有誰要看？」

「只有我，」老先生靦腆地清了清喉嚨，含糊地說：「我要看看，他在搞什麼鬼！」他忽然想起來：「妳有錢買票嗎？」

「有！當然有，我也正想看呢！」她說：「您知不知道入場的時間？」

「廣告上會登出來的吧！」

「那麼我先在門口等您。」

華之藩先生回到碧潭，正如他所料，連約姿都沒去學校，大夥兒臉色陰沉的坐在大客廳裏，看樣子他們似乎曾經為了約希的事爭論過。當他的腳步剛踏進來，便看見老大抓起一份報紙站起來。

「我們在等您回來呢！」他用沉鬱的聲音說。

老太爺瞟了最近很少到公館來走動的胡步雲一眼，從容不迫地向他慣常坐的那張單人沙發走過去。

約謀將報紙遞到父親的面前，報紙摺起了一部份，特意強調那段幾乎佔去一半版面的新聞和圖片，就是將約希的「身世」描寫得充滿傳奇色彩的那一份。

「報紙您已經看過了？」約謀說。

父親淡漠地點點頭，接過宋媽遞給他的茶盅。

「怎麼啦？」父親故意問。

他們對父親的反應感到有點意外，雖然他們也很清楚，他老人家平常總是不大願意將自己的喜惡表露出來的。只是現在他的神情，說是冷漠，卻透著一絲令人不解的喜悅。

約姿沉不住氣了。

「您有沒有看見嘛！」她不以為然的嚷著：「他說他是個孤兒呢——絕對是他自己這樣說的，否則人家記者怎麼可以隨便寫！」

「他沒說他是土匪強盜，已經算是對得起我們了！」老太爺望望滿臉陰沉的大少爺。

「如果他照實說，」父親用一種有稜有角的聲音說：「你們不是又覺得更加丟臉了嗎？」

客廳裏頓時落下一片寂靜。

父親輕輕的哼了哼，有意味地望著手上的茶盅。

「其實，他也真的像個孤兒！」說著，老先生抬起眼睛來向他們掃視一匝，心裏想：你們除了批評，抱怨，幾時真真正正的把他當作自己的兄弟看待？幾時真真正正的幫助過他？了解過他？

那天在大太陽底下，約希穿著一件鵝黃色的套頭毛衣，肩上搭著一件夾克，遠遠的離開他們，站在草地上用一種輕蔑的目光瞅著樹下面的人——這個印象，突然非常清晰的在華之藩先生的記憶中閃過。

「我也不了解他，」他感傷地說：「——你們呢？」

沒有人說話。

發覺約雯一反常態，悶聲不響的交抱著手，獨自斜靠在那張單人沙發上，父親試探地問：

「約雯，妳覺得呢！」

「我？」老處女乾澀地笑笑，「有什麼覺得不覺得，反正他也從來沒把這個家當家！」

「妙事！我還一直以為我們大小姐跟他站在一邊呢！」華約謀像是徵求大家的同意似的，跟著從牙縫中迸出聲短笑。

本來就在抑制著自己的華約雯開始有點冒火了，胡步雲知道，不是由於大少爺這句像是帶刺又像是開開玩笑自我解嘲的話，而是為了他。自從小玫瑰事件之後，這場冷戰就呈現著一種膠著狀態，好在他們之間從來也沒有熱過；平平淡淡，不溫不火，所以旁人還看不出什麼蹊蹺，唯一可疑之處，只是這位事務股長近來難得到公館來一趟；即使來了，也沒上過飯桌，虛應故事地上下晃了一圈，抿兩口茶，又人影不見了。今天早上，他倒不是為了報紙上約希的新聞來的。那是他們家的事！再說，他跟這位五少爺始終沒緣份，剛才當他接起那些報紙來看，心裏就有一種幸災樂禍的感覺。

就由於他這副「死相」，老處女額上那條她時常用面霜輕輕揉抹的青筋，又不自覺的暴起來了。她神經質地將捏在右手的小手絹換到左手上，瞄了笑完用細長的手指摸摸眼鏡的華約謀一眼。

「我現在呀，」她說：「哪一邊都挨不著——最好不要扯到我頭上！」

約倫一直低著頭，盤算著，萬一老太爺說：「老二，你呢？」他該怎麼說？不過他相信父親不會問這句話。不看他們，至少可以避免接觸到他們那種令他生厭的目光吧。

在華之藩先生回來之前，這幾位少爺小姐鬧歸鬧，目的至少是一致的，就是要對使家族蒙羞的老五做出一種能夠一勞永逸的制裁，免掉日後許許多多煩惱；總之，根據原則，考慮技術——當然還牽涉到老太爺的尊嚴和人情法理上的問題，最後的結論是：這次非要約希攤牌不可！既然他有膽量向大眾否認自己是華家的人（白紙黑字，還容他抵賴麼？）那麼他就有義務向家裏表明一下態度，因為「誰也不希罕他姓華！」他既然覺得做孤兒是他的光榮，那麼就讓他跟家裏一刀兩斷！出去光榮個夠好了！

「他不是喜歡在報紙上出鋒頭嗎？登報嘛！脫離家庭關係——廣告費我們出！」

最後他們興奮得好像華約希已經得到了報應似的，替他假設了幾種悲慘的下場，平平心裏的那股又恨又拿他沒辦法的寃氣。

但，父親的態度改變了整個情勢，現在倒像是他們幾個人反過來為難他了。於是，華約姿尖著嗓門兒嚷起來：

「你們究竟怎麼了嘛？做好人我也會啊！」

華之藩先生窺出了一點端倪，安詳地向一晃眼已經長得比誰都高的小女兒問：

「妳想說什麼？」

約姿賭氣地微微將頭向上一揚。

「就算是我一個人的意思好了，」她宣示道：「我主張叫老黃去抓他回來公審！」

「公審？」父親呵呵地笑了，「我們又不是共產黨！」

「我就說他像個共產黨！」

約姿這句評語勾起約謀心中的一點點隱痛——王美寶替他貼現的那一筆錢利息兩分半，要不是被這個「共產黨」攔腰敲了一記，後來程曼君突然忘了那宗「交易」，改變了主意，他也不至於因為手頭一鬆而把錢花掉。前兩天打完牌，王美寶就提醒他票子快要到期的事，心裏正在擔心對方肯不肯換票再轉一期呢！因此，他對約姿將約希比作共產黨，內心的怨恨總算得到了一點點補償。但，他卻裝作無動於衷地把眼鏡拿下來，用手帕輕輕的抹拭鏡片，一邊說：

「叫他回來問問也好，再不管他，怕將來真的會鬧出大亂子來呢！」

此語一出，場面跟著亂起來。華之藩先生好不容易才讓他們把聲音靜下來。

「其實，也用不著那麼麻煩的！」老先生用一種含有點兒告誡成分的聲音說：「而且，他還不一定肯回來！就算回來了，他不是一樣可以不說話——你們曉得他會這樣的！又怎麼辦？」

他們望著父親，等待他把話接下去。

華之藩先生想起到陳彥和律師事務所時在車上所想到的問題，忽然捉住一個連他自己都感到吃驚的怪主意，因此不自覺的發出幾聲短促的乾笑。他們盯著他，他安慰自己，有什麼值得大驚小怪的？假如早上他跌坐在墓園的地上，並沒有再甦醒過來……

「我倒有一個好主意！」他說。

「……」

「如果你們同意我這樣做，」父親繼續說：「我可以主動的寫張東西給他——投降？還是硬到底，正式宣佈脫離家庭？由他自己去決定！就給他這兩條路。」

他們怔住了。

華約謀的第一個反應，就是懷疑父親這個提議是否別有用意？但從老先生始終保持著這份異於平常的冷靜看來，又似乎與當他決定一件什麼重大的決策時的習慣相吻合；到底約希的所作所為，絕不是一件令他愉快的事情吧。於是，他矯飾地清了清喉嚨。

「試試看吧！」他不露痕跡的說：「不過，他照樣可以拖的！」

「我只給他一個期限！」華之藩先生用堅定的語氣表示。他感受到「時間」決然變成了一種可以看見可以觸摸的力量，把許許多多的事務壓縮在一起。

他清清楚楚的瞥見自己的「期限」，驟然間像墓頭那塊堅硬而冰冷的石碑一樣聳立在自己的前面。但，他沒有絲毫驚懼，有的，只是那一點點落寞和無奈。

「這也是一場戲！」他想，但願他能夠猜出它的結局：是悲劇？還是喜劇？但約希註定是演悲劇的——誰叫他一開始就演光緒帝呀！

園子外面傳來喇叭聲，是陳律師趕來了。當他接到事務所打來的電話，就想到一定有什麼不尋常的事，不然華老太爺不會無緣無故親自來看他的。

進到客廳，他證實自己的想法沒錯。

「對不起對不起，」他向華之藩先生抱抱拳，「早上正巧有個會，電話一接就來了！」說著，他笑著向約謀等人招呼著：「都沒出去啊！」

包括華約謀在內，華家小的一輩對這位老律師熟識的程度，並不比今日在臺灣的像何家和虞家這種「親戚」之下；他們對他的印象，差異上只是服飾的不同而已，現在的「陳伯伯」，竟然也像那些後生小子一樣，結著寬寬的大花領帶，袖口的金屬袖釦半露在外面，而在大陸的時候，他總是喜歡穿著長衫和格子紡的短衫褲，冬天的黑色板絲呢大衣，也是中式的，樣子好怪。當東亞廠隨政府遷臺那一段最艱苦的時間，假如不是他幫著向政府財經部門和有關的輔導單位爭取到貸款，今天的東亞廠真不知會變成一個什麼樣的局面。因此，有一陣他是華家的常客，直至他的眷屬從廣州經香港來了臺灣，他仍然在年節和華家兩老的生日不請自來；即使碰巧因公出國或未能參加，也會備上賀禮，另函致歉，非常周到。

現在，約謀他們都禮貌地站起來了。他正想打趣地問今天家庭會議的題目？華老太爺已經開了口。

「彥公，我們到裏面談！」

「陳伯伯請！」約謀向後退開一步，向陳律師欠身說。

兩位老人家進了書房。

「開院會麼？」華之藩先生隨口問。

「臨時會，」老律師說：「最近的事也多！一江山，大陳撤退，大家正在研究『中美共同防禦條約』換文和中美聯防軍事會議的事！」

「臺灣有問題？」

陳彥和爽朗地笑起來。

「要是有事，」他說：「那年古寧頭就統統泡湯啦！還有今天？現在呀，才是真真正正踏踏實實的時候，我正在勸那些在國外的老朋友回來搞點事業呢！」

「前幾天我也讀到過老先生的文告。」

陳律師接過宋媽送進來的茶，向窗外望望，然後低聲問道：

「找我有事嗎？」

華之藩沉吟片刻，抬起頭來說：「還是上次的那個老問題！」

「為什麼那麼急？」

「反正遲早也要辦的。」

「要分？」

「不是現在，」華之藩先生說：「現在先把它立好了再說。」

桂姐把在後屋從許司機嘴裏聽來的消息帶上樓的時候，他們正在起坐間裏談論這件事。約姿幾次要想藉故下樓去偷聽，都被約雯制止；結論是父親剛才說要寫張什麼東西給約希攤牌，倒是早有計劃的了？

「那麼老太爺去找薇薇幹什麼呢？」

「許司機講格，」桂姐尖著嘴唇解釋：「伊聽見老太爺要薇薇明朝陪伊去看戲！」

「怕不是看戲，是去找老五吧！」大少爺冷冷地說。

「我們要不要也去看看？」約雯提議。

約謀馬上反對。

「不要！」他說：「老太爺既然不要讓我們陪他，一定有他的道理，我們就假裝不知道好了，反正就是那麼一件事——誰去公司？」

約倫跟著站起來。

「小胡你呢？」

胡步雲正考慮用什麼理由留下來，約雯已經提高聲音搶著說：

「我搭你的便車出去！」

很明顯的，大小姐有意冷淡胡步雲，做給大家看；事實上他們之間的事，正如大哥和大嫂的情況一樣，大家心照不宣，懶得過問。因此大家也沒在意他什麼時候已經跟下樓來——只有大少奶奶程曼君冷眼旁觀，看得最真切。

等到他們統統走光了，小廳裏只剩下她一個人仍呆坐在角落那盆萬年青旁邊的沙發上，她想起胡步雲剛才眼睛裏所蘊藏的那點委屈和無奈，不禁深長的嘆了口氣，發出兩聲短笑。

她不是嘲笑胡步雲，而是對自己。

第四十章

華約希比通告的時間早一個鐘頭進入那間小化粧間，第一眼便看見一隻很精緻的玫瑰花籃擱在鑲有一圈白膽燈泡的鏡臺上，打著花結的紅緞帶上，竟寫著他的名字：預祝「演出成功」；但，他找不到祝賀者的落款。通常，緞帶的另一邊，總寫有對方的名字的。

他用手摸摸那沾著水滴的紅玫瑰，想了想，忍不住笑了。他知道是誰送來的。

進來經過正門的時候，他已經看見門廊前面擺滿了大大小小各式各樣的花藍，和那些臺灣特有的竹架大花牌；中間一個大「祝」字，寫著「丁夢小姐光彩」「某某公司有志一同」之類的臺灣式文字。他知道準是徐子斌和馬克不知道從什麼地方弄來的。其中當然有些也將他的名字帶上，但大多數以丁夢為主，尤其是入口兩邊，那兩排足足有人那麼高的大花籃，整整齊齊的排列著，場面相當神氣。

現在，他故意摘下其中一朵他認為最漂亮的，小心的放進他揹著的那隻軍用帆布袋裏，然後開始專心地化粧。等到丁夢由馬克和徐子斌簇擁著進來的時候，他的粧已經完全化好了。

徐子斌穿著一套筆挺的米色凡力丁西服，滿面紅光，連他那兩片原來烏黑烏黑的嘴唇，都泛出一層紅潤的光澤。他走近已經站起來的華約希，親暱地用拳頭在他的胸前捶了兩下。

「格老子，」他快活地說：「等一下看你的囉！」

約希發現鏡子裏的丁夢小姐浮出一絲輕笑。

「有得你們瞧的！」約希有意味地打趣道：「你龜兒千萬別眨眼睛，一錯過就沒機會了！」

接著，擁進來一大群記者。顯然這又是馬老大安排好的，鎂光燈泡嗶嗶噗噗的響了一陣。

「給我們男主角也來一張！」演出人很知趣地將他們推向約希這邊來。「約希，來個一號表情！」

華約希記得曾經看見過一張美國在二次世界大戰時徵兵處印發的宣傳畫：山姆叔叔用手指著鏡頭——就是看宣傳畫的人，文字是「國家需要你」。他對這張畫的印象非常深刻。因此，當他們將相機的焦點對準著他時，他決定也來這一套。

「準備好了沒有？」他向他們問。

「來！」

「一二三呀！」他露出他那種典型的狡猾笑意，擺出預備姿勢。「一二三——你們上當了！」

他們就在他指著相機時按下快門。他的動作引得他們笑起來。

「這小子有兩手！」不知道誰說的。

「何止兩手？」約希半真半假地嚷道：「我保險這張照片你們要做頭條！」

這個時候，感覺到自己受到冷落的女主角突然尖聲叫起來。大家回頭去望她。

「那麼漂亮的花籃，」丁夢用調侃的聲調問約希：「是誰送的呀——怎麼連名字都沒有？」華約希聳聳肩膀。

「是我送給我自己的，」他說：「算是給自己一點鼓勵吧！」

生怕發生什麼不愉快的事，演出人向馬老大使個眼色，隨即把話題引開了。於是，約希過去拿起他的揹袋，到服間去，把戲裝先穿著起來，然後將換下的衣物塞進揹袋，走進休息室。

由於這個戲演員眾多，而且是第一天上演，後臺顯得格外混亂。華約希挾著一種微微帶點緊張和激動的心情，不斷的看錶。直至距離上戲的時間只剩下二十分鐘時，他冷靜的提起揹袋，由廁所旁邊悄悄的跑出外面的甬道，由邊門走出中山堂。在秀山街靠中華路的街口，他跳上一輛三輪車。

「走，泉州街！」

那外省籍的三輪車伕傻傻地盯著他笑。

「快走呀！」

那三輪車伕樂了。

「真有意思！」他騎上車子，一邊用力蹬，一邊說：「我還拉過一趟客人，那先生走私；給太太抓到了，那太太真兇，怎麼求她都不肯給他先生穿上褲子！」說著，他回過頭來望望穿著古裝的華約希。「幸虧是在晚上呀！要是白天？乖乖隆的咚——那可熱鬧了！」

約希陪著他笑。他要把這個笑話告訴張丹妮。他相信今天晚上張丹妮一定待在家裏。

一路上，這輛三輪車頗引人注目，好在在臺灣對於迎神出殯的場面大家已司空見慣，而且所經過的都是一些比較僻靜的馬路。到了泉州街，約希發現張丹妮家裏黑漆漆的。

「你先別走。」下了車，他向車伕說：「如果不在家，我就跟你租鐘頭好了。我站在這裏等，不把人嚇死才怪！」

門鈴響了幾下。

「可能已經出去了。」約希回頭望。那車伕已經將車子移靠在竹籬旁邊。

裏面的門燈突然亮了，是張丹妮的聲音：

「誰呀？」

「光緒皇帝！」

「誰？」隨即紗門的聲音響起來，有急促而細碎的腳步聲跨過小院，把大門打開了。

約希故意端著架子站在門外。

「噢……」她低喊起來，雙手抓著剛剛繫上的睡袍的腰帶。

「可容朕進去坐坐麼？」

她興奮地靠近他，把左手圍抱到他的腰上。看見他們跨進門，這位健談的車伕提醒約希：

「萬歲爺，您的車錢還沒賞呢！」

華約希忙亂了一陣，從帆布袋裏取出綴成一堆的褲子，付了車錢，才擁著張丹妮進去。在靠牆的那張長沙發上坐下，張丹妮醒覺地望望對面矮櫃上面的座鐘。

「不是要上演了嗎？」她緊張地問。

約希將她拉回自己的身上。輕笑著說：

「早吶！」

「不是七點一刻開？」

「不去管它。我剛才還以為妳已經……」

「究竟怎麼回事？」

約希定定的望著她，露出一絲笑意。

「我不緊張，妳緊張什麼？」

「已經七點十分啦！」

「改了！」

「改？改到什麼時候？」

他伸手去拿起那隻揹袋。

「誰知道！」他輕鬆的回答：「他們在等一個主要的演員。」

張丹妮試探地問：「藍琪？」

約希忍不住笑起來。他故意閉起眼睛，要想像出藍琪，和馬克徐子斌他們的樣子。張丹妮的嘴緩緩的張成一個圈，用一種低沉的聲音問道：

「不會是你吧？」

他做了一個鬼臉。

「答對了——有獎！」他大聲嚷，然後緊緊的抱住她，吻她。

她掙扎著擺脫開。

「你怎麼可以這樣！」她扯著他身上這件銹花戲裝，呵責道：「那麼他們找人頂也不行呀！」

「對！」約希誠實地點點頭：「他媽的太對了！」

頓了頓，她繼續用原先的那種語氣問：

「你是存了心的？」

約希用他特有的微笑作為回答。

「為什麼？」

「妳！」他真摰地說：「和我！」

「……」

「這一下，我們統統出名了——妳知不知道，明天報紙娛樂版的頭條標題怎麼寫？」

「明天！明天他們要殺你呢！」

「不會！」

「不會？」

「因為我是這個戲的……」他隨即改口：「說它幹嘛——我們談談天，談談現在！」

「……」

「好久不見！」他真摰地抓住她的手，說。

從這天的黃昏開始，張丹妮便陷於一種說不出什麼滋味的情緒低潮中，她已經兩天不敢翻開報紙，本來決心搭早車下臺中去散散心的，結果一直賴在床上，連午飯都沒吃。剛才，她便躲藏在黝暗的臥房裏，聽中廣的實況轉播——

其實，她並非存心去聽，只是當她避開那像是比賽唸急口令的廣告詞兒想轉到那家正在播放音樂的電臺時，碰巧正在介紹這個戲的演員陣容，也碰巧正在說到華約希的名字，當時她的感覺就像剛才她打開大門發現約希一樣，似乎那是虛幻的，不真實的，但浸潤著使人沉醉的甜蜜。

現在，他又說話了：

「妳好嗎？」

張丹妮激動地重新投身入約希的懷裏。

「等一下等一下，」他的嘴仍然停留在她的唇邊，說：「讓我換掉這身衣服——尤其是這副領子，像長著刺一樣！」

她坐直身體，讓他站起來。

他的手指著那隻揹袋，向兩邊望望。

「如果怕我看見，」她媚笑道：「就到我房間裏去換好了——喏，那間。」

他嘟嘟嘴，最後還是進了她的臥室。臥室仍然保持日式房子十蓆主室的格局，只是紙門拉屏改了。裏面有一張矮而寬大的彈簧床，柔和的床頭燈光下，顯得那藍色調子的被褥有點亂，空氣中似乎仍殘留著女性誘人的體溫和一點幽淡的香味。

約希先把身上的古裝戲服脫下來，然後從帆布揹袋中拿出原來的棉毛格子襯衫和褲子。一轉身，發現張丹妮已經站在臥室的門口，嘴上含著一個很明顯的，充滿了情慾的微笑。

他默默的盯著她。

她不響，左手抓著睡袍的腰帶。

華約希隨手丟開手上的衣服，將揹袋裏一瓶用報紙包著的威士忌酒拿出來。

「啊……」

她激動地撲向他，使他立腳不穩仰身跌倒在床上，她那鬆脫的睡袍使他接觸到她那顫動而灼熱的胴體，那被長期幽閉的慾望驟然在約希那充滿活力的體內燃燒起來了，他近乎癲狂的撫摸著她，直至她雙手緊抓著他的頭髮，在窒息中喊出聲音來的時候，他才發現她的外袍鬆脫，完全裸裎在自己的面前。

她劇烈地喘息，笑道：

「你真瘋！」

「我沒說我是正常的！」於是他忙著在床上找尋。「我那瓶酒呢！」

酒找到了。

「我去拿杯子！」

他拉住她。他發現她有一個很美的身裁，腰細細的，不同於葉婷和唐琪，她具有一種成熟的婦人的風韻。

發現他盯著自己看，她帶著羞澀地用手遮掩著小腹。

「你看見過嗎？」她問，聲音清越而溫柔。

「見過。」他毫不畏縮地回答。

「也玩過？」

他誠實地點點頭。

「這樣最好！」她笑著拍拍他的手背，要再站起來。「我去拿杯子！」

他用力將她拉回自己的身邊。

「不用杯子，我們就拿著瓶子喝！」他一邊旋開酒瓶的蓋子，一邊說：「妳不是說過，想痛痛快快的大醉一次嗎？」

「一瓶酒？」

「妳客廳的酒櫃裏還有吧！」

「當然有！」她忽然注視著他的眼睛說：「約希！」

「唔？」

「你一開始，就計劃要這樣做的？」

「對妳？」

「……」她笑笑，「對這個戲。」

「不錯！」他肯定地回答。

「為什麼？」

「啊——」他苦惱地懇求：「別殺風景吧！」

「整個戲院在等你呀！還有那麼多觀眾！」

華約希獰笑著，舉起酒瓶。

「為他們乾一口！」由於喝得太猛，他被嗆住了。他把酒瓶遞給她。

「輪到妳。」

她想了想，摯切地把酒瓶舉了舉。

「為你！」

「怎麼不說為我們？」

「好，」她順從地再舉舉瓶子。「為我們的今天，乾一口。」

「明天呢？以後呢？」

她感動地靠過去吻了吻他。

「那等我們醒後再說吧！」

「對的！」約希快活地說：「讓我們把什麼都丟開，好好的喝，好好的談談話，還有，好好的——做做愛！」

「你呀！」

「然後，醉它三天！」

他又把酒瓶高高的舉起來。

在中山堂。

預定上演的時間已經過了四十分鐘了。前臺鼓噪得越來越厲害。負責接待「貴賓」們的馬克三幾分鐘就跑進後臺來看看消息，但每一個角落——他可能到的地方都找遍了，仍然找不到約希的人影。最糟的是，他把戲裝也穿走了，否則，至少還可以用一個什麼特殊的理由（比方宣佈華約希突患急病或發生車禍之類），臨時抓一個什麼人來頂替。最後眼看時間太過迫切，管服裝的老沈想到一家什麼公司曾經籌備拍攝一套清宮戲，後來戲沒拍成，服裝可能仍然留在那裏。這提議雖然渺茫，也只好死馬當活馬醫，馬上派人去找找看。

八點了，連電話也沒打回來過。

馬克最後一次跑進後臺，由於生氣，他臉頰上那幾塊肌肉痙攣著，嘴角雖然仍保持著他那種醜陋的冷笑，但從他那雙並不完全因為睡眠不足而發紅的眼睛中所顯示出來的，他的身體，就是一團炸藥。

後臺馬上沉靜下來。

演出人剩下的最後一點點鎮定也失去了，他下意識地用手帕抹拭著手心的汗液，用一種可憐兮兮的聲音向即將爆炸的馬老大求援：

「老大，喳辦？」

馬克哼了哼，誰都沒料到他臉上的表情會變化得那麼快，他向徐子斌歪了歪頭，先走進那間小化粧間。丁夢跟著他們走進去，等原來在化粧間裏的人知趣地離開，再關上門，馬克才沉肅的說：

「去宣佈退票吧！」

女主角咬著嘴唇，把臉撇過去。

其實，這個決定是不可避免的。當大家發覺華約希真的失了蹤，徐子斌就有個不幸的預感；不過他不斷的安慰自己，到底約希是拿錢出來投資這個戲的，而且從籌備排演的過程中，他表現得非常認真，直至現在，他還找不出一個使自己信服的理由，解釋約希為什麼會做出這種莫名其妙的事。

「快去吧，」馬克催促道：「難道還等觀眾砸戲院子不成！」

徐子斌不響，剛轉身，馬克又叫住他。

「不過你先到那裏去抓一萬塊錢現款回來，」他說：「我已經在票房提了一萬塊錢——後臺的開銷，讓我來對付了！」

演出人似笑非笑地翻翻眼睛，退身出去，再輕輕的替他們拉上化粧間的門。丁夢這才哭出聲音來。

馬克走近她，歪著腦袋笑著說：

「他媽的妳真是個傻×！哭個什麼勁兒？這種宣傳的機會，你花多少錢廣告費也買不到呀！」

丁夢困惑地回過臉來望馬克。

「不信？」他很有把握地說：「妳等著瞧！」

華之藩先生和黃薇直至觀眾走了一大半，他們才離開座位。外面亂成一片。由於退票的原因在抬到臺前的告示牌上寫的是「因故未能如期演出」。而由麥克風播放的解釋又讓觀眾騷亂的聲浪蓋住了，唯一弄明白的，就是那位嗓門不小的舞臺監督再三宣佈：「不願退票的可以保留票根，明天仍然有效。」

所以薇薇在外面問老太爺要不要退票時，華之藩先生笑著回答：

「我們不是要看看老五的嗎？」

「那麼我們明天再來，」她說：「我想辦法再換換前面一點的位置。」

華之藩先生曾經想過要彎到後臺的出口，等約希出來，也許是礙於薇薇在旁邊，使他放棄了這個念頭。正當他們要跨過廣場，向對面停車的地方走去，徐子斌急急的穿過人群向他們跑過來。

「華伯伯！」他熱切地喊道：「您也來了？」

早幾年約翰高中還沒畢業時，徐子斌幾乎整天的在杭州南路舊公館裏進進出出，混得比誰都熟；老太爺和老太太一時想起什麼，多半是由徐子斌搶著去跑腿，因此華之藩先生對這個年輕人的印象還算不錯。前一陣約翰放假回來，也曾經見到過他，只知道他正在搞什麼娛樂事業，沒有想到報紙廣告和說明書上印著的「演出人」，就是這個「小徐」，還以為他也是來捧捧約希的場的。

「我們還買的黃牛票呢！」老太爺笑著說。

徐子斌帶著歉意地瞟黃薇一眼。

「早知道您肯來，」他誠摯地說：「我就跟您留前面幾排的好位子。」

「你買得到？」

「……」演出人頓了頓，感到有點意外。「華伯伯不知道——這個戲是約希和我一起搞的！」

老太爺含糊地應著，問道：

「究竟為了什麼不演？」

徐子斌嘆了口氣，苦惱地說：

「還不是為了他！」

「約希？」

「還有誰？他少爺這次可把我們害慘了！」他解釋：「他不上場不去說，還故意把戲裝都穿走——怎麼演？」

「你說他故意的？」華老太爺詫異地問。

「反正他來了，化好粧，穿了戲裝，就打鑼都找不到他的人了！不是故意是什麼？」

黃薇隨即插嘴問，一半是向老太爺說：「會不會五哥回了碧潭？」

「哪裏都找焦啦！」演出人數著手指：「碧潭、他住的地方、廁所、附近的小食店、他以前告訴過我的一家汽車修理廠，我們都派人去找過！」他指指左邊街口的建築物，「連警察局我們都去報了案！」

華之藩先生突然想起墳場。

「那麼晚了，」他說：「他不可能到那裏去吧！」

「華伯伯說哪裏？」

「沒什麼！」老先生把話岔開：「這樣說，明天……」

演出人絕望地打了個手勢，發出兩聲乾笑，說：「明天就算把他找到了，也沒有把握他少爺不會再來一手——華伯伯最清楚了，他什麼事情幹不出來！」

「這小赤佬！」華之藩先生喃喃地詛咒道。

徐子斌心裏正在盤算如何向老先生開口，解決票房退票缺錢的事，發現小方在前面向他招手。為了安全起見，他請老太爺別走開，他過去說句話便回來。

「還差多少？」他急不及待地問。

「擺平了！」小方一臉邪笑，「董老頭罩著！不過馬老大說，今天晚上死活都要把華約希找出來！」

徐子斌放了心，向小方暗示：

「你知道這老頭是誰？」他湊近對方，「就是華約希的父親。我去敷衍敷衍。」

「你去辦你的事！我們都在馬老大家裏。」

等到徐子斌再過來，華之藩先生已經打定了主意。黃薇就住在對面，她走了之後，老先生把這位演出人拖到車子上。

「約希住在哪裏，你知道的？」他正色地問。

「知道！」

「你帶我去！」

「他不在！我親自去過了。」

「我可以等他，他總要回來的。」

由於他也需要找到約希，徐子斌毫不考慮的把華老先生帶到約希住的那條小街去。走進小食店，他慎重其事的替阿吉嬸和阿吉伯介紹，房東夫婦熱心的張羅茶水，客氣了半天，才請老先生到樓上去。

「上面坐比較舒服，」阿吉伯用不純正的國語補充道：「可能會晚一點，不過，他一定會回來的。」

上了樓，華之藩先生站在梯口，打量了好半天，才踏進這間顯得空空洞洞的房間裏去，他走前兩步，才想到地上鋪的榻榻米，而自己卻穿著鞋子。

跟在他後面的徐子斌慇懃地招呼著：

「華伯伯不用脫鞋子，不要緊的。」

但老先生仍然扶著牆把腳上那隻沒盤帶子的皮鞋脫了，用腳將鞋子推靠一邊，然後走過去。

矮窗臺那邊是這個小樓的「四景」之一——當然這也是華約希取的；另外三景是樓梯口的「陰陽界」、天花板由那盞懸掛著的電燈發展開的繩繩索索，叫「如來頂」，壁廚叫「藏精閣」，矮窗臺就叫「悟真臺」了。這個「臺」，也的確風光旖旎過一陣，唐琪就把它當貴妃椅，軌墊一靠，玉腿橫陳，害得對面放鴿子的那個小傢伙有天差點給摔下來；那捲竹簾就是讀了「簾外雨潺潺」之後買回來的——那是下雨的黃昏，約希在養傷，唐琪這輩子也忘不了約希唸到「夢裏不知身是客」時停下來那副樣子：他呆呆的望著窗外，眼淚在他的眼眶裏打轉。好一陣他才回過臉來望著她笑笑，他要笑的原因大概就是怕讓她看見他哭吧。

他說：「我三舅舅最喜歡這一首詞；我也不知道這首詞為什麼也會那麼使我感動！我啊，有兩樣事會讓我哭，第一樣就是聽國歌，我在電影院還揍過人呢！那傢伙至少比我高出半個頭，他的女朋友拉他站起來還斜著嗑瓜子！他媽的我也不知道哪來的力氣，把他鼻子都打歪了！我知道不是因為國歌的音樂感動我，但是有一支音樂感動了我！舒曼，王八蛋騙人，什麼貝多芬貝少芬，我攏總唔宰羊！我就認識他，妳看過描寫他一生的那部電影嗎——梳多，提多咪梳哆……他快死之前不是突然清醒過來，說是突然靈感大發，作了一支新曲子嗎？結果一彈，就是他幾十年前做的那支老歌，滑稽吧？我哭得整個樓座的人都回過頭來看我。所以我一直怕聽這支歌，我最喜歡這支歌。第二樣，我忽然想哭的時候！廢話，就是這樣。」

而葉婷卻將它換了個顏色，還在左角堆放花盆那邊，掛上一些微風吹過時會發出叮叮噹噹響聲的小玩意兒；那碎花布窗簾，就是她打電話叫阿銀姐弄的，使這間充滿男性粗獷氣味——近乎汗餿和臭襪子氣味的房間，透發出一點點女性的溫柔。

現在，就像每一個初次到這個房間裏來的人一樣，華之藩先生到「悟真臺」前面去，探身向外面望望，然後回轉身。

徐子斌沒脫鞋子，他打算馬上要走的。

「連張椅子都沒有。」他說，意思是要老先生在窗臺上坐下來。

「你有事你走，」老先生作個手勢，「我一個人在這裏等他好了。」

徐子斌延宕了一陣，藉故下去替這位「客人」泡一壺茶；等到阿吉伯慎重其事的抹淨他那副祖傳的——據說是他祖父那一輩從福建漳州帶過來的「工夫茶」具，沏好一壺連他自己都捨不得喝的凍頂，捧到樓上來的時候，華之藩先生已經盤膝坐在那張矮桌前面，在翻閱約希的剪貼和筆記之類的東西。

這兩位老人家雖然言語上有點隔閡——主要是華老先生沒機會聽到這種臺灣語法和腔調的國語；而阿吉伯又好像刻意的跟他咬文嚼字，因此在開始的時候，交談得相當吃力，後來雙方只好去意會，而不願一個字一個字追問下去了。但，當阿吉伯又把話題從臺灣人和大陸人的「根」，國姓爺，吳鳳，紅毛番仔，二二八事件，再拉回約希的身上來時，有一句話嚇了華老先生一跳。

「您這位少爺呵，」老房東認真地說：「郎真聰明，將來一定會有大大的發展啦！」

「發癲？」

「就是有真好真好的前途啦！」

他們就這樣你一句我一句的聊下去，直至阿吉嬸從樓梯口探頭上來暗示他，阿吉伯才想起告辭下來；約莫半個鐘頭之後，他再叫他的「牽手」替老先生送上去一碗紅豆湯，不時跑到店門口去兩頭張望，盼著約希早點回來。

結果，連街口賣檳榔的小攤子都收市了，華約希還沒回來。

對華家來說，這是從未有過的事：過了半夜一點，老太爺非但沒回家，連個電話都沒打回來過。最初，約雯以為他可能在陳律師家裏，藉故要提醒他要吃藥，給住在中和鄉的陳家去個電話，回答是老太爺根本沒到他們那兒去過。約雯正在疑惑，大少爺帶著幾分酒意回來了，他從王美寶那得到約希演的那齣話劇臨時退票的消息。

「我就說他捧不起來的嘛！」約姿得意的嚷道：「他當主角，演皇帝呀演小流氓還差不多！」

「沒開場就退票了。」

「為什麼？」

「不太清楚。是去看的人回來說的。」

老處女忽然想到什麼。

「會不會跟老太爺有關係啊？」她自語道，一半是詢問坐在客廳裏的人。

沒有人回答。

「如果說，老太爺真的不喜歡老五演這個戲，」約雯繼續說：「他出錢把整臺戲給包了……」

「打個電話去問小徐嘛！」約姿說：「廣告上不是也有『龜兒子』的名字嗎——誰有他電話？」

「約翰！」

「要不要掛個長途電話到鳳山去問問？」

誰也沒有理會約姿這幼稚的提議。

「說不定老太爺現在就在老五那裏！」約雯說。

華約謀的眼睛不自覺地瞇起來，他盯著老處女。當她走過來伸手去拿起電話時，他馬上把話筒按住。

「不要打，」他沉肅地說：「大概他不願意我們知道他在哪裏。要不然老許不會不打個電話回來。」

他們這種想法，就意味著父親對逼約希「攤牌」這件事情上，採取了主動；也證明了，父親所說要給約希的「期限」，要比他們想像中更為逼促。因此，心裏多多少少有點幸災樂禍的感覺，因為他們了解約希的脾氣，通常在這種情況之下，他寧可反其道而行也不肯輕易就範的。為了要等老太爺回來，老黃吩咐鮑師傅準備宵夜，他們就圍在沙發前玩起十三張來。

過了兩點。

又過了三點。

連平素處事冷靜的華約謀都開始感到有點沉不住氣了。因為，老太爺在約希那裏，只是一個假定，萬一——比方出了車禍，或者……

大哥突然轉變的神色使老處女打了個冷顫。

「我們還是打個電話去看看吧！」

華約謀將牌一丟，站起來。

「我們開車去！」

坐在前座的華約姿老遠的就發現家裏的黑色大房車停在那條小街的轉角。停了車，他們急忙跑過去，只見司機老許抱著手，側靠在駕駛座的車門上睡。把他弄醒之後，老處女急急地問：

「老太爺呢？」

老許茫然地楞了一陣，才明白是怎麼回事。

「在五少爺那裏嘛！」

「你現在知道幾點了？」大少爺責備道：「你至少也要打個電話回來！」

司機為難地抓抓頭。

「下車的時候，」他訥訥地解釋：「他特別關照我不要打的。他還說可能要進去很久。」

「他自己一個人來？」

「不是。是四少爺那個朋友，姓徐的那個……」

「你沒見到五少爺？」

老許搖搖頭。

他們互相望望，沒說話。約倫打了個噴嚏，老處女順手拉開車門，把他推進去，然後問大哥：

「怎麼辦？」

「妳去過他那裏的？」

「幾百遍了。」

約謀想了想，說：

「還是等他出來吧！」

於是，他們擠進車子裏，一直等到天色開始泛白，老處女才推醒老大，決定進去看看，因為以老太爺的精神和體力，沒辦法支持得住「談判」一個通宵的。

約雯領著他們跑進小街，因為店鋪都上了門板，她退到對面的簷下，才找到約希的那個窗口。屋內的電燈仍然亮著。研究了一陣，才由約雯輕輕的向上叫約希的名字。

沒有回答，樓下的店門卻開了。阿吉伯披著一件破外套，探頭出來。

「啊，老闆！」約雯笑著向他招呼。

因為人太多，楞了一陣阿吉伯才認出約雯，於是興奮地把門拉開。

「約希呵，一晚都沒有回來！」他搶著說：「你們爸爸還在樓上，等他呢！」

「只有他一個人？」

「當然只有他一個人囉！」

一個不幸的預感突然閃過，華約雯搶先奔上樓去。在梯口，她就發現父親的頭伏在矮桌上，手上仍緊緊的抓著一本簿子。

第四十一章

「糟啦！」

華約希這突如其來的動作嚇了張丹妮一跳。她跟著從床上坐起來，低促地問：

「什麼事？」

他沒回答。轉身將她按倒在床上。

「妳不要動，躺著。」於是退身下床。當他發現自己裸露著下體時，他急忙抓起搭在床架上的大毛巾，圍著身體，開始找尋自己帶來的那隻「要飯包包」。

「你究竟在幹什麼？」她疑惑地盯著他問。

他仍然沒理會她，最後，總算把那隻帆布揹袋找到了，他再跳上床，靠著她。

「把眼睛閉起來！」他笑著命令。

她嘆口氣，依從了他。

約希打開那隻揹袋，將那枝被他用化粧紙特意裹著的玫瑰花取出來。為了要保護它那嬌嫩而易於脫落的花瓣，他是將它擱在內層他經常放置筆盒雜物的布隔中的，現在，他小小心心的打開捲著的紙巾……

「嘆……」

她睜開眼睛。看見約希手上拈著一枝已經枯萎皺縮的玫瑰花。他們互相望望，啞然失笑。

「現在幾點？」他問。

「十點二十二。」

「白天，還是晚上？」

她搖搖頭。

他下床，過去拉開房門，伸頭向外面望望，再回到床上來。

「是白天！」他說，然後認真地計算了一下，「那麼，應該是兩天零十四個鐘頭二十二分了啱，拿著，本來就是送給妳的！」

張丹妮接住這朵枯萎的玫瑰，放到鼻子上聞聞。

「花是你買的？」她故意問。

「別人送給我的。」

「誰？」

「女人就那麼討厭！」他把花搶過來，隨手扔掉。

她緊緊的抱住他，把臉靠在他溫暖的胸前。

「約希！」她甜蜜地低喊道。

「你，在，想，什，麼？」

她驚異地抬起頭來望他，說：

「你怎麼知道我會這樣問？」

「妳昨天就想問了，」他笑著回答：「我看得出來。」

整整三天，他們單獨的生活在這間小屋子——應該說生活在這間小巧而溫馨的臥室裏，與外界完全隔絕；他們有意的不看報紙，不聽收音機，只是談話，調情，做愛；累了便沒頭沒腦的大睡，等到餓醒了，便摸到厨房裏去弄東西吃，吃飽了喝夠了，又窩在床上找一個新的話題，再繼續他們海濶天空，沒完沒了的閒話。

其實，一開始張丹妮就覺察到這件事有點古怪，甚至還懷疑它是個惡作劇，有什麼陰謀：因為從華約希那光芒閃爍的眸子裏，她窺見一種使她心悸，而又使她心醉的激動，像是曖昧，又像是過分坦率——尤其是那充滿了罪惡感的笑意，天真的舉動……簡直就是一種類乎催眠的魔法！每次當她從這幻象中清醒過來，以為自己真的找尋到一些什麼的時候，突然又被他那像是陣狂飆似的激情完全淹沒了……

現在，她又從那甜蜜的空虛裏甦醒過來。

他那長長的眼睫，那烏黑深邃的瞳孔，那帶點冷酷意味而緊閉的嘴角。那是一張被凝固的畫面，浮現在如幻似真的光暈裏。

很久很久，眼睫眨動了。

「約希！」

沒有反應。

「約希！」

他沒有移動，卻用非常清晰的聲音回答：

「我以為妳不會醒呢！」

「……」

發現她沒有靠緊過來，而且沒有作聲，於是他偏過頭去望她——她的眼睛像晨光下的湖水一樣明澈。

他笑笑。她沒有笑。

「怎麼啦？」他溫暖的問，伸手去碰碰她那挺直美麗的鼻尖。

她仍然不響，竦然注視著他。

「怎麼了嘛！」說著，他掩飾地要想坐起來。

她拉住他，他再躺下。

「妳不覺得餓？」他笑問。

「什麼都吃光了——約希？」

他沉重的吐了口氣。

「妳知道我現在想吃什麼？妳一定想不到！」

她的嘴角流露出一絲帶點嘲弄意味的笑意，用手替他撥開額前的散髮。

「你聽我說，」她溫婉地說：「這三天，我們也瘋夠了——讓我們再回到凡塵吧！」

約希的眉頭緩緩收緊起來。

「你瞞不了我，」她繼續說：「我看得出來！」

「……」他歪歪嘴角，「妳發現了！」

「你在逃避！」

「逃避什麼？」

「誰知道！人，或者事，或者……」

他搖搖頭，真誠地說：

「不是逃避，而是在考慮——考慮自己將來的問題！」

「你？」

「怎麼，妳認為我是一個不用大腦的人嗎？」

她有點失望，因為他考慮的，是他自己，並沒有包括她在內。事實上她也從未考慮過，她和「這個小壞蛋」「將來」的問題，甚至連他們之間的「感情」，會怎麼發展去下，她都從未用心的想過——事情發生得太突然，太快了；等到真真正正的清醒過來，發現自己裸露著軀體，疲乏的跟他緊偎在一起。那個時候，為了怕弄醒對方，她曾經輕輕的移開他擱在她腰上的手，略微離開他，仔仔細細的端詳他這張年輕的臉；他的眉毛本來就很濃，頰上還殘留著他在三輪車上沒抹乾淨的化粧油彩，他的嘴角隱約流露出一絲暢適的笑意，那寬闊而肌肉結實的胸膛隨著均勻的呼吸起伏著，使她不自覺的低下頭去吻了吻他的嘴唇，內心跟著又燃燒起來……

「如果他再大幾歲的話……」她馬上放棄了這個思想，而且不斷的提醒自己：要求自己將他當作她曾經接觸過的那些男人一樣，只需要盡情的去享受感官上短暫的歡愉，用不著留下什麼痕跡；既無喜惡，更無擔負。但是她不能欺騙自己！華約希跟那些人不一樣——她再度經驗到少女時初戀的情懷，使她感到迷亂……

她發現他現在正以那種使她心悸的目光注視著她。

「妳又來了！」他笑了，「我真的長得那麼難看呀？」

「我在想你剛才說的話。」

「我不應該那樣想嗎？這幾天，我把自己所有見不得人的事，統統告訴妳了！」

「除了關於女人的。」

「妳總不希望我告訴別人，說妳——這個地方長了一顆痣吧！」

她嬌羞地將身體靠近他，半真半假地說：

「原來你是為了要找個地方躲起來好好的想，才到我這兒來的！」

「不對！是來了之後，我才想的！」

「哦？」

「這有什麼好奇怪？是妳，使我發現自己不再是個大男孩！我大哥就時常罵我：沒長大！」

張丹妮抬起頭來。

「你是指——性？」

「不完全是因為這個！」他坦率地解釋：「真的，我告訴過妳，我從去年開始，就有過這種經驗的！」

「那又是為了什麼？」

「責任！」她震顫了一下。

「你是說，對我？」她驟然驚慌起來，「啊——你別開玩笑！我已經二十五歲了，足足比你大四歲。而且……」

「妳說完了？」

她怔住，他那突然變得嚴肅起來的意態使她怔住。

「妳還記得，」他說：「我第一次看見妳在紅樓排戲哪回事？」

「你站起來鼓掌。」

「於是——我們現在就睡在一起！」

華約希這樣粗心大意的把後來發生的那許多瑣瑣碎碎的事情一筆帶過，使心中剛剛興起一絲甜蜜的張丹妮像是驀然發現失去了什麼似的，只覺得一片迷惘和空虛，連他的臉，都陌生起來。

「妳現在看清楚了！」他帶點冷酷的意味說。

她不是想笑，而是由於嘴角微微的痙攣。

他仰起頭，重重的吐了口氣，絕望地喊道：

「我就是一個這樣沒有責任感的人！」

張丹妮低聲說：「我沒要你負什麼責呀！」

華約希吃驚地回過臉來望著她。

「怎麼你們每個人都這樣說！」他惱恨的嚷道：「我是什麼？啊，老天，我對家庭，朋友，愛過的人——還有我自己！我就不能對自己負一點點責？」

「……」

「妳給我好好的聽著！」他用力的抓緊她，「妳願意嫁給我嗎？」

「什麼？」

「只要說，嫁、或者不嫁。」

「這就是你所指的『責任』？」

「怎麼樣？」

張丹妮竦然注視著他。那一陣激動和昏惑很快的過去了，她表現得出奇的平靜，內心一種新的力量使她逐漸堅強起來，而且從剛才他所說的那一番話得到啟示。因此，她深摯地用清晰的聲音回答：

「不嫁！」

華約希的反應是她想像得到的——他露出一種溫暖而坦蕩真誠的笑容。

「但是你也得回答我的話！」她用相同的語氣說：「維持我們的友誼？或者離開我？」

華約希不假思索的放開她。

「離開妳！」他說。

說完話，他急忙下床。

「你急什麼？」

他撿起自己的衣服，一邊穿一邊說：

「我不能夠再浪費我的時間了——現在我面前只有兩條路：再回學校好好讀書，或者馬上去服兵役！」

「向已往告別？」

他做出一個敬禮的手勢。

「我可以跟你吻別嗎？」她問。

約希笑笑，跪到床上俯身去接觸她那微微在顫動的嘴唇。

冒著大太陽，華約希急步返回小街。

當他跨入食店，穿過沒有什麼客人的店堂，用他慣常的動作要一步縱上那四級梯臺時，發現了他的阿吉伯急急的從內屋趕出來。

「哎唷！約希呀！」他大聲責備道：「發生了那麼大的事，你這幾天躲到哪裏去啦？」

約希輕鬆地聳聳肩膀。

「讓他們去急吧！」

「你講什麼？」

「你不是說那個姓徐的……」

「什麼姓徐的——你老伯呀！」

他急忙返身下來。

「我父親怎麼？」

在裏面小睡的阿吉嬸跟著出來了，他們兩夫妻搶著把前天華老先生昏倒在樓上，幸好被發現送到醫院急救的事告訴他。

「你姐姐啊，」老闆娘說：「那一天不來找你幾十轉！」

「你們知道是哪家醫院？」約希搶著問。

「中心診所。你阿姐還留有電話」

華約希話沒聽完，已經奔出食店。

在街上攔住一輛計程車，趕到那只是幾間克難大營房似的中心診所。住院處櫃檯前圍著好些人，大聲在向裏面的職員說話，那臉上的表情平平板板的女職員似乎沒十分注意約希插進來的問話，只是用手向後側指了指。

這時約希才發現牆上那塊住院人名牌子。很快的他就找到父親的名字，房間是「特三號」。

他問了人，走錯了地方，最後總算碰到一個熱心的老工友，領他到特等病房那一邊去。

「就在右邊數過去第三間，」那個人指示道：「喏，就是現在門口擱著推車的那一間。」

約希連多謝一聲也忘了，他急忙奔過去。只見特三號的房門開著，一個穿著淺藍色工作服的女孩子正在收拾房間——床上空空的，沒有人。

一股冷氣順著脊樑向華約希的腦子上沖。

「那病人呢？」

這女孩子似乎沒聽懂他的話，手上拿著剛換下來的床單，望著他，他向她走過去。

「原來住在這個房間的老先生？」他大聲問。

她受到了驚嚇，搖搖頭，用囁嚅的聲調回答：

「我剛接班——我不知道。」

他怔了一下，下意識地向這空虛而充滿著一股刺鼻藥味的病房左右看看，然後急步出門口，再核對一下病房的號碼。他看見剛才帶他過來的那個工人在那頭，於是向他奔過去。

「裏面沒有人！」他瞪著對方。

「哦，」那工人像是想起什麼，半自語道：「好像，中午的時候……」意識地擺了擺手。

「不知道是哪一號，心臟病的——你可以到住院處去……」

約希沒等他把話說完，已經向走廊奔去，差點沒把一位坐在輪椅上的男人撞倒。

在櫃檯前面，他又費了一番唇舌，那仍然在跟幾位病人家屬拌嘴的職員才不耐煩地回答他：「已經出院了！」

「幾時？」

「反正已經走了嘛！」

「不會錯吧？」約希謹慎地問：「華之藩，中華民國的華……」

那職員不再理會他。而另一位始終在填寫什麼的女職員終於抬起頭，似笑非笑的盯著他望。

「出院了？」約希說。

她撿起一張半透明的綠色單子，搖了搖。

第四十二章

鬼在大榕樹下面哭。

在大家都到醫院去陪夜的那個晚上，就有人聽到這種令人毛骨聳然的聲音；也不知道是誰先聽見的，也弄不清楚是誰先提起的，反正第二天早上，大夥兒回到家裏來之後，華家的人，都相信那是一件真實的事——因為從住進來開始，他們就覺得這棵樹有點古怪。

唯一不相信這種「鬼話」的，只有黃三豐。為了這件事，他也顧不得可能頂撞了大少奶奶，在後屋把桂姐好好的臭罵了一頓。

「我就沒有聽到過！」他固執地說。

「那是你耳朵不好！」桂姐翻著她的小眼睛，拖腔拖調地說：「老太太過身之前，不是也這樣叫呀叫呀的！！」

「堤壩那邊的狗在叫呀！」

桂姐得理了。

「那狗看見了『赤佬』！」她解釋：「鄉下頭啥人弗是格能講格！」

「反正我不許你們再胡說！」

午飯之後，黃三豐就聽見大少奶奶在廚房前面大聲吩咐桂姐去街上多買點香燭紙錢，到樹下面去燒燒，桂姐還故意跟她女主人頂嘴，表示她怕「人家」會怪她「咒」老太爺。

等到昨晚陪夜的人補足了睡眠，在餐廳裏一邊吃東西一邊討論怎麼去照顧老太爺時，老大提議最好事先把時間排好，大家輪流去。於是老處女拿出紙筆，先列出一張名單：大哥、大嫂、她自己、約倫——

「約倫可以免了！」大哥說：「熬夜，不是開玩笑的！」

「二哥白天可以嘛！」約姿抗議道：「不然只剩下我們這幾個人！」

「還有小薏呀，」約雯說：「薇薇呀，再加上胡步雲……」她算了一下，然後問大家：「才七個人——你們看還有誰？」

約希！當然還有約希。

老處女想過，但是沒開口。昨晚在中心診所附設的小餐廳裏，他們已經一致認定，老太爺這一次倒下去，完全是因為被約希氣出來的；直到現在還找不到他的人，他們心裏有點幸災樂禍的感覺——萬一父親有什麼三長兩短，正好由他承擔所有的痛苦和罪孽，這種想法，似乎可以減輕了一點他們內心的負擔，父親的病是不是能夠好起來？反而變得近乎宿命的冷靜，只作表態上的悱慮而已。

等到他們離開餐桌，老黃借故拖大小姐到一邊。

「一直找不到五少爺？」他關切地問。

「誰知道他死到哪裏去！」她怨恨地詛咒。

「妳已經在他住的地方留了話？」

「留啦！我還打過好多電話問那房東呢！」

「唉……」老管家唏噓起來，然後憂蹙地問：「妳看老太爺怎麼樣？」

大小姐頓了頓，說：

「人是醒了，不過周大夫說不大好。」

「能說話嗎？」

「能！就跟上次一樣，吵著要回來。」

老管家一陣心酸，多多少少已忘懷的記憶突然湧現——那次回吳興不是得過幾乎要命的絞腸痧、牙痛、扭傷了手拐、打擺子、急性腸炎、中風……哪一次他老人家肯進醫院，尤其是老太太在醫院過世之後，他就一直耿耿於懷，總認為應該讓老妻在自己家裏，在自己的床上閉眼。

「老黃！」

老管家醒覺過來。

「他們說，」大少姐試探地問：「那棵樹……」

「妳也聽他們鬼扯！」老管家不以為然地咕嚕起來：「一定又是桂姐在嚼舌頭！」

「不！是宋媽跟我說的。」

「宋媽？」

老黃不再說話了，等到下午桂姐買了東西回來，跟在大少奶奶後面，到大樹下面去點起香燭燒紙錢的時候，他也滿臉虔誠的向大樹拜了三拜。而且，他心裏在想，要不要把約希鎖在樹的橫幹上用來吊鐵鏈的兩隻已經生銹的大鐵碼，給拆下來。

第二天，不管是不是真的聽見，沒有人對這件事再發生懷疑了。只是大家都忌諱地不去談論它，因為他們相信將會發生那件不可避免的事。

但華老太爺的情況，卻奇蹟的變得樂觀起來：心跳正常了，血壓也沒問題了，胃口好得出奇，早餐吃了滿滿一碗拌了肉汁的稀飯，還嚷著沒吃飽。這天何家和虞家的人都在醫院病房裏熱鬧得就像在辦什麼喜慶一樣，例行巡視的醫生和那矮矮胖胖的特別護士林小姐費了一番口舌，才將他們疏散出去。

一離開病房，「親家」胡素珍就拉著華約謀走前幾步，慎重事地說：

「大少爺，我看你現在就好準備準備啦！」

雖然心裏也有這個意思，但他假裝吃驚地問：

「不是沒什麼問題了嗎？」

「你姆媽那年不就是這樣——一下子就好起來，不會是什麼好事情！」

所以昨天晚上老先生又吵著出院的時候，他們在家裏已經開會討論過，原則上就是要聽聽主治醫師周大夫的意見。而這位國內戰名的心臟專家認為老先生的昏倒，可能是體弱和過度疲勞的緣故，回家去好好調養，對病人的心境多少有點幫助。不過，臨了他提醒他們，仍然不可大意，因為根據以往的病歷看，突發的可能不是沒有的。所以，做了讓老先生出院這個決定的同時，華約謀也安排了兩位日夜輪值特別護士，每日用車接大夫到碧潭來診察兩次。

於是，分乘三輛車子，浩浩蕩蕩的在今天午間將老太爺接回家裏來。

當華約希趕回碧潭，樓上小客廳麻將桌已經開了檯。為了怕聲音太大，桌面鋪上一床薄毛毯，洗牌時只是輕輕的推，遇到自摸或者被截胡而情不自禁叫出聲音時，講好要罰，抽頭買宵夜。牌是虞太太提議要打的，一半是藉此機會跟「好久不在一道白相」的大少奶奶敘敘舊；朱青跟程曼君這一檔事她只知其一，後來怎麼一下子會斷了，她總是想不通，又不便細問。剛才為了何土包子要跟她的寶貝女兒住進梯口那間客房，「多一個人照顧」，她也索性「軋軋鬧忙」，反正約希的房間也空著。隔壁的約姿也正為了半夜怕聽見鬼叫發愁，自然求之不得。她本來就對那位說話聲音比自己更怪的「孃孃」沒什麼好感，現在卻熱心地替她打點，吩咐阿蘭把房間打掃打掃；牌搭子不夠——程曼君推說沒睡好，不上桌，約姿主動的頂上一腳，她從來沒有獨當一面的經驗，牌起得太好了反而不知道怎麼擱。好在大家都在消磨時間，等到約謀想起，為了「頭寸」要到王美寶新開的那家西餐廳去彎一趟，才由何小薏去把大少奶奶拖出來，再湊齊牌局。

其實，華約雯一點也沒興趣。老太爺這件事使她意識到自己跟胡步雲所優持的「局面」，也快要結束了。幾個月前胡步雲就很坦率的——她恨死了他那裝得「拿起放得下」的死樣子——跟她攤過牌：當然是為了小玫瑰！他還說不惜離開公司，自己出去闖闖呢！這兩天她就覺察到胡步雲的神情有點異樣，像是興奮，又像是憂疑，總之她認為她很清楚他在想什麼！

管它的！碰了再說——她打出一隻三筒。

下家剛伸手去摸牌，她突然叫起來。

「哎呀！」

「是不是打錯了？」胡素珍把已經摸了上手的壞牌再放回去，「——拿回去嘛！」

「我不是說牌！」老處女緊張地問：「老五可不可能在臺南三舅舅那裏！」

胡素珍翻翻眼睛，嘆了口氣。

「妳呀——可千萬別把他找回來啊！」

坐在母親旁邊的何小薏把那顆用牙齒咬開了的黑瓜子從小巧的嘴上拿開，不解地問：

「為什麼？五哥又不是有心的！」

「妳給我少說一句！」何太太回頭白了她一眼。

「本來就是嘛！」

虞太太發覺程曼君毫無反應，於是轉向約雯，說：

「就是找到了，也要等老太爺完完全全好了，再給他回來！」

大少爺的車子開出了園門，小孫才發現失了蹤的華約希站在門口。

「五少爺！」他驚訝地低喊道。

華約希探頭向屋子那邊望望。

「你不進來嗎？」

「去叫老黃出來！」

一分鐘不到，黃三豐慌慌張張的趕出來了。華約希躲在門房那間只擱得下一張單人木床的小間裏。老管家站在那並沒有門的門口，向裏面坐在床沿上的五少爺抱怨道：

「小五呀！你知道你闖了什麼禍！」

約希蹙著眉頭，關切地問：

「老太爺沒事了？」

「現在是沒事兒了，」老管家沉重地說：「誰知道？他身體一直就不好——你到哪兒去啦？」

約希沉鬱地搖搖頭。還能解釋什麼？當父親最危險，最需要——不需要嗎？也許，不過他願意這樣想：他需要他在身邊的時候，自己卻正在做一件說它有多荒唐就有多荒唐的事。不過，他並不感到愧疚，只感到深切的遺憾，要把他擠壓得透不過氣的那種遺憾！否則，父親在他的小樓上，他們相對著，說些什麼呢？那都是不重要的，重要的是他自覺自己與父親之間的距離，因為他的到來而變得密不可分起來。本來就沒有分開過，這是一種無形的契合，華約希永遠記得父親緊緊的抓著他的手，他用急促的腳步跟著他走，他仰起頭望父親的臉。父親好高好高，太陽耀眼……

「我要見見他！」他說。

「不是現在。」

「怎麼？」

「他剛剛睡著。」老管家誠摯地說：「我去把你大姐叫下來。」

「我不要見他們！」約希低促地說：「我是回來看我爸爸的！」

「那——」

「我也不想讓他們知道我已經回來了。」

黃三豐憐惜地望著他，了解他的心意。

「甚至爸爸我都不想讓他知道！」

頓了頓，老管家才說：

「你知不知道有件事？」

約希抬起頭。

「那天晚上，老太爺要薇薇陪他去看你演戲。」

「他？」

「因為你失了蹤，才叫那個小徐帶他到你住的地方去的。」

「啊……」

「我知道，」老管家的聲音有點暗啞：「他從來沒恨過你——他最愛的還是你！」

華約希咬著嘴唇，仰起頭。他又看見了那片枝葉濃密的樹頂，沒有一線陽光能透射進來。

「你為什麼一直要讓他生氣？」

一開始我就不喜歡這棵樹的！約希在內心向自己說，作為向老管家的答話：爸爸也不喜歡！我知道他跟我一樣，一開始就不喜歡——但是他要留著。

老太爺不是那樣說嗎？

「我要留著這棵樹！」

「你聽見我說的話沒有？」黃三豐瞪著他。

「你以為我說要砍掉這棵樹，」約希認真地問：「是故意要惹他生氣？」

「誰跟你說那棵樹——我是說你，做的每一件事！」

「對呀！不是都要用斧頭砍的嗎？」

「好好好！」老管家忿忿地揮揮手，「我聽不懂你的那一套，扯不過你！」他兇惡地指著他。「你不願意進去，就跟我好好的待在這兒！等個什麼機會，我通知你，你再進去看他。」

臨走之前，他在外頭抓緊小孫的肩膀，叮嚀他不要說出去，否則他會扒了他的皮。

傍晚的時候，老許把周大夫接來公館。

周大夫很仔細的替華之藩先生診察一遍，看看那位手上沒停過用勾針勾織一小圓塊白桌布的護士小姐遞給他的紀錄，眉頭跟著緊蹙了起來。他是背著病人站的，在房門口的黃三豐看得十分真切。

九點左右，周大夫又來了。這次他同時帶來了氧氣瓶和一些醫療用具，當他收起套在脖子上的聽筒，嘟著嘴，忖摸著要說什麼時，華老太爺先開口。

「怎麼？」他泰然地笑著問：「是不是有什麼不妥？」

「你的低血壓。」周大夫坦率地回答。

二十分鐘之後，大夫從房裏出來。大少爺和大小姐送他上車，在車子旁邊談了一些病情的問題；他們只弄明白了一點——病人的心臟非常衰弱。車子走了，華約謀摸了摸眼鏡。

「我怕，我們得開始做準備了。」

老處女對大哥這種冷漠的態度和聲音大起反感。約謀發覺了，補充道：

「妳以為我希望會這樣麼？」

「你想怎麼做？」

「至少，通知三舅舅、約翰，能回來就回來。」

約雯頓了頓，問：

「那老五呢？」

「他？」大哥臉色一沉，「妳想叫老太爺死得快一點，就去找他吧！」

約雯不再說話。

這天晚上，樓上的小客廳從來沒有那麼熱鬧過，他們雖然盡量不發出太大的響聲，但有時仍然不免不自覺的叫嚷起來——尤其是約姿、小薏、家瑜和家琨這一邊；他們在玩撿紅點，反正這幾天也不要去上學了。其實，牌桌上的人也並不真正用心在打牌；約謀始終瞇著眼，紅色的「萬」字，他聯想到自己那本私人賬冊上的透支赤字，索子是廠裏在嘩嘩聲轉動的紗錠。四圈才打到西風，他就站起來把位子讓給坐在老遠默默盯著他想心事的程曼君。

他只簡捷的說了聲「妳來」，對大少奶奶來說，卻感到另一種意義；因為這是自從那件事情發生以來，他們之間絕無僅有的一句對白。她頗為感動，坐下之後，連對座「觸眼睛」的胡素珍看來都沒有先前那麼討厭了。老處女本來就不想玩，前前後後走開過好多次，開始還由根本就不會玩牌的約倫頂頂腳，後來宋媽怕他熬不住逼去睡了，約雯突然想起再打個電話到小食店去再試試，看有沒有約希的消息？抬頭一望，就看見那「死樣怪氣」的胡步雲。

做姐姐的反應比誰都快，胡素珍拖著腔調說：

「步雲，來接啊！」

但華約雯卻掉轉頭，向約姿說：

「小妹，妳來打！」

「對，」胡步雲藉機會下臺，「要不然三娘教子，我準輸！」

早就聽到過一些風聲，現在認為已經親眼證實了不是謠言的何太太瞟了坐在她上家的胡素珍一眼，正想抓住機會，風涼兩句，胡步雲已經跟在大小姐後面，下樓去了。

在樓下的梯口，老管家正在關掉露臺外面的那兩盞鑲在柱子上的罩燈；客廳裏，只剩下左邊，通向書房的甬道的壁燈亮著，顯得一片幽暗。

「看過老太爺了？」她低聲問老管家。

「我剛出來，他說園子外面的燈光太亮。」

「還沒睡啊？」

「在嚷睡得太多，腰骨疼。」

大小姐向長櫃的電話機走過去。

「打給誰？」老黃問。

「還會打給誰！」

「哦，」老黃連忙解釋：「不用打了，我剛剛才打過，還沒回來。」

約雯的手仍然按在話筒上。遲疑半晌，她吩咐老黃：

「他要是有消息，不要告訴老太爺，讓我先知道。」

老黃含糊地應著。大小姐問怎麼安排那值夜的特別護士？然後彎到後屋去巡視一趟，再返身上樓。自始至終，她沒有正眼看過胡步雲一眼，就像她根本沒看見這個人一樣。現在，當她跨上幾步梯級，發現他仍然跟在自己後面，於是故意停下腳步。

「什麼時間了，你還不回去？」她冷冷的說。

「今晚我不走了。」

「睡哪裏？」

「呃——我有幾句話……」

「你說，」大小姐不耐煩的交抱著雙手，望著他說：「我就在這兒聽——還有什麼話？」

「讓我進房間去坐一會兒，都不行嗎？」

「胡步雲，你還是死了這個心吧！」

「何必做得那麼絕呢？」

「不是對你！」約雯平靜的說：「是對我自己──我想保留一點點面子，一點點自尊心。」

她轉身，又停下來。

「哦，別忘了打電報到鳳山給約翰，說得嚴重一點，我怕他們不給他假。」

黃三豐等胡步雲走了之後，他抱著一張破了邊兒的灰毛毯到客廳裏來，輕輕的搬過一張矮凳墊腳，打算坐在單人大沙發上過夜；因為他總不放心這位做事粗手粗腳的護士邱小姐，她跟白天的那位一直在織東西的陳小姐不同，一臉的青春痘，說話的聲音又粗又大，單單放熱水瓶，老管家就提醒過她好幾次，怕她吵醒老太爺。現在，老黃就是因為擔心她靠不住，叫不醒，才決定到客廳來的，因為這兒離主人房只隔著書房和過道，萬一有什麼事，他馬上可以過去。

其實，這位邱小姐的眼睛連瞇都不敢瞇一下。她是九點鐘來接陳小姐的班的，通常，她總是在那像主婦們上菜市場提的提兜一樣的袋袋裏擱些吃的零嘴，幾本從租書攤租來的小說，打發這寂寂長夜。剛才她到後屋灌開水的時候，阿蘭好心也給她準備了一份宵夜，吃著吃著就聽到他們在談外面園子鬧鬼的事。她始終沒插過嘴，老實說，她的職業就是接近死亡的，什麼可怕的事都見識過，但當她回到老先生的房間，在他們為她準備的一張靠椅上坐下來時，忽然有一種不自在的感覺；走進園子的時候，園子太大，一片黑漆漆的，她沒有見過那棵鬼樹──也許她看到了，只是並不特別的要注意它而已；而屋子又太大，空空洞洞的。她記得看過一篇「新聊齋」之類的鬼小說，那個人黑夜迷了途，到一家大宅投宿，第二天發現自己睡在荒塚旁──她就有這種怪異的聯想。

過了兩點。兩點在古時候算是幾更呢？邱小姐放下手上的書，望望床上的病人。她後悔剛才不應該喝那麼多水，有點便急，她正要站起來，便聽到了一種——反正是一種怪怪的聲音，再聽，沒有了，接著那聲音又來了，好像是屋子裏，又好像是在外面。忽然，她想起剛才他們說的，園子裏的那棵鬼樹，最後她肯定那是一種嚶嚶的、斷斷續續的哭聲了。

她一回轉身，幾乎嚇得大叫起來。

老管家直挺挺的站在門口。

「噓——」他伸出手指警告。

他們走到甬道外面。

「你真把我給嚇死了！」護士小姐低聲抱怨：「人嚇人，沒藥醫呢！」

「我好像聽到老先生在叫妳！」

邱小姐打了個冷顫。

「沒有呀！」她怯怯地說：「我在看書，沒睡——不過，我也聽到什麼怪怪的聲音！」

「啊……」黃三豐忽然想起點什麼，向落地窗那個方向望去。

邱小姐咽下一口唾沫。

「他們不是說，園子裏那棵樹……」

老管家不以為然地詛咒起來：

「什麼鬼——那是他們心裏面的鬼！」

華約希靠坐在大樹下。

前面屋子的燈光——樓上的，樓下沉浸在黑暗中，使這座大建築物彷彿漂浮在這迷茫的夜裏——透過一層薄薄的霧氣，使這棵老樹的輪廓呈現出來，向河堤那邊望去，宇宙又迷失了；遠遠的幾點光點，像是相隔了幾千萬個光年從最遙遠的一個銀河系發出的，時隱時現，約希坐在大樹背光的那一邊，他已經漸漸適應了周圍的黑暗，連樹頂枝椏間那被扯開了一角的蜘蛛網上在掙扎、撲動、最後才靜止下來的一幕悲劇，他都看得非常清楚。

他感到孤獨——樹幹上那兩隻已經生銹的大鐵碼，那是搖椅的孤獨，已死去的母親的孤獨；小葉婷孤獨嗎？還有在臺中舊社躺在竹床上啜手指的小傢伙。唐琪，可憐的唐琪……

而父親的孤獨卻是十倍百倍於他的！約希想：多少個艱苦的歲月，煩憂、失意、絕望和傷痛，這些他都能夠領會得到；唯一他不能理解的，只是父親的快樂——從他認識什麼叫做快樂以來，他似乎從未發現父親真正的快樂過！

他開始去為「真正的快樂」下定義，他刻意的強迫自己去想，並不是要想證實什麼？只是要去承擔自己造成父親不快樂的一切罪孽，去感受那永無休止的自責和懲罰。風吹過，樹頂的葉子沙沙作響，堤岸叢林間的夜梟在顫聲啼叫……

他哭了……

天快亮的時候，他終於忍不住向屋子走去……

第四十三章

大鐘的指針垂成直線，正指六點。

黃三豐按例進入華之藩先生的房間裏，服侍這位老主人洗漱，整理房間；這工作在老太太去世之前，是宋媽負責做的，現在變成了他的職責。他一進來，就發覺老太爺已經靠坐在床上，背上墊著兩隻大軟枕，他那雙深沉的眼睛在那顯得蒼白而清癯的臉上炯炯發光；這神態已經表明一定發生了什麼事。只是他沒想到，對方一開口就直截的向他說：

「我見到了老五！」

老管家怔住了。

「我真的見到他。」老主人重複道。

他遲疑了一下，接著用一種微微挾著些兒慌亂的聲調問：「什麼時候？」

「昨晚，幾點不清楚，反正天還沒亮——喏，他就站在那門後面，望著我！」然後肯定地說：「我猜是他，一定是他！」

老黃勉強擠出一點笑意說：「您看見的，怕是我吧！」

老太爺搖搖頭，當老管家轉身向五斗櫃走去，收拾櫃面上那位邱小姐留下來的那一小堆果皮瓜子殼時，他用一種質問的語氣問道：

「他真的一直沒回來嗎？」

老管家吁了口氣。

「您自己把病養好了要緊！」

病人不響，瞇著眼，用一種狐疑的目光定定的偵伺著這個根本不會撒謊的老管家的一舉一動，最後他找到了破綻，接著又問：

「是不是他們不讓他回來？」

老管家很吃力地回轉身。

「他們都不喜歡他，我知道。」

老管家仍然沒說話。

病人肯定自己的猜想沒錯了。

「他在哪裏？」

老管家很快的在心裏做了一個決定，因為從老先生的反應看來，似乎並不如想像中那麼嚴重，相反的，他感受到一種寬容和關切。比方：他說「他們都不喜歡他」時那種同情的神態。但，即使如此，他仍然小小心心地向對方試探：

「他打過電話給我。」

「啥辰光？」

老太爺的鄉音脫口而出，黃三豐安了心。

「好幾天了，」他不順嘴地說：「他還到過醫院！」是到過嘛，他不是先去醫院才趕回來的嗎？「他，一直在擔心您的身體……」

「你沒有告訴他們？」

「沒有。」

「為啥？」

「約希要我不告訴他們。」

「唔……」

「他怕！」

「他怕過什麼——他怕？」

「不是他在外頭亂搞，也不會讓您氣出病來！」

老先生很開心地笑起來了，他抿著嘴自語：

「他們倒會得給他安罪狀呀！」

老管家跟著笑。

「你說我的病是給誰氣出來的？」華之藩先生愉快地說：「小赤佬也倒霉！我哪裏不好昏倒，偏偏昏倒在他那裏！」

黃三豐在等老太爺吩咐，叫約希回來，但老先生始終沒提。陳小姐來換班了，他們服侍病人用過早餐，去接周大夫的車子也回來了，周大夫進到房間，看見本來拉得嚴嚴的厚窗幔也拉開了，床頭和櫃上的兩瓶鮮花使這間房間充滿了生氣。

「今天精神很好啊！」他笑著向病人說。

例行診察過後，病人要求：「我想起來走走！」

周大夫略一遲疑，隨即說：

「可以，散散步，只要不要太累。」

「睡得太多，腳會發軟的——不過你要關照她們，」老先生望望大夫身旁的護士小姐，打趣道：「她們好兇，我坐坐都不行。」

「不過，有限度的，旁邊一定要有人。」

「我不要人家扶著！」

「陪著。」

老先生滿意了。

等到樓上的人陸陸續續的下樓來，老先生已經起來過兩次，第二次是特意走到落地窗前的那片水銀石庭階，看看他養的那對白燕，和那盤從老宅移植過來的曇花；當他的目光從園子掃過，總不經意的向遠處那棵老榕樹多望一眼，不為什麼，只覺得它實在有點礙眼。

由於老太爺居然能夠起來下床，公司和廠裏的那批首腦人物午間特意趕來，好不熱鬧，所以當陳彥和律師拎著他那隻東西塞得太多的公事包在客廳出現，大家都以為是探病來的，並不在意。然後，大聲公戴志高來了，嘻嘻哈哈的亂到下午周大夫到，才略為安靜下來。

大夫這頭進去，律師拎著公事包跟著出來，華大少爺這才想起這位陳伯伯已經來了一兩個鐘頭了。為了想探探口風，約謀送律師出去上車。

老律師似乎已經了解到約謀的心意，先發制人地拉著這位總經理談關於新廠水塔跟隔鄰的地主打的那件「佔地」官司，末了才輕描淡寫的對老太爺提上一句；這一來約謀自然沒理由開口問遺囑的事。

但，大家都肯定，陳彥和是為了這件事來的。

下午五點鐘光景，華約翰從南部趕回來了。

一進門就趕著到老太爺房間報到。見父親氣色很好，小薏正坐在床邊替他捶腿，也沒多一句話，他只覺得小薏比以前更迷人了——至少，要比鳳山街上那家冰店裏的「黑西施」耐看吧。

「我上去換換衣服！」他向父親說。臨出門口，才向小薏補充一句，表示自己是一時想起的。

「小薏，妳別走開，等下我問你件事！」

於是三步兩腳上樓，大姐追在他後面。進了他自己的房間，一邊大聲叫阿蘭替他馬上放洗澡水，一邊去把所有的窗子打開，換換空氣。

「怎麼那麼快？」約雯問。

「電報半夜到的，」約翰脫下上身那件汗臭的軍常服，坐在床頭用快速的動作脫鞋子：「你們不是發的急電嗎？反正還有兩個月，我就要分發了！部隊長也巴不得賣個人情——我看老爸很好嘛！」

「什麼老爸？」

約翰吐了口氣。

「妳就是老姊！懂了吧！」他說：「在部隊那些老土們都這樣叫——對了，這次他們准我三天假，後天記得幫我再打個電報去，就說老爸很嚴重……」

「你要死啦！」

「說說又會怎麼樣？我去洗澡，等下給我點錢。」

華約翰在火車上，已經計劃好一到臺北就跟徐子斌打個電話。過年回來那幾天，徐子斌就約了幾個不知道是第幾流的「小明星」陪過他，其中那個叫李什麼的他覺得挺不錯，送她回家的時候，在三輪車上他就吻過她，還摸了她的胸部。冷嘛，他叫三輪車拉上布蓬……但是，現在他改變了主意，洗了澡，換過便服，小薏卻上樓來了。

「進來進來！」他興奮地招呼著，等她進了房，他順手關上房門。

發現約翰這樣盯著自己望，小薏甜甜地笑著問：

「不是說要問我什麼事嗎？」

「嗯。」

「怎麼了嘛！」

他仍然不響。她想起他去服兵役前那一陣——就說歡送舞會那晚上吧，他不是有意把她摟得死緊，還在暗處強吻過她嗎！於是，不自覺的有點緊張起來。

「這次要回來幾天？」她索性把那已經猜到幾分的話題岔開。

「三天，看情形也許會多幾天」

「我就住在樓梯口那間客房。」

他已經走近她。

「一個人？」約翰已經伸手到她的腰上。

小薏突然覺得渾身僵硬。她想推開他，總覺得使不上力。

「我跟我媽兩個人！」她喘息著低聲央求：「四哥，不要——她看見我進來的！」

約翰隨即頓住。想了想，他改變了他的戰略。

「走，」他說：「陪我到臺北去！」

「現在？」

「還等什麼？」

「我去跟媽說一聲。」

「唔……好！妳去，我在門口等妳。」

「土包子」當然不會放過這個機會。她非但鼓勵女兒「陪四哥出去走走」，而且還藉故搭他們的便車回臺北去一趟，話裏就暗示今天晚上她可能不回碧潭來；為了怕小薏心腸太直，拐不過彎，她特意再三叮囑。

「勿要白相得太晏，回去之後，先去陪陪儂過房爺！」

約翰吩咐老許先送何太太，礙於面子，不好意思馬上再轉回碧潭。結果，到了西門町，他不要車子等他，拖著小薏到上次徐子斌帶他去過的那家簡直伸手不見五指的「純喫茶」黑咖啡廳去。

「你還說你臺北不熟！」何小薏說。

這位四少爺連哼也沒哼一下，抱緊她就狂熱的吻起來……

他們再回到碧潭，已經是半夜一點鐘了。

看見屋子裏只剩下樓上外廊還有燈光，樓下黑沉沉的，何小薏就有點心驚膽戰，她主動的挽緊約翰的手臂。

約翰用親暱的聲音說：

「等一下我過來陪妳！」

「才不要！」她叫起來。

「妳不是說樹那邊有赤佬嗎？」

「四哥！」

見她嚇成這個樣子，四少爺覺得已經有七八成把握了。女孩子本來就是那麼簡單的！想起服役之前「泡妞兒」那種傻蛋樣子就好笑。不過，在鳳山他所接觸的，都是些不三不四的女人，像小薏這樣好好人家的小姐，還真是破題兒第一遭。因此，上了樓，小薏剛推開那並沒有鎖上的客房的房門，約翰便順勢擠了進去……

華約希在樹下面。

早在約翰和小薏回來之前，他已經在那兒很久了。早上回到小樓，跟好心的阿吉伯夫婦敷衍了幾句之後，就蒙頭大睡，晚上胡亂向肚子裏塞了些東西，又摸回碧潭來。小孫替他開門，老黃已經坐在門房裏面。

「你怎麼又胡來了！」老管家責備道。

「我？」

「昨晚你到屋子裏去過？」

「哦……你怎麼知道？」

「你爸爸告訴我的。」

「他看見我？」

「他說，可能是你！又說，一定是你！」

「然後呢？」

「沒有什麼然後！」老管家老氣橫秋地向他警告：「總之，在他沒有完全好起來之前，你最好給我安分一點！」

「我又怎麼啦？」

「這樣會嚇死人的！」

「你說我故意去嚇他？」

「那個護士小姐——別說她是個女人，大男人也會給嚇死呀！半夜三更像個鬼似的站在那兒！」

「我本來就是鬼嘛！」

老管家頓了頓，問：

「今晚你又打算做什麼？」

「什麼也不幹，我到樹下面去。」

樹下，他所想的，仍然是葉婷……那天晚上，葉婷從屋子裏向樹走過來……

「是五哥嗎？」

他又聽見那帶有點顫抖的呼喚。

不是葉婷，葉婷在香港。最後他終於證實了，他現在所聽到的，是踏在草地上的腳步聲……他彎過身去從樹後向屋子那邊看，他看見一個身影很緩慢的向大樹走過來，就在葉婷以前站立過的地方，那個人的腳步停止了。

「爸爸！」約希低促地喊道。

老先生再開始移步，走近大樹。

「爸爸！」他站起來，手足失措地要想做個什麼動作。

「我就知道是你！」父親用溫暖的聲音說。

「你跑出來幹什麼？」

「不用扶我！」

「我扶您回去。」

「讓我在這兒坐坐——你擔心什麼？」

「您需要休息！」

「這幾天我還沒有睡夠嗎？」父親深摯地說：「就扶我坐在這樹根上。」

華約希第一次感覺到父親那麼瘦弱，心中突然充滿了悽酸。

「你也坐下。」父親說：「就坐這裏。」

他遲疑了一下，就以日本人跪坐的方式坐在父親的面前，默默的注視著對方。這種坐姿是在小樓上讓蔡文輝訓練出來的，有一種誠篤穩實的感覺。現在，父親坐的位置雖然背著光，面部半隱沒在黑暗裏，但約希很清楚的看見父親眼眸中的淚光在閃爍。

他緊緊的抿著嘴——小時候他在真正哭出來之前，就是這個樣子。父親想起來了。不過，小五是最難得看見他哭的，他總是摔東西，大叫大嚷，像個小瘋子一樣……

父親露出溫暖的笑意。

「說說你的事情讓我聽聽！」父親用同樣溫暖的聲音說。

「我的什麼事？」

「隨便，只要是你的事！」

約希摸了摸鼻子，靦腆地回答：

「我的，還有什麼好事？聽了你會生氣！」

「我想知道！」

「……」想了想，約希真誠的問道：「太多了——你說關於哪方面的？」

「你想起什麼就說什麼，反正我都想知道！」

約希吐了口氣，抬起頭——樹？那兩隻大鐵碼？奇怪，怎麼又想起葉婷來了……

「您知道我已經正正式式結了婚的？」

華之藩先生這才猛然想起，那晚上在小樓上，怎麼沒看見那個女孩子？而且，也看不出任何一點有女人住在那兒的痕跡。

「她呢？」他詫異地問：「到哪兒去啦？」

「回香港！」

「香港？」

「她媽媽將她騙走了！」

「哦……」

約希又抬起頭望那樹幹。

「您還記不記得您過六十大壽的那個晚上？」

「記得，記得。」父親想：怎麼會不記得！他不是硬要老太太去坐他那張吊著的搖椅的嗎？其實，他真想坐。如果搖椅還在，多好。

但約希想說的是葉婷。他接著問：

「您相不相信我們在搖椅上亂七八糟？」

相信，當然相信。他什麼事做不出？到底他總算有點良心，娶了她。

「其實，」約希說：「我們只是接了一次，不，兩次！兩次吻——在這之前，我還沒有跟女孩子接過吻呢！」

「哦……」

「到現在為止，我也沒有跟她發生過性關係。」

倒不是「性關係」這種文明詞兒老先生聽了覺得刺耳，而是怎麼會有這種事兒？不是說，他們養了一個孩子了嗎？

「那麼孩子呢？」

「不是我的。」

父親足足有半分鐘沒說話，然後再問：

「現在，孩子她帶走了？」

約希誠實地搖搖頭，回答：

「孩子跟我——他姓華！」

「為什麼要這樣做呢？」父親的聲音帶點責備。

「我愛她！」

「……」父親追問：「那，她對你呢？」

約希清清楚楚的記得，葉婷那句令他很受感動的話：

「對我，她還是個處女！我也相信她是個處女！」

父親不再問下去，他微微的點點頭。這次真的笑起來了，連他自己，都不明白為什麼會覺得那麼好笑——應該說快樂。

約希多麼希望父親的臉上能夠永遠駐留住這種笑。

「你好傻！」父親慈愛地說：「不過，我寧願你這樣傻——我這一生，想做，但是都做不出這種傻事！」

「那，還多著呢！」

「說下去，不一定要引我笑！」

約希咬咬嘴唇，皺起眉頭想了想，然後很認真地說：

「我告訴您一個笑話！」

邱小姐在書房老先生命令老黃替她鋪起的一張便床上醒過來，一看嚇了一跳，因為已經快四點鐘了。不過，她很快的便讓自己平復下來，病人的情況昨天一直都很平穩，周大夫最後一次來探視的時候，就關照過她，說明天早上可能會遲一點來，讓她將一些用藥的份量轉告早上九點來接班的陳小姐，這就證明病人已經逐漸好轉了。

坐在那張帆布床邊延宕了一陣，她才拉拉好衣服，走出書房，向甬道斜對角的房門走去。

病人並沒有在床上。

她完全不以為意。大概在洗手間裏吧。她再回到書房，過了一刻再過去。老先生仍然沒出來，她才猛然發覺這套房內洗手間的燈光沒有開，過去看，裏面沒人，她緊張起來了。

「人到哪裏去了呢！」她下意識的問自己。後悔不應該答應搬進書房去。

於是，她惶亂地走出客廳，四處找尋，連樓梯下面那間專供客人使用的洗手間她都進去找過，沒有病人的蹤影。聽到聲音，黃三豐一邊扣著衣服鈕子從後屋趕出來了。

「什麼事兒？」他低促地問手足無措的女護士。

「老先生不知道到什麼地方去了？」她昏惑的回答。

「怎麼會？」

「我到處都找過了！」

打開電燈，宋媽和桂姐她們也跟著走出甬道。

「會不會上了樓？」

老管家瞟了說話的宋媽一眼，覺得很有可能，老先生昨天自從下過床以後，就沒有一刻安寧過；也許他半夜醒來，想起了什麼重要的事——想到這兒，老管家打了個冷顫，馬上三步兩腳奔上樓去……

兩分鐘之後，整間屋子燈火通明，連家瑜和家琨也跟著大夥兒下樓去。在所有的人當中，只有睡在約希房間裏的虞太太最冷靜，她一眼就看出少了約翰和小薏兩個人，於是她就決心留在甬道上。

「看他們怎麼出來！」

在大樹下面。

約希仍在加油醋地誇大他在紅樓跑龍套時曾經發現過的一些趣事，去逗引平常嚴肅慣了的父親發笑。

「你就是這樣！」父親笑夠了，總是這樣說，語氣有說不出的親切。

「我總是這樣的！」

「約希！」

約希應著，隨著收斂了嘴角上那一抹殘餘的笑意，因為他從父親的眼眸中窺見一種驟起的激動。

父親沉肅地問：

「你還記不記得，上一次你回家來，我跟你說過的話？」

「當然記得！」約希還記得大姐對他的責備，大哥的揶揄和么妹的訕笑——他甚至可以背出父親說過的每一句話：那天他臨走的時候，父親不是要他將他們的談話，在下次他去墓園時告訴母親的嗎？他真的說了。

「我知道，」現在他心裏想：「您永遠忘不了這裸樹！您只是擔心我要砍掉它！」

他抬起頭望樹。

他記得父親曾經說過：「我真想知道，對於這個家，你還有什麼想做，而沒有做的！」

砍掉這棵樹！爸爸！

華之藩先生因兒子望樹的動作跟自己心裏正在想的事吻合而大為感動——就好像共同保有一個秘密一樣，他會心地笑了。他也永遠記得那天的話：

「如果您願意給我，我只有兩個要求。」

哪兩個？

「您的愛——和這棵樹！」

你不是不喜歡這棵樹嗎？

「所以我想得到它！」

為什麼？

「砍掉！」

他為什麼那麼恨這棵樹？

「其實，我知道您也並不喜歡它！」

但是我會留住它。

「這就是我們不同的地方。所以註定我要做出讓您憎恨我的事！」

這是每一個世代都會發生，都解決不了的老問題。華之藩先生感傷地注視著仍然盯著這棵樹的兒子，心想：等到你跟我一樣老，兒女跟你一般大，你就會體會到兩代間互相了解，並不是一件容易的事！那需要關懷、寬容、和愛——尤其是愛！

保留這棵樹和砍掉這棵樹，也許正是表達「愛」的不同的方式吧！

「約希！」父親再親切地呼喚。

約希回過頭來望著父親。

「我突然有個主意！」父親興奮地說。

「哦……」

「如果我們能夠變換一個方式……」

「關於什麼？」

父親頓住了。他也是不善於將愛掛在嘴邊的，因此有點靦腆，遲疑著，最後，終於說了出口：

「是，唔——是關於這棵樹！」他奇怪自己為什麼會將「愛」說成這棵樹？

「這棵樹？」

父親下意識地望望樹，當他再打算向約希加以解釋時，屋子那邊的燈光驟然亮起來了，他們同時回過頭來望。

「他們在找您了。」

「讓他們去——」

「您還是回去吧——」

「我們的話還沒說完呢？」

「晚上我還可以再來，我到您的房間去！」約希說：「我還有好多好多笑話！」

華之藩先生突然攫捉住一個意念。

「你聽過我說的笑話嗎？」他認真地問。

「我扶您回屋子裏去。」

「對！」老先生又望望樹，「是關於樹的笑話！」

「走吧——他們出來了！」

黃三豐開亮了那幾盞照射著前面庭園的強光燈。華約姿第一個發現大樹下面有人。

「在大樹那邊！」她嚷著。

他們跑出來，瞇著眼向樹那邊望，楞著；直到老黃領先走出鋪著光潔的水銀石的露臺，他們才跟著去……

老先生拉開約希的手。

「你從這邊走吧！快走！」

「為什麼？我才不怕他們！」

父親詭譎地低聲問：

「你忘了我說要告訴你的笑話？」他繼續催促：「你向河堤跑，他們看不見你！」

「……」

「記著，」父親認真地叮囑：「黃昏的時候回來——一定要正正式式的從大門進來，我再告訴你那個笑話。走吧！」

他們跑近大樹，只見老太爺一個人悠閒地在望這棵他們相信在「鬧鬼」的樹。護士小姐急忙去攙扶著他。

「您可把我們給嚇死了！」老大喘息著說。

華之藩先生接觸到老管家那深沉而滿含恚慮的目光。於是故意淡漠地說：

「我正在研究，怎麼處置這棵樹！」

第四十四章

除了黃三豐，他們馬上把這棵醜陋的老樹忘了。老管家肯定這件事其中有蹊蹺，八成與約希有關。天亮之後，他取報紙的時候特別關照小孫，如果發現五少爺，得馬上通知他，他要好好的教訓他一頓。

這天新的熱門話題，是虞太太親眼看見的：四少爺和乾女兒昨晚所發生的事。事情由胡素珍添枝帶葉地告訴程曼君開始，然後由桂姐帶到樓下，於是傳入大小姐的耳朵裏。

「這種事怎麼可以隨便亂說！」約雯板著臉質問一點也不驚慌的阿桂姐。

「大小姐儂就上去問問虞太太，」桂姐．動著她的小眼睛，拖腔拖調地說：「看看阿有格件事體——伊人還辣拉上頭呀！」

華約雯想了想，索性直接去找約翰。

從敲門的聲音推斷，約翰已經知道大姐是為了什麼事情而來的。早上當他們被外面的聲音鬧醒——其實是身邊的小薏將他推醒的；他掀開一角窗簾，發覺園子下面亮著燈，像是發生了什麼事。於是他急忙穿好衣服，在門邊機警地傾聽一下，認為不可能有什麼人在走廊外面的時候，他才匆匆的用嘴唇去碰碰小薏的臉，小薏那哭得有點浮腫的眼睛引起他的無限憐惜。

「好好的睡一下，」他低聲說：「天亮了我們再出去研究研究。」

剛跨出房門，他一眼便看見梯口的胡素珍銜著自己陰陰的笑。

好，面對現實吧！他歪著頭，一派自然地笑著問把心裏的一切全寫在臉上的大小姐：

「妳已經知道了！」

「這個家有什麼事可以瞞得住人！」

「世界末日啦？」

「你真輕鬆呀！」

華約翰的臉收縮起來了。

「什麼大不了的事，最多結婚嘛！」他忽然靈機一動，邪笑著說：「對，乾脆！今天就去公證！」

「什麼？」

「——跟老太爺沖沖喜呀！」

「沖你的大頭鬼！」老處女不以為然地詛咒道：「老太爺又不是……」

房門被推開了，大哥站在門口。

「就算有事。」華約謀含著陰鬱的冷笑說：「你也少打這種歪主意——你怕這樣會多分你份呀？」

「你們想到哪裏去了嘛！」約翰怏怏地咕嚕起來。

大姐冷冷的提醒他：

「小薏已經回去了。」

「她去哪裏？」

「回她的家呀！」

「啊……」

「我看你還是馬上到何孃孃家去一趟。」

「最好是暫時不要讓老太爺知道，」大哥拉拉好領帶，用不沾絲毫感情的聲音說：「能拖多久就拖多久，反正我也知道，你本來就沒存心要娶人家的！」然後他問約雯：「樓下誰來了？」

「陳伯伯。」

大哥看了看錶，蹙起眉頭。

「他昨天不是來過了……」

他們同時接觸到約謀心中的那個思想，因而沉默下來。最後，大哥才用一種關切的聲音問一早就起來忙碌的老處女：

「妳覺得爸今早的精神怎麼樣？」

「啊，好得很！」約雯說：「哪裏像有病的樣子！」

陳彥和律師在老太爺房間裏一直待到周大夫來，好一陣，才匆匆的離開。然後，大夫出來了，值日班的陳小姐叫始終守在甬道上的老管家到房裏去。

幾分鐘之後，黃三豐放輕腳步退出來，順手輕輕的拉起房門。

整個上午，華家籠罩在一種不尋常的氣氛之中；對於老太爺半夜三更被「鬼」引到大樹下面去，總認為是一個不祥的預兆。

但，黃三豐並不那麼想，他確信這件事一定跟約希有關係。雖說他對這位五少爺從小就有一份很難解釋的感情，尤其是他們父子二人能在這種情況之下會面，心中多少有點感動；但對於約希竟然無顧於父親的病體，則極為不滿。他心裏在想，晚上他一定要先到大樹下面去，等「這個鬼」來的時候，得好好的開銷開銷他。

華約希在母親的墓園裏流連了一整天。

他將昨晚自己與父親的談話一遍一遍的向母親複述，直至將要接近黃昏了，他才離開那兒，回碧潭去。

一路上，他都在思索著父親說要告訴他的笑話——跟樹有關的笑話。小時候三舅舅說過好多笑話：傻瓜蛋娶老婆的，傻瓜蛋去做買賣的——他還記得是賣青蛙賣鴨子的，還有去跟老丈人拜壽的，當然還聽到過很多別的，包括「饅頭」那些娃兒們說不厭聽不厭的葷笑話，就沒有跟樹有關的。他開始擔心，他就是不能忍受有些傢伙笑話沒說完自己已經笑得喘不過氣，而他一點也不覺得那笑話什麼地方好笑。

希望父親說的笑話不是哪樣！

這天的黃昏，有一種淒豔的美，彩霞將半邊天角燃燒得有如深秋的楓林一樣燦爛，碧潭四月的傍晚，空氣中有一種說不出的清涼味兒，滲雜著淡淡的花香……

因為昨晚父親叮囑過，要他「正正式式」地回來的，所以當小孫開了門，用那種怪誕的目光瞪著他時，華約希有點生氣。

「怎麼？」他惡聲惡氣地嚷道：「見到鬼啦！」

小孫惶亂地解釋：

「五少爺！不是的——快，快進去吧！剛才老太爺……」

「老太爺？」

小孫無意識地揮動著手，說不出話。約希猛然像是受到電擊似的，一陣震顫，只覺得渾身麻痺，霎時間失去了一切思考的能力。

「快進去啊，五少爺！」

等到小孫用手去推他，他才意識到發生了什麼事。於是扭轉身，向屋裏飛奔。

客廳裏，周大夫站在那盞水晶大吊燈下面發呆，手上仍抓著那副拿了下來的聽筒，那位女護士陳小姐正在整理著什麼；宋媽和桂姐他們四五個人站在通向書房那邊的南道上，低著頭，在掩著鼻子啜泣……

約希奔過去，拉開擠在房門口和床邊的人——父親很安詳的躺在床上，有濃重的藥味，那是什麼聲音？他們擠在房間裏幹什麼？一張張陌生而醜陋的臉，像獰笑一樣的哭。父親沒有被他們吵醒……

「你們在這兒幹什麼？」他問他們。

他們痛惡地瞪著他。

「你們在這兒幹什麼？」

原來站在門邊的黃三豐走上去，用一種責備的聲音向他說：

「快去向你爸爸跪下來！」

約希回頭望床上的父親。那是一個死者的容顏，蒼白的，尤其是他的嘴唇，仍然固執地抿著，他感覺得出他的軀體逐漸冷卻，逐漸變硬——他完全感覺得到。於是，他的臉被一種強烈的力量扭曲了，不是悲哀，不是悔恨，而是一種反抗，和憤慨；他再靠近死者，用力搖撼著已死去的父親的身體。

「您不是要告訴我一個笑話的嗎？」

「約希！」

「您說呀！」

「約希！」

「您怎麼不說呀——昨晚在樹下面您親口答應過我的！」

華約謀向老黃命令：

「把他拖出去！」

約希發出一種類乎癲狂的聲音，繼續猛力搖撼著父親的軀體。

「是您叫我這個時候回來的！是什麼笑話？是什麼笑話？」

「老黃，把他拖走呀！」

約希粗暴的摔開老管家的手。老管家悲忿地用力摑了他一巴掌，流著淚向他嚷道：「還不快跪下！」

華約希一直跪在父親的床前。

他的世界已經死去了。他沒有哭，甚至當他眼看著那些人將父親的身體抬出去，他都沒有哭。

沒有人理會他，天完全暗了下來，他仍然不斷的向黑暗中的父親（他相信父親仍然在那兒）問相同的話：

「那是什麼笑話？那是什麼話話？」

難道是父親的惡作劇？或者是對他的報復？否則，他沒有理由不將那個笑話向他說出來，就走掉的！唯一的解釋，可能這就是父親對他的懲罰——永遠不會饒恕的懲罰。

「我知道，您不愛我！」他開始相信了，「您從來沒愛過我！對我，連說一個笑話，您都那麼吝嗇！」

父親在樹下向他笑。那是一種倨傲、玩世、狡黠而含有點邪惡意味的笑意。他恨透了這種笑，忿然站起來，這才發現那是落地窗上反映的自己。窗幔不知道什麼時候已經拉開了，那棵鬼樹，躲藏在黑暗的園子裏，用惡毒的眼睛偵伺著他，和這幢房子。

華約希掙扎著，發出絕望而淒厲的呼喊：

「您——不——愛——我！」

聽到過這種可怕聲音的人都深信不疑，那個「鬼」，已經附在華約希的身上，不然，他就是那個鬼。

第四十五章

晚上十點。

陳彥和老律師事先用電話跟華家的人連絡好，然後懷著哀痛的心情，與臺北法院公證處的莫書記官趕到碧潭來。記得今天一大早，他接了電話緊緊張張趕來的時候，華老太爺還是好好的，只顯得有點亢奮，沒有絲毫會突然惡化的跡象；因此，當他聽完老先生那奇特的——充滿濃厚戲劇性的提議，並未感到意外，只認為對方一時興之所至，想出一些怪主意來開開玩笑而已。

當時華之藩先生大概窺出他的心意，於是慎重其事地向他表示：

「你知道，我這一輩子都是一個釘子一個眼兒的——這不是開玩笑！」

老律師緩和地笑笑，半認真地問：

「我就不相信，你早就安了這個心？」

「不錯，」老先生真誠地回答：「這是在天亮之前我才想到的。」

「在夢裏？」

「什麼話！我清醒得很！」他露出一絲神秘的笑意，「我就是想證明這一點，才決定這樣做的！」

現在，為了履行這個特殊的託付，老律師再走進華家時，內心不免有點激動。

他們都在客廳裏，已經等得有點不大耐煩了。除了華家這幾位少爺小姐，大嫂和胡步雲也在場；何家和虞家的人為了避免參與人家的家務事，沒下樓來。老太爺的去世也太過突然，因此他們似乎仍然未能完全接受這個事實，陷入一種迷惘之中，要不是宋媽臨時用黑布縫起幾隻袖圈，讓他們戴起來，目前這個場面，只算得上是一次家庭聚會而已。

在他們之中，只有大小姐約雯和約倫是真正哭過來的，其餘的人，緊緊的抿著嘴，沉默著，儘量表現出哀痛逾恆的樣子；當其中有人用手帕輕輕的擤擤鼻子時，其他的人便瞟他一眼。然後又低下頭來，心裏繼續在盤算到極樂殯儀館去守靈的事。

為了禮貌，現在他們站了起來。

老律師招呼他們坐下，然後隨著約謀到空著留給他們的大沙發前面。在沒有坐下來之前，他先替大家介紹。

「約希呢？他在哪兒？」老律師問。

沒有人願意回答這句問話。

「他不在？」

兩眼哭得腫腫的老處女向右邊偏了偏頭，用窒悶的聲音回答：

「在房間裏面。」

「怎麼不出來？」

「哼，」大少爺鄙夷地哼了哼，「他還有臉出來呀！」發現他們沒聽懂，於是補充道：「要不是他半夜把老太爺拖到外面去，他老人家好好的，怎麼會說去就去了。」

「啊……」老律師頓了頓，然後向站在長櫃那邊的老管家吩咐：「老黃，你去叫他出來。」

黃三豐向老太爺的房間走去。陳彥和律師用眼色向坐在他身邊的莫書記官示意，將皮包裏的文件和書記官進來時提在手上的一架電唱機那麼大小的錄音機打開……

從老律師替他們介紹開始，華約謀就一直對莫書記官的「身分」和他提著的那隻小箱子感到困惑，現在看見他們帶了鋼絲錄音機來，又是法院公證處的官員，表明了這件事情的嚴重性——他一直以為，宣佈遺囑，只是拿出幾張紙來唸唸而已。

華約希終於被老管家拖出來了。大哥對於他沒有將「孝」戴起來極為不滿。

「我不戴在袖子上，」約希生硬地說：「我戴在這裏！」他指指自己的左胸：「戴在這個裏面——不是給別人看的！」

於是，大家鬧起來，最後將一切罪惡和責任都歸結到約希的頭上。

約希低下頭。

「是的，」他悔恨地自責道：「是我害死他的！我不知道他病得那麼重……」

「少說這些廢話！」大哥直指著他，厲聲斥責：「怎麼不說你巴不得早點把他氣死，回來好分家產！」

華約希定定的瞪著他的大哥，搖搖頭，真誠地說：

「我不是為了這個回來的！」

「漂亮的話誰不會說！」

「你們不會相信，我只是要聽——他說的笑話！」

「哈！笑話！」約謀乖戾地獰笑道：「這才是真正的笑話吶——你回來不是為了錢？」

約希不想再說話，頓了頓，他轉身向廳門走去……

「約希！」陳彥和律師連忙叫住他。

約希並不理會……

「至少，你也要聽完你父親說的話，你再走！」

律師這句話發生了作用，華約希終於停下腳步。

「你就站在那邊聽好了。」律師回過頭來，望著約謀他們。「我們現在就開始好了！」

在陳彥和律師翻開那份打字的文件時，始終沒有說過半句話的莫書記官撳下錄音機的按鈕。

老律師拿起文件慎重地說：

「這份東西，就是令尊在今天早上更改過的遺囑。我們根據當時的錄音抄錄下來的。我希望你們要仔細聽清楚，他生前所說的話！」

華約希並沒有聽見這些話，他下意識地在樓梯的梯級上坐下來。

老律師的聲音很清晰的開始唸下去：

「我是華之藩，出身貧寒……」

「您不是要告訴我一個笑話嗎？」

「這五十年來，克勤克儉，努力奮鬥……」

「是什麼笑話？」

「但對於兒女的教養，總覺得沒盡到責任……」

「為什麼您不說呢？」

「現在，我走了。我決定將我的遺產，這樣分配——」

華約謀他們隨即緊張起來。

「首先，」老律師唸道：「我要將全部遺產的四分之一，捐獻給慈善機關，救助那些孤苦無依和需要幫助的人；其餘的四分之三，平均分為六份。」

「六份？」老大不以為然地重複道。他們跟著回頭去望樓梯那邊的約希。

華約希仍然在想：

「為什麼不說了笑話再走呢？」

老律師清了清喉嚨，繼續唸：

「其中一份，我要分送給所有曾經跟隨我，和在事業上幫助過我的人。」

黃三豐驟然一陣心酸，熱淚奪眶而出。

「至於名單和分配的方法，依照前一份遺囑辦理。其餘的五份，給老大約謀、老二約倫、老三約雯、老四約翰和老六約姿。」律師頓了頓。「至於我的第五個孩子：約希！」

華約希驟然回過頭來——

「由於他在我生前，沒有得到過我的愛，所以，我要將我所遺留下來的『愛』，全部給他一個人，作為對他的補償。」

雖然約謀和約翰他們直想笑，但華約希的感受卻不一樣。他猛然醒悟，父親是愛他的，是真真正正愛他的。比誰都愛他。

「謝謝您，爸爸！」他感動得渾身顫抖，深摯地重複著：「謝謝您，謝謝您………」

陳彥和律師抬起頭，正色地問：

「你們還有什麼意見？」

既然約希得不到半分錢，他們剛才那一點不滿已經消失了，代之而起的，是那種報復的滿足，和幸災樂禍的暢適。

沒有人說話。

老律師遲疑片刻，低頭望望那份文件，又開始說：

「我想問問你們——約希得不到半分錢遺產，對他來說，也許不是一件什麼大不了的事！」

「那是他自己找的！」約謀批評道。

「不管怎麼樣，他還是你們的兄弟！」

「人家可不那麼想！」約翰接著律師的話：「剛才您也聽到了，他不是為了這個回來的！他哪兒在乎這些！」

老律師接著說：

「如果，我提議，」他望著文件，「為了讓他將來進入社會的時候，有點經濟基礎，你們願不願意，在你們的份內，抽出一小部份出來，幫助幫助他？」

沒有人說話，而且他們極力避免接觸老律師的目光。莫書記官冷漠地望著他們，他那雙深陷的眼睛在那顯得過高的額角下面霎動著，帶有幾分憎厭。

「你們不願意？」

沉默，只有矮几上這架已經陳舊的錄音機發出乾澀的運轉聲……

陳彥和律師沉重的吐出一口氣，審慎地跟莫書記官交換一個眼色，然後略為將身體俯向前面一點。

「好吧，」他說：「我再問你們一次，但是你們一定要回答：願意還是不願意——約謀，你怎麼樣？」

現在，華約希已經介入這事件之中了。但，他所關心的，並不是他們的回答，而是他很敏感的觸及一點點關於父親要說的那個沒說出來的「笑話」的線索。他望著他的大哥，他只能看見側面，旁邊的大嫂一直低著頭；然後，大哥向他斜睨著，滿臉輕蔑。

「我寧可去施捨給那些叫化子！」

「偽君子，你幾時看見臺灣有叫化子來著！」

老律師點點頭，開始露出一絲笑意；他順著他們坐的位置問約雯，但約翰已經搶先表示自己的意見：

「我呀，寧可把錢換成銅板，一個一個的向河裏丟──至少我還聽得見銅板掉到水裏的聲音！」

「給他？門兒也沒有！」約姿緊接著他四哥的話，尖著嗓子強調：「我就是不給！」

「約雯妳呢？」

胡步雲開始後悔自己最近所做的每一件事，尤其是那天竟然向老處女攤牌，說是不惜離開東亞，要到外面去闖的！在這短短的十幾分鐘之內，他想到好多種可以跟這個沒有半點女人溫柔味兒的老處女妥協的方法，只怪自己太過衝動──當然最主要的，還是因為他沒預料到老太爺會撒手得那麼快。現在，他了解約雯所猶豫的，可能不是為了捨不得金錢，而是對約希「害死了父親」的怨恨。

「他們都不給，」她瘖啞地回答：「我憑什麼要給！」

只剩下約倫一個人了。

宋媽他們站在通向後屋的甬道上，約倫是背對著這邊坐的，她幾次要想跑出去替他拿點主意。反正這個家已經分了，他還能倚靠誰？但，她的身體是完全不聽使喚似的，僵在那兒。

而約希所期待的，也正是這句話；只要二哥不答應，他就無需再費口舌去婉謝這種「施捨」了！

「約倫，你說呢？」

約倫在心裏跟自己鬥爭過，從他們給多少我就給多少開始……他真的有點憎恨他們，因為這種情勢，就造成了如果他要是給的話，就要跟他們對立起來；這是一種可怕的經驗，而且已經刻不容緩，無可避免！

就在約希憋得要站起來舒一口氣的時候，華約倫終於拿定了主意：以後再給約希，也是一樣的。

「我也不給！」他含糊地說。

老律師和書記官同時挪動了一下身體，再坐坐好。然後，老律師非常謹慎地問書記官：

「這樣的話，第二部分，就要開始生效了？」

「那當然，」書記官點了點頭，回答：「您繼續唸下去吧！」

約謀一怔，習慣地摸了摸眼鏡。

老律師用手將那張文件抹抹平，俯下身體，用非常清晰的聲音讀下去——而且極力要模仿華之藩先生當時的語氣：

「這是我早就預料到的！我發現，把金錢遺留給你們，就是一種不可饒恕的罪惡！」

「啊……」他們隨即端坐起來。

「所以我要改變剛才的遺囑！」

「什麼？」

老律師沒理會，繼續宣讀：

「首先，我要留下這棵樹——不許砍掉！」

這棵樹就像一個醜惡的魔鬼一樣，在黑暗的園子裏以它那千百萬隻貪婪的眼睛偵伺著屋子裏進行著的，跟它直接發生關連的事。

「父親沒忘記這棵樹！」華約希欣喜地告訴自己。

陳彥和律師蹙著眉頭，掃了他們一眼。

「同時，我決定把剛才給你們的錢，全部收回——給約希一個人！」

客廳頓時騷亂起來，他們紛紛離開他們的座位，衝向大沙發的前面。

「騙局！」華約謀伸出他那細長，因激動而在顫抖的手指指著那份文件：「絕對是騙局！」

「什麼話，遺囑也作興說改就改的呀！」

「一定是他們事先串通好的！」

「反正我們不承認！」

唯一沒說話的，是手足失措的華約倫。

「你們不要鬧！」陳律師向他們伸出手，鎮定地說：「坐下，先坐下！」

「怎麼說我們也不承認這份遺囑！」老大向其他的人表示。

始終沒說過什麼話的莫書記官現在站起來了，他的聲音充滿了威嚴：

「你們要先弄明白，令尊這份遺囑，是經過法律程序證明的。在宣讀之前，陳律師就提醒過你們，要你們仔細聽聽清楚你們父親所說的話，陳律師只是替他唸出來而已——我們有全部的錄音！」

華約謀忿懣地嚷道：

「我們懷疑這份遺囑的真實性——誰可以證明它是真的？」

「當然有證人！」老律師平靜地說：「周大夫和那位護士小姐陳秀玉當時就在場。這上面就有他們的簽名和指模。如果有疑問，將來你們可以好好的核對！」

「……」

「你們先坐下，遺囑還沒有唸完呢！」

僵持一陣，他們無可奈何地返回原來的座位上。已經站了起來的華約希一點都不快活——甚至還含有惱怒，因為父親這樣做，跟他所想的正好背道而馳，使他頗為失望。

陳律師再繼續唸完這份遺囑：

「為了讓你們了解什麼叫做『愛』，我要把剛才贈給約希的愛全部收回，再分成五份，給你們每個人一份。」

華約希現在總算驟然明白父親要說的笑話了。他發出一種近乎癲狂的怪笑，張著臂，跳動著腳步，左左右右地旋轉著，向這幾個分到五分之一的「愛」的少爺小姐搖晃著過來，像個小丑一樣……

「爸爸說的笑話真是棒呀！棒呀！」他像個醉漢似的斜著身體，輕蔑地指著他們：「你們沒想到，你們也會有今天吧——現在你們一個個統統變成窮光蛋了！」

「……」

「錢都是我的！都是我的，都——是——我的！」他的臉忽然被內心一種驟起的痛苦扭曲了，他萎縮下來，終於發出一聲絕望的嘶叫：「——我不要錢！我不要！」

客廳裏的空氣突然被凝固起來。

華約希扭轉身，厲聲宣示：

「我不要錢！我要愛！我要我爸爸給我的愛——全部的！一點都不能少！」

靜默。

他走到大沙發的前面。

「陳伯伯，」他問律師：「是不是錢都是我的？」

「當然是你的。」

「那麼，我可以隨便用了？」

「是的。」

「那就好了！」說著，華約希回轉身來，面對著自己的兄弟姐妹們。

他們受了驚嚇似的竦然注視著他。

這樣楞了半響，華約希驀地雙膝一彎跪倒在地上，低著頭，抑制不住地痛哭起來……

情勢這樣突如其來的轉變，是他們絕對意想不到的，他們惶惑地望著愈哭愈傷心的約希，一時不知道應該怎麼樣才好。而約希，開始用哽咽的聲音說話了。

「爸爸生前，就沒有愛過我！」他悲慟地抬起頭，「可是他的愛，對你們來說，並沒有什麼重要——我需要他的愛！」他軟弱地向他們哀求：「我求求你們，將他的愛還給我！請你們可憐可憐我！把愛還給我——」

他就那樣不斷的重複著最後這兩句話，哭喊著，劇烈地抽搐著，捏著拳，捶打著地面……

華約雯是第一個忍不住的，她愧疚地哭了，接著是本來就已經將頭低垂到胸口上的華約倫，華約姿咬著嘴唇，當大哥慚愧地將眼鏡拿下來的時候，只聽到那邊的黃三豐發出一種令人心碎的哀號……

於是約希振作地再抬起頭來。

「我不要錢！錢還是你們的！」他真摯地說：「我要買回那些愛——全部的愛！」

程曼君抬起眼來睨望自己的丈夫，約謀的手停止抹拭眼鏡。

為了要儘快完成這筆交易，華約希急切地提議：

「你們不要說話，不要回答——就是表示你們已經答應！」

沒有人說話。

約希依然非常認真地依次一個一個地問，最後，他露出滿足而感激的笑意。

「謝謝你們，謝謝你們。」他虔誠地說，跟著站起來，轉身向老律師和莫書記官點點頭。

「謝謝你們！」

然後，約希大步邁出客廳，然後走入車間，將那把已經生銹的長柄大斧頭拿起來，向園子那棵大樹走去……

他含著熱淚，一斧一斧的用力向大樹的樹身砍去，他感受得到這棵醜陋的老樹所感受到的痛苦——也感受得到父親所感受到的痛苦，因為父親是要留下這棵大樹的；父親也曾經訓誡過他，和人類一樣，樹也有生命。一切生命，都是值得尊敬的！

他一斧一斧的砍下去……

那沉悶而單調的聲音一下一下的傳進這死寂的客廳裏；律師和公證人已經走了，他們仍然默默的坐在原來的地方，沒有移動過。

華約希不知道流下的是汗？還是淚？他渾身透濕，他撕破身上的衣服，將淌血的手掌包起來，再繼續咬緊牙根用力砍這棵樹……

天透亮的時候，他們聽到大樹倒下的隆然巨響，地面亦為之震動。

大樹倒了！

華約希丟下手上的斧頭，勉力挺直腰，深深的吸入一口氣，然後悲痛地望著天。他不是在懇求父親的饒恕，而是要讓父親知道，這是他所做的最後一件忤逆他的事——他必須要這樣做！沒有理由！不需要解釋！

這個魔鬼死掉了！

薇薇向約希走過來，將一件外衣披到他的身上。

他回頭望她，沒說什麼，只將手搭到她的肩頭上，連望都不望那屋子一眼，困乏地和黃薇走出這個不再屬於他的家……

潘壘全集02　PG1137

新銳文創
INDEPENDENT & UNIQUE

魔鬼樹（下）

作　　者	潘　壘
責任編輯	林泰宏
圖文排版	詹凱倫
封面設計	秦禎翊

出版策劃	新銳文創
發 行 人	宋政坤
法律顧問	毛國樑　律師
製作發行	秀威資訊科技股份有限公司 114 台北市內湖區瑞光路76巷65號1樓 電話：+886-2-2796-3638　傳真：+886-2-2796-1377 服務信箱：service@showwe.com.tw http://www.showwe.com.tw
郵政劃撥	19563868　戶名：秀威資訊科技股份有限公司
展售門市	國家書店【松江門市】 104 台北市中山區松江路209號1樓 電話：+886-2-2518-0207　傳真：+886-2-2518-0778
網路訂購	秀威網路書店：http://www.bodbooks.com.tw 國家網路書店：http://www.govbooks.com.tw

出版日期	2014年9月　BOD一版
定　　價	500元

Printed in Taiwan

國家圖書館出版品預行編目

魔鬼樹 / 潘壘著. -- 一版. -- 臺北市 : 新銳文創, 2014.09
冊 ;　公分. -- (潘壘全集 ; 1-2)
BOD版
ISBN 978-986-5871-96-3 (上冊 ; 平裝). --
ISBN 978-986-5871-97-0 (下冊 ; 平裝). --
ISBN 978-986-5871-98-7 (全套 ; 平裝)

857.7　　103001501

讀者回函卡

感謝您購買本書，為提升服務品質，請填妥以下資料，將讀者回函卡直接寄回或傳真本公司，收到您的寶貴意見後，我們會收藏記錄及檢討，謝謝！

如您需要了解本公司最新出版書目、購書優惠或企劃活動，歡迎您上網查詢或下載相關資料：http:// www.showwe.com.tw

您購買的書名：________________________________

出生日期：________年________月________日

學歷：□高中（含）以下　□大專　□研究所（含）以上

職業：□製造業　□金融業　□資訊業　□軍警　□傳播業　□自由業

□服務業　□公務員　□教職　□學生　□家管　□其它____

購書地點：□網路書店　□實體書店　□書展　□郵購　□贈閱　□其他

您從何得知本書的消息？

□網路書店　□實體書店　□網路搜尋　□電子報　□書訊　□雜誌

□傳播媒體　□親友推薦　□網站推薦　□部落格　□其他________

您對本書的評價：（請填代號　1.非常滿意　2.滿意　3.尚可　4.再改進）

封面設計____　版面編排____　內容____　文／譯筆____　價格____

讀完書後您覺得：

□很有收穫　□有收穫　□收穫不多　□沒收穫

對我們的建議：________________________________

____

____

____

請貼
郵票

11466
台北市內湖區瑞光路 76 巷 65 號 1 樓
秀威資訊科技股份有限公司 收
BOD 數位出版事業部

（請沿線對折寄回，謝謝！）

姓　　名：________________ 年齡：________ 性別：□女　□男

郵遞區號：□□□□□

地　　址：________________________________

聯絡電話：(日) ________________ (夜) ________________

E-mail：________________________________